盐美

张品成——

著

江西教育出版社
JIANGXI EDUCATION PUBLISHING HOUSE
南昌

中国和平出版社
China Peace Publishing House
北京

目 录

第 1 章

第一眼就认出了来人

黄佳万找到白庚有时，白庚有正弄着手头的活儿。

已经入了暑，空气中胶着着一种难耐的热，屋外无风，树上的蝉不安分地嘶鸣着，如同比拼一样，叫声此起彼伏。门前的狗似乎都被暑热弄得有些懈怠慵懒，对生人只蔫软地吠那么几声，就又吐出红红的长舌头，蜷缩在墙角阴凉的地方。几头猪更是顾及不了太多，在湿渍泥泞的低洼处蹭着，蹭出一身的邋遢。

屋子里，白庚有把上衣脱了，光着脊背，口鼻处蒙了一块帕子。他二十来岁，看上去是个地道的弹花匠。

"砰锵锵，砰锵锵……"声音在燥热的空气中跳着，有时会突然变了节奏和声响。"唧唧唧唧，噗……，唧唧唧唧，噗……"断断续续的声音夹杂在持续的蝉鸣声和哗哗的流水声里，非常独特。

白庚有对那些声响置若罔闻。他每弹一下，就有细细的絮花腾起来，在空中飞舞，最后轻飘飘地着地。有一些絮花落在白庚有的头发上、脸上、身上，就被汗粘住了。那块帕子就是用来挡那些絮花和飞尘的。

白庚有抹了抹脖子和肩胛上的汗，侧脸的那一瞬，瞥见一个黑影闪现在门口。他抬起头，目光就被那张脸粘住了。

屋里静寂无声，飞絮在那缕阳光下格外显眼。

白庚有第一眼就认出了来人，睁大眼睛看了那个倚门而立的男人好一会儿。

"黄佳万！是你？"他对那人说。

"是我！"

"我没想到你能找到这个地方！"

"你知道，我要想找你，就一定能找到。"

弹花弓被横斜在了一边，脆亮的声音也早停歇了，只有蝉依然喋喋不休。细微的絮尘还飘在空中，成了飘荡的精灵，忽起忽落，似乎向往屋外的明媚，都往门外阳光处拥，但无风也是徒劳，只能无奈地在屋里盘旋，最后落在地上。

白庚有扯下帕子，顺着额头抹了一把，把汗渍和尘屑抹了个干净，现出白皙的脸。

黄佳万说："这么个伏天，你竟然能忙成这样？"

白庚有笑了笑，没说什么。

黄佳万说："俗话说'霜前冷，雪后寒，进入十月把花弹'。我记得我们老家，到秋天弹棉花生意才开始那个忙哩。"

白庚有想：黄佳万可能不知道，弹棉花主要还是看手艺，如果是一方高手，那全年都有活儿，忙不过来。比如：有女儿的人家，女儿长大了总要出嫁吧，出嫁时娘家总要备嫁妆吧，几床新棉被肯定是不可或缺的。但他没跟黄佳万扯这些。

"这里不是说话的地方。"白庚有说，"再说，既然老同学来了，那得下馆子去，我们好久没见了。"

黄佳万点了点头。

小馆子地处小镇一角，临河，有小风贴着水面漾过，木窗齐齐支开，竹木掩映，僻静而凉爽。

"你还真行，怎么找到我的？"

"我说过，我黄佳万要找你，你就是上天入地，我也能找到。"

"没有你办不成的事。"

"你看你，竟然成了弹棉花的师傅，在这么个偏僻的地方。"黄佳万说。

白庚有说："我不这么干，万常本不会放过我，这你不是不知道。"

"那事早过去了……没人比我更清楚。"

"他诬陷我通共，是共党嫌犯。"

"我知道，一切我都知道。"

"共党嫌犯，那是要掉脑袋的。万常本心狠手辣，设了圈套让我钻。我掉进了他设的陷阱里，他手里捏了所谓'铁证'，我就是跳进黄河也洗不清了，我不得不逃。那年，还是你暗中相告，我才躲过一劫……"

"万常本死了。古人说'恶有恶报'。他做的坏事、祸害人的缺德事太多，虽然没头顶生疮脚底流脓，但那夜喝多了酒，迷糊了，从堤上混乱下河做了浸死鬼。"

"难说。"

"怎么难说？"

"万常本树敌太多，也许是有人对他下了黑手。"

"哦！那也许是这样。"

店小二已经把酒温了，菜也端了上来，两荤两素，还有两碟冷菜。白庚有拎起那把锡壶，往黄佳万的碗里倒了一碗酒。俗话说："临川才子金溪书，宜黄狗仔乐安猪，东乡萝卜芋头薯。"这一带在古代是才子之乡，才子譬如王安石。汤显祖就更不必说了，写有"临川四梦"。文人爱酒，下酒必须有好菜。临川有银鱼炒藕丝、红烧牛肚、水豆腐和麦鸡豆腐四大名菜，酒有临川贡酒、李渡高粱。

白庚有点了四大名菜中的三个——银鱼炒藕丝、红烧牛肚和麦鸡豆腐。麦鸡豆腐不下酒，就另要了一碟素菜——画眉豆。在这个偏僻的小镇，厨师居然把菜炒得有模有样。酒当然不是临川贡酒或李渡高粱，而是当地水酒。当地出水酒——用一种特殊的锡壶盛好，放在热水里温了，味道更加香醇。

几碗酒下肚，话又起来了。

黄佳万说："我知道你们家财大、势大，在赣南算是望族吧。你祖上就做盐生意，是赚钱买卖。"

"那又怎么样？"白庚有看着黄佳万，不明白他怎么会说起自己的家事。

"以你们白家的势力，多大的事都能化解，当年万常本根本不可能拿你怎么样。"

"奸商劣绅，我不会求他们！"

"你看你……"

"当初我就是不满我爷（方言，意为父亲）他们那种做派，才离家出走考了黄埔军校。我早先就跟你说过的呀！"

"我知道！"

"横行乡里，鱼肉百姓……"

"难怪万常本抓你小辫子，你看你这论调，和共产党的一样……"

"国父遗愿，你我从来都是奉为己任并为之奋斗的。那时候，我们一腔热血呀！"

"不说这个了，这么久没见，喝酒。"黄佳万说。

他们端起碗碰了一下，一仰脖子，把酒灌进喉咙。

广州有一个叫黄埔的地方，当年国共合作建立了一所陆军军官学校，通称黄埔军校。在那所军校里，黄佳万和白庚有是同期学员，还同班同寝室，两人虽出身各异，却性情相投。黄佳万是农家子弟，家里虽不是赤贫，但也是世代为农；白庚有则出自富裕商贾之门，据说祖上曾是清代州府官员，后弃官从商，垄断一方盐业。家家户户，开门七件事——柴米油盐酱醋茶。白庚有家几代人，就是靠着做盐买卖富甲一方的。

黄佳万和白庚有聪慧超群、品学兼优，都被同学视为榜样，常为校方所夸誉。后来，黄埔军校的学生兵参加东征，讨伐陈炯明时，黄佳万和白庚有带领大家冲锋陷阵。淡水一战，他俩更是冲在前头。这一战，黄埔军校初出茅庐的学生军以少胜多，打赢了一场硬仗，让曾经对他们不屑一顾、持怀疑态度的人们刮目相看。

此后，他们继续挥师东进，短短一个月的时间就横扫八百里。

白庚有说："我看见你冲在前，想也没想，就跟着你冲！"

"并肩战斗。"

"可惜肖成他们几个死的死，伤的伤，偏偏我们俩毫发未损。也就是那回，万常本盯上我了。"白庚有说。

黄佳万说："他是教官，你抢教官风头了。"

"哪是这么回事。战场上，你不也抢他风头了？再说，我们得嘉奖，他不也受表彰？他是别有用心……"

他们推杯换盏，聊天叙旧。

"往事不堪回首，就不回首了嘛，我们看将来。"

"我觉得现在挺好。"

"你总不能弹一辈子棉花吧？"

"弹棉花有什么不好？"

"荒废了你这个栋梁之材……"

"清净。"

"你能清净？"

"江湖险恶，何况兵荒马乱。"

"这里倒是世外桃源，山水隔绝，但你白庚有不适合待在这种地方。"

"你怎么这么说？"

"我太了解你了，我不了解你就不会来找你，也找不到你。"

"我不适合在一摊烂泥里做事。"白庚有觉得国民党政界、军界多是些自私的人。

"今非昔比，当以国家社稷为重。"

白庚有笑着说："我都成一方弹匠了，可是大师傅。"

黄佳万说："没人让你荒废手艺。"

"你什么意思？"

"你还做你的弹匠大师傅……"

"你看你，酒喝多了？"

黄佳万笑了笑，酒让他脸红脖子红，但白庚有知道，黄佳万没喝多。

黄佳万说："校长委托我寻找失散的黄埔生，我脑子里首先冒出的就是你。"

"那你还说让我继续做弹匠大师傅……"

"我没说酒话，更没诳你。"

"哦？"

黄佳万一五一十地跟白庚有说了全部。

组建一支特殊队伍

那一年，赣都大地成了一方很大的棋盘。下棋的是红白两方。白方处心积虑了好长时间，踌躇满志，跃跃欲试；红方也做了精心准备，蓄势待发。双方各自排兵布阵。白方是攻方，十万大军，兵强马壮，胸有成竹；红方为守方，鸟铳土炮，捉襟见肘，被白方视为"乌合之众"，却也拉开架势，准备誓死一拼。

白军没把红军放在眼里。白军总指挥张辉瓒久经沙场，战功卓著，认为这么一支"匪众"，何足挂齿！简直是杀鸡用牛刀，只等喝庆功酒了。却没想到，交手才两三回合，白军就全军覆没，张辉瓒本人也成了阶下囚。

那是一九三〇年的倒数第二天，元旦即将到来。红军以大胜强敌迎接新年的到来。

白军则恰恰相反，被"乌合之众"羞辱，损兵折将。蒋介石放声大哭，言此次失手，只不过是轻敌所致，誓要报仇雪恨，得再行周密部署，运筹帷幄。遂调兵二十万，下令"以厚集兵力、严密包围及取缓进为要旨""稳扎稳打，步步为营"。

又是黑云压阵。

不承想，同样是竹篮打水一场空。红军十五天横扫七百里，连续打了五场大胜仗，共歼敌三万余人。

第二次"围剿"告败。

白方不甘心。俗话说："事不过三。"他们就不信红方是天兵天将！当然，经两次受挫，大意不得。这次蒋介石亲自任"围剿"大军总司令，带着德、日、英等国的军事顾问坐镇南昌，调集三十万精锐，上有飞机，下有战车。而红军才三万余人，早就该闻风而逃了，何以蠢到以一当十、以卵击石？

又是数月的鏖战，大小战斗十几场，没有一场能让蒋介石眉目舒展，更不要说喜形于色了。

从那时起，闽赣之地的红军成了国民党当局的心头之患。

此后，不时有重要会议召开，讨论"围剿"之策。

省城南昌百花洲畔那幢行营的大厅里，参与几次"围剿"行动的部分军官和幕僚被召集过来。他们当然知道即将到来的是一顿训斥，个个都硬着头皮，铁青着脸，心绷得紧紧的。

怪谁呢？谁的责任？兵熊熊一个，将熊熊一窝。

当然，他们不敢说。一个个内心郁闷，但还得装出一脸的轻松自然。他们互相寒暄，说些不痛不痒的话，心里却都像揣了块沉铅。

门外是美丽的湖，一大片荷花簇拥着湖心的小岛。正值伏天，水面气雾蒸腾，远远看去，湖心岛上的亭台宛若仙境。而屋里的人对屋外美丽的风景毫无感觉，因为狂风暴雨要来了。

就在军官和幕僚们衣着齐整地端坐在那间大厅里，忍耐着暑热，等待一顿雷霆万钧的训斥时，他们却得到了一个消息：那个郁闷的男人和那些洋顾问上了庐山。他要好好地休息一下，然后平心静气地想想问题出在哪里。北伐后，各地"诸侯"蠢蠢欲动，还不是都被逐一铲除了。共产党区区那点儿人马，自己的队伍怎么就稀里糊涂、一而再再而三地输了？

很多人都在想这事。

杨七分也在想。杨七分本名不是这三个字，这是属下背后给他取的绰号，他还有个绰号叫"杨诸葛"。从这两个绰号就不难知道他是个什么样的人——足智多谋，诡计多端。遇到麻烦、难解的事，别人无计可施，他脑子一转，总能转出点儿名堂，让那些难事、烦事峰回路转。

他想：这是个机会，以往也有诸多机会，却总被人妒忌，遭小人暗算，这回不一样——蒋委员长已无计可施，他身边的幕僚更是黔驴技穷。那些人先前趾高气扬，争先恐后地在蒋介石面前出头露脸，现在个个低声下气，东躲西藏。

杨七分觉得这是一个千载难逢的好机会。

前些年，杨七分也曾有过一次机会。北伐初期，仗打得很顺手，但接下来的晋军、桂系、西北军、东北军……各路"诸侯"让蒋介石坐卧不安。那次杨七分献上了"削藩"之策——以经济方法瓦解冯玉祥，以政治方法解决阎锡山，以军事方法攻克李宗仁，以外交方法对付张学良。逐一获得成功后，杨七分从一个草居在野的政客，一跃而上，成了蒋介石的"首席智囊"。

初出茅庐便出手不凡，这让杨七分有点儿飘飘然，他仗着自己雄才大略，根本没把宵小之徒放在眼里，殊不知江湖的险恶程度远非他能想象，小人之所以为小人，都是暗地里下黑手。

杨七分这次上庐山，是蒋介石特意点名让他去的。杨七分知道蒋介石肯定有事找他，候了三天，果然接到让他去美庐的通知，那是蒋介石和夫人在庐山上的别墅。

他们喝着茶，聊些不相干的事。但杨七分知道，蒋介石寄希望于自己，期望自己献上良策——这次以什么手法对付、解决红军，且要斩草除根、以绝后患？

四个月后，杨七分拿出了一份"万言书"。

他用一篇洋洋洒洒的长文向蒋介石陈述了自己关于"剿共"的意见：吾随先生出师，细观江西诸地，渐觉共党不足为虑。所难之点为共党与匪区民众结为一家，两者合手，实为一严重问题。民众与共党合为一家，在于吾地方官吏风气日下，致使民众为共党所利用……

杨七分那份"万言书"总结起来其实就是八个字——七分政治，三分军事。

蒋介石阅后，拍案叫绝，遂任命杨七分为南昌行营秘书长，总揽"清剿匪区"政治事务。杨七分负责的第二厅专营"政治剿共"，所以南昌行营上下又称杨长官为"七分厅长"。

要将那"七分"落到实处，就要组建一支忠诚精干、执行力强的特殊队伍。

很快，蒋介石下令寻找从黄埔军校一期至七期毕业的失散或失业学生，在庐山组建"军事委员会南昌行营别动队"（以下简称"别动队"）。

这是专门为"七分政治"成立的特务组织。

嵌一枚"钉子"进去

黄佳万就是杨七分从行营挑出来组建别动队的重要成员之一。黄佳万当时在南昌行营二厅，杨七分是他的顶头上司。

那天，杨七分找到黄佳万。黄佳万敏锐地察觉对方的神色有些不寻常。他跟了杨七分很多年，当然不会直呼自己的顶头上司为杨七分。黄佳万也不叫他长官，而是恭敬地叫他杨先生。黄佳万一看对方那个神色，就知道接下来的谈话非同小可。

"佳万贤弟呀，这么多年，你是我最交心的朋友。"杨七分推心置腹地说。

"是先生看得起佳万。"

"你们的校长已经接纳了我的谏言，剿匪决策将有大变，这是个机会。"杨七分对黄佳万说。

因蒋介石一直担任黄埔军校的校长，学员们对他有着特殊的称呼——校长。

"请先生指教。"

"蒋委员长指派康泽在南昌开办'中央陆军军官学校驻赣暑期研究班'。"

"噢！"黄佳万知道康泽，那可不是一般的角儿。康泽也来自黄埔军校，三期。他曾参与创办复兴社，"复兴社"这个名字就是康泽取的。

康泽也是蒋介石的亲信，但国民党党内派系复杂，各派系之间争权夺利、明争暗斗的事层出不穷。杨七分觉得自己深受蒋介石的信任，在很多事情上能左右蒋介石的决策，因此有意无意中得罪了一些要人，比如陈果夫和陈立夫两兄弟，还有行营调查科的徐恩曾等。康泽却很油滑，似乎不偏不倚，在谁面前都是一张笑脸、一大堆好话，在几个派系之间都能周旋。所以康泽无论是在元老还是新锐面前，都能左右逢源、如鱼得水。但黄佳万知道，杨七分是不完全信任康泽的，一直对其有所防范。

现在杨七分提到康泽，还说起那个"中央陆军军官学校驻赣暑期研究班"。

"先生的意思是……"

"我已经推荐你去'中央陆军军官学校驻赣暑期研究班'学习。"

"我听从先生的安排。"

杨七分跟黄佳万说了很多，其实黄佳万一开始就知道杨七分的用意——他得在那个重要的地方安插自己的人。

很快，黄佳万就知道那并不是一般的集训，所谓研究班，是上头特意安排的。康泽趁机搞自己的小团体，杨七分当然一清二楚，他得安插自己的心腹，嵌一枚"钉子"进去。

黄佳万就是这枚"钉子"。他很快就去那个地方报到了。见了康泽，他喊了声"兆民兄"，没叫康泽的官职，而是叫了他的别名。说起来，他们是黄埔军校第三期的同学，康泽，字兆民，同学们都叫他兆民。康泽比黄佳万大两岁，黄佳万以兄长称呼很正常。但康泽不到三十岁，就担任过国民革命军总部侍从副官，而黄佳万依然叫他"兆民兄"，可见他和康泽的关系不一般。

"我就知道杨长官会把你弄到这里来。"康泽说。

"是兆民兄关照的吧？"黄佳万笑着问。

"你不是一般的人呀，一山不容二虎。"康泽说。

"你看你说的，杨先生是我上司。"

"把你踢开，踢到我这儿，他想让我们龙虎斗。"康泽笑着说。

"那更是……"黄佳万本想说"无稽之谈，耳食之论"，想了想这些词可能不妥。

"更是什么？"

"更是扯不上边的哟！"黄佳万也笑着说，"我黄佳万的为人，兆民兄你又不是不知道，我是那种人吗？我们同学一场，现在又要共事，别人说这话还可以理解，你说那就是说笑了。"

康泽说："我是说笑。"

"你知道的，我黄佳万只为党国尽忠，报效校长，别无他求，更无非分之想……"黄佳万这么说着。

但黄佳万深知，就算自己没那些想法和心思，在这么个地方，也会被卷入是非里，卷入内耗内斗中。

第 2 章

盐务组至关重要

白庚有知道黄佳万为什么下那么大功夫来找自己了。

那天，他们在小馆子里一个僻静的角落边喝边聊。

"没想到才几年，山外的世界就已经不是先前那样子了。"白庚有说着，又往两人的碗里倒满酒，然后一碰碗咕噜喝了下去。

黄佳万说："我知道你还是有一身抱负的。当然，你可以做个弹棉花的好手，以你白庚有的才能，你能做好任何想做的事情。不过，我觉得你还是回归的好。再说，我需要老弟你的帮忙。"

黄佳万说得很诚恳，这让白庚有想起许多往事。他觉得做个弹匠也许很好，但自己心里还是想着国家和民众，想着为实现孙中山先生的三民主义遗愿出些力气。

他常想起孙中山先生的那句遗言："革命尚未成功，同志仍须努力。"

"你一直很努力的，现在有机会更努力。"黄佳万对白庚有说。

白庚有想：黄佳万还真是知己哟，要不然，怎么我才想到"努力"，他就说出来了？

很快，白庚有就回住处收拾了弹棉花的那些家什。"我跟你走！"他朝黄佳万笑着说，"你也用不着说那么多，你救过我的命，我欠你个大人情。光论这，你叫我去，我就得跟你走！"

白庚有带着他弹棉花的装备走进了那个叫白鹿洞的地方。

八月伏天，省城南昌暑热难当，白鹿洞却清凉无比。

当然，蒋介石这时候也正偕夫人在庐山避暑。将研究班（后改称"军官特别训练班"）移至庐山开办，也许正是他的主意——和自己离得近，这些精英能备受鼓舞。

其实，白鹿洞并不在庐山的山上，而在五老峰的脚下。说是洞，却并没有洞，只是从山上往下看，那狭长的山谷地势低洼，绿荫遮掩，看上去像个洞。当然，庐山也没有白鹿，那一带山里有种类似鹿的动物，叫麂子。白鹿之说源自唐代。

唐贞元年间，洛阳人李渤与其兄李涉在此隐居读书，李渤养了一只白鹿自娱，鹿通人性，跟随李渤出入，人称"神鹿"，所以，人们就把这地方冠名为"白鹿洞"。

到了宋代，书院讲学之风盛行，学士们很喜欢找地方给人讲述自己的思考，宣传自己思考之后得出的治国安邦的理论。一些学界名流常在江西一带讲学，因天气热得受不了，就想找个凉快的地方。有人说，那就到庐山——大概那时的庐山就因风景秀美，引得不少游客上山。凉快是凉快了，可他们又觉得山上太喧嚣，风景也太优美，不适合讲学。后来，他们找了个僻静的地方，就是李渤隐居读书处——白鹿洞，那儿安静，也同样凉爽。讲着讲着，前来听讲的人多了起来，白鹿洞的名气也大了起来，便建立了书院。后来，白鹿洞书院也从兴盛走向废弃。淳熙六年（1179年），朱熹掌管南康军的时候，派人访查旧址，拨款重建了书院。书院落成后，朱熹不仅自己在这儿任教，还邀请陆九渊等学界名流到白鹿洞书院讲学。白鹿洞书院也因此成为当时的学术中心。

后来，江西九江的白鹿洞书院与湖南长沙的岳麓书院、河南商丘的应天府书院、河南登封的嵩阳书院，并称为"中国四大书院"。

这次把军官特别训练班移至白鹿洞，蒋介石的部下们当然明白他的用意。

蒋介石偏爱宋明理学，尤喜朱熹的观点。他的美庐别墅离白鹿洞不远。此外，那儿前不着村、后不着店，相对独立，是读书、研学的好地方。

黄佳万和白庚有到了白鹿洞，很快就见到了康泽。

康泽看见白庚有随身带来的那些弹棉花的装备，并没有很意外，只是说："哎呀！庚有，你赶紧把这些东西放好，三伏天里，看见这些东西都觉得热。"

"黄佳万让我带的，说是有用处……"

有人给了白庚有三套衣服：一套军服，一套便服，还有一袭蓝衫。

白庚有拎起那件蓝衫。

黄佳万说："不同的场合穿不同的衣服。"

白庚有重新回到这个环境里，还有些不适应。这一期特训班的学员都是从各地找回来的散落的黄埔军校的学生，他们大多互相认识。学员们重新相聚，都很开心。

接着是为期几个月的封闭集训。

然后根据每个人的特点将他们分到不同的领域工作。

比如政治方面。通讯社专门负责整理跟"剿匪"相关的新闻，发起信息宣传攻势。文艺社要组织各种剧团，通过不同的文艺形式，如歌曲、戏剧或者其他民间艺术排演人们喜闻乐见的节目，去前线劳军，或对红白两区民众展开文艺宣传攻势。

另外，政治战还包括对红白周边的区域实行军人独裁，强化保甲组织，严厉实行连坐制，对苏区民众实行"软化、分化、感化"政策。

经济战则是利用军队、行政官员、各省党部甚至基层党部、各地乡绅等，组成严密的系统继续对苏区进行封锁。

金融组，负责搅乱"匪区"的金融秩序，发放假币，制造挤兑等混乱。枪械组，专门对付"匪区"的军火事项，严堵军火私售，破坏红军的兵工厂等。矿务组，不是探矿也不是挖矿采矿，而是封锁"匪区"矿产的对外输出。红军掌握了特殊的矿产，那就是钨，钨是"匪区"的经济命脉。还有日杂组，顾名思义，就是阻断"匪区"的日用杂货进购，不过对粮食没什么办法，因为"匪区"产粮，可以自给自足。但那儿不产棉花，洋布禁了，没棉花，就是想织土布也没有原材料。药品、火柴、洋油等急需的东西，也都在阻断之列。

盐务组是单独的，别的东西"匪区"大多能自己生产，但盐不在其中。尽管有些乡镇也生产土盐，但人吃那种含硝的土盐还真不行，硝盐多用来做火药。

盐在这几样里，被看得尤为重要，上头还专门从大学请了专家来特训班讲课。

专家是位著名的教授，穿着一身长衫，戴着一副眼镜，进门时夹着厚厚的讲义，随后摊在讲台上，根本就没翻看一眼。

教授也不看台下的听众，他看天花板。白庚有以为天花板上有什么东西，也顺着那个方向仔细地观望了一番，结果什么也没有看到。身边其他人也顺着那目光盯着看了好一会儿，也没看出什么东西来。

其实那儿什么也没有，看天花板是教授讲课投入的表现，他进入了一种忘我的境界，沉浸其中。

教授喝了三大杯庐山云雾茶，一会儿坐着，一会儿站着，还不时地走过来走过去。他滔滔不绝地讲了一上午，其实归纳起来就几点。

先是讲盐的主要化学成分。"这东西叫氯化钠。"说完，教授在黑板上写了几个字母：NaCl。

然后讲氯化钠对人的重要性。食盐是人们生活中不可缺少的东西。一个成年人体内所含钠离子的总量约为六十克，其中八成以上存在于细胞外液，即在血浆和细胞间液中。氯离子也主要存在于细胞外液中。

教授说："钠离子和氯离子的生理功能主要有下列几个……"

这时，有人举起了手。教授问："举手的那个同学有什么问题吗？"教授习惯了他在大学课堂上的称呼，他没说"长官"，也没说"学员"或者"听众"，他说"同学"。

那个举手的人说："钠离子和氯离子是什么？"

教授说："我刚才讲过了嘛，它们组合在一起就是盐。"

"那您直接说盐就是了。"

有人偷偷笑了，不止一个。

教授又看向天花板，继续他的讲授。"钠离子和氯离子……哦，就是盐。盐对人身体的作用：第一，维持细胞外液的渗透压；二呢，参与人体内酸碱平衡的调节；第三个作用，氯离子在体内参与胃酸的生成。"教授把目光从天花板上移到大家的身上，"我不得不说氯离子了，盐里有多种成分，它是其中一种。"

有人说："反正就是盐嘛，说盐我们也听得明白。"

教授说："我还是得说氯离子，这是科学。科学就是科学，马虎不得的哟。"

没人吱声了，教授又看向天花板。

"此外，食盐在维持神经和肌肉的正常兴奋性上也有作用。"他接着讲，"当细胞外液大量损失，如流血过多或者出汗过多时，人体内钠离子的含量减少，钾离子从细胞进入血液，就会出现血液浓稠、尿少、皮肤暗黄等症状。"

"这就很严重了，非同一般的严重。"教授提高嗓门儿强调。

"也就是说，如果我们的食物里缺乏食盐，就会产生严重的后果。"教授补充道。

"人体对食盐的需求量一般为每人每天三克到五克，低于这个标准或者说根本没摄入盐，人就会陆续出现身体浮肿、头发变白等症状，严重的甚至可能丧失生命。一个体力劳动者得不到足够的氯化钠，就是盐的补充，体质会明显下降，失去正常的体力和耐力……"

其实说来说去，就是一点——人若缺少了盐，不行。要是一支队伍在战场上蔫不唧儿的，没精打采，那还有什么战斗力？还打什么仗？

大家心想：这点儿知识请个中学老师就能讲得清清楚楚，还请个大学教授来，有必要吗？

教授很负责，说："有什么不清楚的吗？大家可以提问。"

有人问："人是这样，那猪啊，狗啊，猫啊什么的，是不是没盐也会出状况？"

教授有板有眼地回答："当然，人的身体需要盐，动物也需要，只不过它们吃盐的方式跟我们不一样。"

然后关于这个话题的讨论立刻热烈了起来。

"小时候我家里那几个长工，过不多久就要给牛喂盐，说牛吃了力气大。"有人说。

"那是那是！同理嘛！"教授说，"动物获取盐的办法有很多种，实际上很多植物中都含有盐，泥土中也含有很多矿物质，其中就有盐。"

有人说："去过农村的都知道猪拱土吧？那猪恐怕也是在土里找盐分吧。"

教授点了点头。

大家又七嘴八舌、东拉西扯地说了一大通，说起乡间的事就少不了扯些逸闻趣事，这些内容他们都很感兴趣。

"好了好了，课就上到这里。你们准备测试吧！"教授走的时候对大家说。

有人问："这个还需要考试？"

教授说："当然要！"

"噢噢噢！"大家"噢"着，根本没往心里去，就这点儿常识考什么试？

倒还真不是一般的试题。

那天开饭，有人用筷子夹了一口菜往嘴里送，没一会儿就大喊："哎哟，师傅哎！你鬼打脑壳了？炒菜忘了放盐！"

大家都去夹盘里的菜，一尝，果然没放盐！厨子是专门请来的有名的大师傅，怎么会犯这种低级错误？

再尝别的菜，每样菜，包括汤，都没一点儿咸味，都没放盐。

大家到厨房大师傅那儿吵吵嚷嚷。

厨房大师傅说："是教官下的命令！"

他们又去找教官。

教官说："这是命令！你们接受就是！"

一连几天，菜里没盐，也不准吃带盐的食品，比如咸萝卜干什么的。

教官还常常抽查、提问。

第五天早上，教官问大家："怎么样？你们现在是什么感觉？"

"厌食，不想吃东西。"有人答。

"恶心想吐，四肢绵软……"有人说。

医官来给大家检查、测量。结果大多数人有心率加速、脉搏细弱、肌肉痉挛、视力下降、反射减弱、四肢无力、眩晕等症状。

"这还能打仗吗？"教官问。

大家都摇头。

一连五天，身体里没盐会出现什么状况，他们再清楚不过了。如果更长时间没盐吃，后果只会更严重：头重脚轻，走路轻飘飘；四肢无力，端枪瞄准手发抖；就是手不抖，眼睛看东西也模模糊糊，根本瞄不准……

"我们就是要让赤匪个个都这样，行不了军，打不了仗，不攻自溃。"教官说。

大家点头。

"匪区不产食盐，所需的食盐都须从外面运入，匪区军民加起来有四百多万张嘴，每月耗盐量至少要十五万斤。《孙子兵法》有言：'是故百战百胜，非善之善也；不战而屈人之兵，善之善者也。'只要把盐严密封锁了，剿共大业，胜券在握。"教官说。

"记住了，这您都讲过好几回了。"有学员说。

这一段话，教官这些日子确实反复讲。

教官说："就是要强调这一点，让你们明白盐的重要性。"

"七分政治"中，经济"围剿"是重中之重。别动队的主要任务之一，就是严密封锁苏区经济，而封锁的核心就是盐。

盐务组至关重要，必须有专门的队伍。黄佳万被委以重任，白庚有也被选入了这个小组。

代号"淡水鱼"

十月，特训班结业了，白庚有和黄佳万他们下了山，准备开始工作。

专门负责盐的小组，代号为"淡水鱼"。这个名字意味深长：咸水鱼生活在海里，海水含盐，淡水鱼就是要在无盐的世界中活着。

白庚有说："黄佳万呀，我给你弹床棉被吧！"

黄佳万看着他，有点儿奇怪："我不缺被子呀！"

白庚有说："闲了这么多天，我手痒。我这人一高兴就想弹弹那弹棉弓，听听那种声音。"

黄佳万真的给白庚有弄了团棉花，在一个宽敞的地方支了两块门板。很快，白庚有就干了起来，他一脸的快乐，沉浸在自己的天地里，像在进行一种表演。他想，这真好，弹一床棉被，虽然有些疲累，但舒展了自己。今后的一切，就如这崭新的棉絮一样。

他用红丝线在那团雪白的絮被上扯了四个字：前程似锦。

黄佳万看着平展、白白的新絮，仿佛真的触摸到了锦。

第二天，黄佳万和白庚有还有盐务组的另外两人开始了工作。他们一个个踌躇满志，跃跃欲试。曲长锋三十岁上下，看上去很精干。谢柏年虽然相貌有些不佳，却整天挤出一副笑脸，一张嘴也能说会道，倒是不讨人烦。他们都是行营指派到"淡水鱼"小组里来的……

黄佳万给白庚有安排的工作，让白庚有有些惊讶。

黄佳万说："白庚有呀，你很久没见你爷了吧？"

白庚有听到黄佳万这话，顿时睁大了眼睛看着他，不明白他怎么突然跟自己说这个。

黄佳万依然笑着说："孔子曰：'君君，臣臣，父父，子子。'孟子也说：'不得乎亲，不可以为人；不顺乎亲，不可以为子。'"

白庚有说："我家的情况、我和我爷的事情，你黄佳万是清清楚楚的。有什么话，不必拐弯抹角的，跟我直说！"

黄佳万说："你跟我来，我们单独说。"

他们找了个隐秘的地方，白庚有当然知道个中原因。他有过那种刻骨铭心的经历，也有过不堪回首的教训。国民党内部一直不是铁板一块，即便是黄埔军校那样的精英荟萃的地方，也有居心叵测的小人。南昌行营内部，国民党各派系都有人插手，斗得你死我活，最典型的就是杨七分与陈果夫、陈立夫两兄弟之间的明争暗斗。黄佳万纵然八面玲珑，也架不住各派系都往行动小组里掺沙子。有的人虽然穿颜色一样的衣服，内心的颜色却不一样，黄佳万不得不防。

他们很清楚，断绝盐的供给，让一支军队的战士都成为"病人"，不攻自溃，是一计良策。可看似特别简单的一件事，为什么一直没能落实？问题肯定非同寻常。关于封锁"匪区"重要物资——尤其是食盐的策略，将给"共匪"带去怎样的打击，特训班的教授在课上已经说得很明白了，军方上下也都清清楚楚。三年前，国军对"匪区"进行第一次"围剿"前，就开始实行经济封锁。国民党当局颁布了新《盐法》，对食盐的产销、储存严加管制，明令禁止私运和私卖，还在南昌设立了食盐火油管理局，在苏区周边各县下设食盐火油公卖委员会，推行"计口售盐"。南昌行营颁布了《封锁匪区办法》，不让"一粒米、一撮盐、一勺水，落入共产党手里"。封锁"匪区"的管理机构遍设于赣南各县交通要道。一九三一年，国民党当局对私运食盐、布匹、汽油、西药到苏区的人，轻则没收财物、剃光眉毛、罚做苦役，重则以"通匪"罪论处，并明令对偷运食盐济"匪"者，格杀勿论。

他们看过行营调查科送来的相关侦办材料，按说行营颁布了《封锁匪区办法》，每一条都有针对性，地方和军队严格照章执行就是。经济封锁了很长一段日子之后，大家觉得那些"赤匪"肯定已经因为经济"围剿"病入膏肓，队伍不堪一击。可一开战，结果却完全不是那么回事。

"有内鬼呀，有家贼，内鬼和家贼防不胜防……"黄佳万和白庚有在那儿说了好一阵子话。

黄佳万的顶头上司杨七分曾私下里让他秘密调查问题到底出在哪儿，"鬼"藏身何处。

黄佳万调查后给了杨七分一份详细的报告。杨七分看了，对黄佳万说："果然不出我所料。这份报告，天知地知你知我知就行了，不能让第三个人知道。"

杨七分当着黄佳万的面把那几张纸烧了，跟他说："这事你就当不知道。"

黄佳万看了上司一眼，点了点头。他当然明白杨七分的用意。

那时候杨七分还不叫杨七分，叫杨长官，本名杨永泰。

南昌行营的全称是"国民政府军事委员会委员长南昌行营"。蒋介石及国民党军政要员纷纷在此登场，全国的政令、军令皆发于此，行营的风头甚至盖过了南京。一时间，这里成了世人瞩目之地，各种势力都在这里抢占地盘，深度渗透。行营内部权谋角逐的激烈程度也显而易见。其中，最具实力的是以陈果夫、陈立夫兄弟为代表的CC系，以黄埔军官为骨干的黄埔系和以黄郛、杨永泰为核心的政学系。这三个派系互相角斗，怨隙由来已久。

行营调查科由徐恩曾把持，陈果夫、陈立夫是徐恩曾的表兄弟，陈立夫与徐恩曾还是留美同学。徐恩曾和杨七分当然就不太对付，而黄埔系的贺衷寒、戴笠、康泽等也并不买他们两方的账。三派互相拆台。

所以就有人浑水摸鱼，最典型的就是粤军陈济棠。

黄佳万在呈送的调查报告中写道：……德以应战争之备，不断充实军需装备，而德矿产匮乏，尤其钨、锑等为军工所不可或缺之重要矿产。钨、锑产自粤北、赣南，尤其赣南，多钨，且离香港颇近，运输便利。多年来，粤军陈济棠部，利用钨、锑与德交易。今年初，德国军火投机商人汉斯·克莱恩，作为德国驻华军事顾问团的随员初次来华访问，竟未与顾问团集体行动，而是潜往广州与陈济棠秘见，商谈向德国提供更多的钨、锑等矿产事宜，并承诺为其建造一座兵工厂。经查，陈济棠与德国人从匪区所获钨、锑等矿，皆转换成盐、药品、军火等物资进入匪区……

黄佳万问上司杨长官："行营调查科花那么多钱，布了那么多眼线，这么明目张胆的勾当，他们会不知道？"

"当然知道。"杨长官说。

"可……"

杨长官笑了笑，说："不奇怪，不论是钨还是盐，都是值钱的东西，很多人惦记着。何况陈济棠与上面不是一条心，他野心勃勃，想一箭双雕甚至一石三鸟，你又不是不知道。"

黄佳万当然很清楚，国民党内部钩心斗角，各派系为了各自的利益，全然不顾大局。杨长官让他暗中查访并整理这些资料，肯定是有目的的。黄佳万也知道，杨长官那时正在起草"万言书"，他要向蒋介石呈报相关"证据"，"七分政治，三分军事"中也包括内部的整肃和治理。

蒋介石看了"万言书"谏言后，下令先前的既往不咎，若再有置社稷之大业、"剿共"之大略而不顾者，阳奉阴违、表里不一，只为一己之利者，杀无赦！

让那地方一粒盐也进不去

别动队的队员虽说着装一样，但任务各不相同。有的直接对闽赣"匪区"及周边地区实行破坏，有的开展暗杀，有的进行投毒，还有的侦听情报……林林总总，五花八门。

"七分政治"中，经济封锁是很重要的一项，很重要的事上头当然格外地重视。

杨七分把黄佳万叫到办公室好多回。

"'淡水鱼'小组就是要让那地方一粒盐也进不去，成为'无盐淡水湖'。"杨七分跟黄佳万说。

"卑职尽力而为，效忠党国。"

"哈哈，老弟你就不必跟我打官腔了！此次重任交给你，我是在你们校长面前力荐了你的，不过，你也知道，这不会是个轻松活儿。"

"轻松的活儿杨先生您也不会交给我做。"

"也只有你能胜任。说心里话，'淡水鱼'要生存的这片湖水很深哟，这你知道的。"

黄佳万点了点头，他知道杨七分话语中水深水浅的意味。

他们为"淡水鱼"的计划研究了好些日子，不少细枝末节都想到了。那些策略倒不单单是针对"匪区"的，更多的是为了对付内在"障碍"的，所谓"明枪易躲，暗箭难防"。某些人常常为小团体和自己的利益，不惜败坏党国大事，牺牲大局以谋小利。

黄佳万把白庚有找来，把"淡水鱼"的计划跟他和盘托出。白庚有听了，睁大眼睛看了黄佳万好半天。

"难怪你问我家里世代经营盐的事。"白庚有说。

黄佳万笑着说:"也不完全是那么回事,杨长官那天说把隐入民间的豪杰召来,我就想到了你。"

"行营里人才济济,哪会没人可用?"白庚有说。

"校长知道,那年清党,有人假公济私、借刀杀人,把很多精英和人才打压了……"

"可你也知道,我从没沾过我家的生意,我从小就烦那些事——不然,我哥也不会年纪轻轻就过世。唉!"白庚有重重地叹了口气,"我爷肯定怨我哩……"

黄佳万听说过白家的事,白家大少爷因忧心家里的生意,劳累过度,病倒了就再没起来。

"再说你是知道的,我对做生意没一点儿兴趣,他们经营的事我从不过问……"

"你这是没杀过猪,但听的猪叫声比人家多。"

"那又怎么样?"

"你得带份厚礼,去见你爷。"

"你又不是不知道我和我爷的事,闹得父子形同仇人。"

"血浓于水……"

"前世的冤家……"

黄佳万说:"这是命令!"

听到"命令"二字,白庚有不再吭声了。军人以服从命令为天职!军令如山,一切只有服从。

白庚有给他爷写了封信,说他要回临川了,但要他经营家里的盐生意,帮衬的人得他自己找。白庚有还说他指派不动先前的那些老人,毕竟他们都是长辈。现在他来经营,得放手让他做,家里不能过多地干涉。

白清轩接到二儿子的信,不禁大喜。大儿子过世后,白清轩的心头一直笼罩着一层阴霾，成天不愿意出门，神志也因郁结常常恍惚，他觉得自己剩下的日子不多了。

没想到二儿子来了信，说他要回家。他没说"在家千般好，出门万般难"，也没说"父母在不远游"，更没说"父母年纪大了要回家"……白清轩想：管他什么原因哩，能回来就好。

白清轩喜出望外，那几天他红光满面，神清气爽。

第
3
章

军人以服从命令为天职

裴根杰那几天总是咳嗽，因为他有些烦恼。

裴根杰一烦恼就咳嗽，这事只有他爷和娘知道。

小时候他一咳嗽，爷和娘就会做些让他开心的事。一开心，裴根杰的咳嗽就好了。

裴根杰打小身体很好，他很少头疼脑热，但第一次咳嗽，咳了一整夜，让爷娘万分揪心。

爷找了郎中来，号脉，又观舌苔，还翻着裴根杰的眼皮看了好一会儿，末了，郎中摇摇头，说："这事有些怪异，找不出个病因来，我不能乱下药，是药三分毒。"

爷娘急了，号啕大哭。

第二天天没亮，爷就起床了。屋外下了一夜的雨，风摧雨折，院里那株栗子树上的一个鸟巢被弄到了地上。爷开门，见一只可怜的小鸟悲哀鸣啾。爷捡了起来，回屋，给裴根杰。

裴根杰眉开眼笑，咳嗽立马就停了。

爷说："哎呀！哎呀！"

娘正往灶里塞了把火，舀水倒进锅里，准备做吃食，听见她男人惊喊，手里的瓢掉进了缸里。

"怎么了？怎么了？"

"你看，伢他娘你看！"

娘看见裴根杰手里的那只雏鸟，没毛，红红的肉，鸟头比身子大，嘴比头大。

"一只鸟崽嘛，我当是什么。"

爷说："伢他不咳了哩，他好好的，不咳了！"

娘这才一拍膝盖，大叫道："是哦！是哦！好好的了。"

细伢儿天生喜欢小动物，一只雏鸟让裴根杰欢天喜地。那时他才两岁。

从那时起，爷娘就知道裴根杰的咳嗽与心情息息相关。所以裴根杰后来咳嗽，家人再也不慌张了，弄件开心事，他就不咳了。

裴根杰一直很乐观，跟爷种田，面朝黄土背朝天，很累很苦，他也常能找出乐子。

再后来，红军来了，裴根杰到队伍上，偶尔仗打得不顺，他心情不好，就咳一阵子，但大多数时间他是开心的、欢喜的。就是从前线调到后方，裴根杰一时不开心，想咳几下，也是躲到无人的地方咳。

军人以服从命令为天职。

他和几个从队伍里挑选出来的战友被抽去挖矿。挖的不是一般的矿，是一种叫钨的好东西。一开始，裴根杰根本不知道这种看上去与普通石头并无多大区别的矿石能给苏区和红军带来什么好处。

裴根杰对这样的调动心存疑惑。他们本来在前线，仗也一直打得很顺利。他在队伍上还当了连长，指挥着一队精兵强将。虽说敌人兵强马壮，来势汹汹，但红军队伍里有高人，高人用兵如神，他们往往以少胜多、以弱胜强。

裴根杰是从井冈山上下来的，从那年秋收起义起，他一路冲锋陷阵，铁了心要革命。第三次反"围剿"的时候，有消息说他婆娘被土豪杀了，儿子被人收养了。反动派土豪劣绅就成了他的仇人。

有仇必报，命就豁出去了，所以他一直冲在最前头。有人说："裴连长你真是命大，每回冲在最前头的几个都被炮火盯上了，你却毫发未损，神奇得很哟，你有神灵庇护？"

裴根杰自己也说不清，有些事确实难说。都说战场上子弹不长眼睛，可他裴根杰辗转战场，子弹却像长了眼睛一样躲着他飞。

他没想到组织上会突然派他去后方，更没想到叫他到大山深处管理一大群在矿洞里探矿、挖矿的男人。手下的那些"兵"，他认了几个月都没认全。白天人都在地下，黑糊着脸。晚上人出来，扒拉几口吃食就都睡了，都一样黑的脸，怎么认得出谁是谁？

那些日子，裴根杰每天都咳，咳得还挺厉害。

有人不了解裴根杰的情况，跟他说："你得找个郎中看看。"

裴根杰不吱声。

那人说："我家村子里有几个人像你这么咳的，全都是痨病鬼，没过多久就……"那人没说出后面的话，他觉得跟裴根杰说这个不太合适。后来，矿上主事的首长就真给裴根杰请了个郎中来。

郎中给他检查，望闻问切忙碌了一番，一脸疑惑，心想：这人好好的哩，但咳是事实。郎中就开了几味药，说熬了每天早晚各喝一碗。

第二天，裴根杰不咳了，他好好的。

有人就说那郎中真是神医，药到病除。

后面几天，裴根杰也不咳，好好的。可很快就有人发现，郎中开的那几包药原封不动地搁在裴根杰的屋子里。

那药，裴根杰一口也没喝。

裴根杰的咳嗽好了，跟郎中和那药都无关，而是和他那天去江口有关。江口是赣县沿江的一个镇子，自古以来就是赣江上的一处大码头，红军在那里设了对外贸易分局、银票交易所，运输船队的大小船只和竹排在那里穿梭。

他去江口，是运东西。上头在香港弄了一台机器，经红军运输队辗转运到江口。首长叫裴根杰去收货，再转运到铁山垅去。

说是机器，其实就是些铁砣砣、零件。船要过白军的哨卡，虽然那些哨卡都是粤军把守，红军与粤军做着一些"交易"，但还是不能明目张胆地运机器，说不定什么地方就会有国民党的耳目暗探哩。

拆成零件的还有另一些铁砣砣，裴根杰看见兵工厂的人在码头一侧忙碌。那些铁砣砣在他们的忙碌中变成了一些崭新的枪炮。

裴根杰一脸的诧异。

有人跟他说："也是从那边弄来的。"

"这可真是好东西，怎么弄来的？"

"怎么来的？有你裴连长一份功劳呀！这些宝贝是用钨砂换来的，钨砂运出去，换了钱，直接购枪炮，也有人直接用枪炮换我们的钨嘛……"

"噢！"裴根杰不只是喜形于色，还心花怒放。

有人卷了铺盖来工棚

自古，赣南一带就有人类繁衍生息。到汉唐后，五次大规模的中原南下迁徙让这里成了"梧桐树"，引得"凤凰栖枝"。

好山开出好田，好田种出好禾。慢慢地，这里就繁荣了起来，物产丰富，人才辈出。

因此，这一带的地名都有其寓意和特色。物丰人杰，人说可兴国，就有县邑之名为兴国；掘地为金，金为瑞，则名瑞金；安宁富足之地，叫宁都；人信物丰、因信而丰，则有名为信丰；……

赣南的钨是德国的一个传教士发现的，那是一九〇七年。传教士的名字叫邬利亨，带了个"邬"字，这名是不是找到钨后才取的，不得而知。

这个叫邬利亨的德国传教士，在西华山捡到一块黑石头。他将这块石头带回德国鉴定，证实是钨矿石。他欣喜若狂，悄悄返回了大庚，开始"明修栈道，暗度陈仓"——他跟当地人说要黑石头修花园。

当地人都觉得奇怪，没听说这样的石头可以砌屋垒院呀。建屋，它没花岗石坚固；建院垒路，河里到处都是鹅卵石，还用得着花大力气费那么大功夫去开采吗？

大家都不知道那黑石头有什么用，能换钱当然好，洋人要就给他吧，放在那里也是石头。洋人有钱，说要包了这片山，当地官府里有权势的见钱眼开，想也没想就说："好！山上黑石头多，愿意包就包了呗，放那里也是放着。"

一年后，大家才知道，洋人那么疯狂地挖石头当然是有原因的，那石头里含钨，在外国，钨也叫钨金，值大钱。

官府这才把开采权收了回来。

红军来了，建立了苏维埃政权，得发展经济，养活军队和苏区人民，钨成了重要的经济来源。红军打了三次大的反"围剿"战役，虽说胜了，但打仗也费钱呀，得保障后勤补给。红军知道在雩都那个叫铁山垅的地方有钨矿，那东西值钱。

裴根杰就是那时被首长派去铁山垅的。开始那几天，他咳嗽不止。他有情绪，不开心，还不能直说。

打仗打得顺风顺水，可就在这个当口儿，组织上却让他到铁山垅这个地方来捡石头，不仅他的队伍要捡，还得发动周边的山民一起捡。后来，红军在铁山垅设立了"公营铁山垅钨矿"。

现在他知道了，这石头不是一般的石头，而是贵如金的钨矿石，正是它给苏区输送了"血液"。

看着一担担的"黑石头"被挖出来，运到远方换来战场上急需的枪炮、军民日常必需的食盐、伤员救命的药品……裴根杰又一次感觉日子很敞亮，他觉得挖矿也是场特殊的战斗。支撑中华苏维埃经济的"柱子"有很多根，铁山垅及不远处的西华山中的矿山就是其中的一根。

裴根杰不咳嗽了。

但这天出现了一个突发情况，矿上出矿量明显少了，有人卷了铺盖来工棚里找裴根杰，说："结了工钱我们就回。"

裴根杰说："咱们签了合同，说了做到年底的。"

那几个人说："没错没错！是有合同没错。"

"那一切按合同办。"

"违约的是你们嘛。"

"是没有给你们工钱还是没让你们吃饱喝好？或者是住的地方走风漏雨了？"裴根杰问。

"都不是，是菜里没盐。"

裴根杰"哦"了一声，这事他知道。

这几座矿山出的钨都运往广东，红军与粤军军阀陈济棠签有协议，以钨换盐等物资。

红军甚至为此成立了苏维埃中央国民经济部和对外贸易总局，并相继设立了多个直属对外贸易分局和十个采办处。随后为了方便运输，红军建造了三百多艘货船，水路、陆路均可进行贸易，解决了苏区急需的盐及其他物资的供给问题。

但近来国民党当局施行新策略，采取软硬兼施的手段迫使陈济棠断绝与"匪区"的生意。他们来真的了，"杀无赦"三个字很吓人。

盐突然就吃紧了。得保证前线将士的用盐，那就只有收紧地方群众和苏区干部的用盐，钨矿工人也是群众，他们也得被限制。

但其实，矿山里的工人在矿坑里劳作，更需要盐——那地方氧气不充足，工人们汗也流得比别人多。流汗排盐，更需要补盐，没有盐吃浑身疲软、四肢无力，那还怎么挖矿？

有人就要走，怎么说都不行；就是不走，人蔫不唧儿的，生产也受影响。

裴根杰从那天起，又开始咳嗽了。

一切都是为了盐

裴根杰没想到这个节骨眼上首长会把他叫到瑞金，似乎还很紧急。他想：我正要去找您哩，您召见得真是时候，我得跟您反映矿山的事。

和他一起见首长的还有几个男人。首长没咳嗽，但首长的脸一直绷着。裴根杰认识那几个男人中的两个：他和其中一个互相看了看，算是打了招呼；另一个叫任天朋的，被大家视作红军中的一杰，政治觉悟和军事素质都很高，裴根杰曾和他一起执行过重要的任务。

裴根杰意识到首长将有重要的事情交代。

果然，首长说："无事不登三宝殿，我这是无事不召你们来呀！"

没人吱声，都支棱着耳朵听首长说。

首长说："就一个'盐'字，让人犯难了。国民党反动派这招狠呀。他们的策略是'七分政治，三分军事'，打仗咱们不怕，兵来将挡，水来土掩，不是来过三回'围剿'吗？哪一次不是打得他们落花流水、屁滚尿流？可他们来这一手，断了我们的盐路。断了盐路，那就是断了红军的活路呀！人不吃盐身体没力气，脚下踩棉花似的，胳膊端不起枪。脚踩棉花怎么行军？胳膊端不起枪怎么战斗？一支军队，将士浑浑噩噩、萎靡不振，那还打什么仗？但对于敌人的这一招，我们还是那八个字——兵来将挡，水来土掩。你们是我们的中坚和骨干，每一次红军面临困难，总部首先想到的都是你们。好马配好鞍，好船配好帆，好钢用在刀刃上。每到关键时刻，你们都冲在最前方。今天把你们召集到这里，把任务交给你们，你们一定也能出色地完成，这是一定的！"

一个男人说："首长，您的夸奖让人耳热，您就直接说任务吧！"

"对对！耳热不要紧，就怕飘飘然。"另外一个说。

"我急呀！首长您知道我是急性子，您快说。"又一个说。

首长说："好！我说！其实你们也猜得到，就是个'盐'字。"

然后，裴根杰和几个男人就暂时留了下来，在保卫局的领导下，专门负责盐的事务。

"敌人下了狠手，我们别无选择，只能见招拆招、迎难而上，明知山有虎，偏向虎山行！我们要竭尽全力粉碎敌人的阴谋！我们得有我们的办法。"首长铿锵有力地说。

裴根杰想：当然有办法，再大的困难，哪一回不是兵来将挡，水来土掩？他觉得几个同伴一定也是这么想的。他们有信心。

首长说："大家辛苦了，今天特意请你们吃顿饭。"

"呀，首长客气。不过我们很久没打过牙祭了。"有人打着哈哈说。

酒是水酒；菜呢，首长特意叫人杀了只鸡，又从地里摘来了新鲜蔬菜，还从山里弄来了几样"山珍"。看得出，首长是尽了最大努力的，在这个被敌人封锁的困难时期，能凑出一桌像样的菜不容易。

馋虫在大家的喉咙里蠕动着。

大家举起筷子夹第一口菜入口，就纷纷皱起了眉头。

"还是没盐的菜呀？"有人问首长。

"怎么？"

"我以为首长能和普通人不一样嘛，总得有特殊供应的呀！再说首长您请客……"

首长说："怎么能特殊嘛。其实敌人封锁食盐也不是现在才开始的，早在井冈山斗争时期，他们就已经从食盐上下手了。那时候，红军就官兵同等、军民同等，有盐同咸，无盐同淡，没有什么特殊的。"

裴根杰笃定地说："是的！"他是经历过那些日夜的，印象深刻。

大家吃得很开心。

有人说："我知道您为什么请我们吃饭了。"

"为什么？"

"除了表达对我们的关怀，还要告诉我们那八个字：有盐同咸，无盐同淡。"

首长点了点头。

"我们记住了，首长，您放心！"

那几天，他们一直在瑞金待着，讨论着这场特殊战役的具体攻防布局。红军也有两条路可走：一是自己制盐，二是设法从外面弄盐来。第一条路对内，在苏区内自己解决问题；第二条路对外，想办法打破敌人的封锁，把盐弄回来。

裴根杰依然负责生产，当然，他这次出产的不再是钨矿石，而是盐，但不是平常所说的食盐，而是土盐。

任天朋则带了几个人对外——在白区采办食盐，千方百计地弄回苏区。这当然不是一般的任务，敌人封锁得跟铁桶阵一样，还遍设了暗探和眼线，执行任务的人得有与敌人周旋的经验。任天朋一直在苏区保卫局工作，是骨干。前些年，首长指派给任天朋一项重要任务，就是开辟一条从上海到瑞金的交通线。那可得花些功夫，第一步得探路。要搁平常，探路并不是难事，但这是赣南闽西红色苏区对外的一条秘密交通线。除了人员要由此出入，被白军禁运的物资也得由这条交通线运进来、送出去，既要便捷，又要绝对安全。

任天朋先是勘察路线。上海离江西陆路不到一千公里，水路也十分便捷，沿着长江上行到鄱阳湖再到赣江，顺风顺水。但白军封锁了陆路、水路，不让"顺"，所以，得绕着走。为安全起见，任天朋等人只好先由上海坐船到香港，再由香港到汕头，然后沿着韩江水路到大埔。

到大埔后就有多种选择了。

大埔东北紧靠福建省平和、永定两县，东南连接饶平县，西依梅州，南邻丰顺县。由汀江可直上长汀——汀江和韩江其实是一条河，只是福建境内叫汀江，流到广东就改叫韩江了——到了长汀，就离瑞金不远了。长汀和瑞金相邻，几十里路就可以到沙洲坝等地。正因为便捷，所以白军对水路封锁得很严。

不走汀江，那就只能走陆路了。由山路到江西的石城及会昌等地进入苏区，周边都是山，绵延不绝，荒僻难行，倒也相对安全。

任天朋带几个人走了几个月，探摸出几条路。是的，不是一条，是几条。将来，路上走的都是重要人物和重要物资，要防白军，也得防土匪歹人。再说，如果只有一条路，要是让外人知道了，那就成死路了。

现在，为了盐，所有的备用通道都得用上。

当然，还得动用另外两条秘密通道：一条东西走向，横跨蕉岭、平远、寻邬、安远四县；另一条南北走向，纵贯会昌、寻邬、平远、梅县四县。

苏区的钨从两条秘密通道运往粤境，再由平远等地走陆路、水路运往香港甚至更远的地方，而广东沿海盐场的盐，也由平远、梅县等粤境运往苏区。

一切都是为了盐。

第

4

章

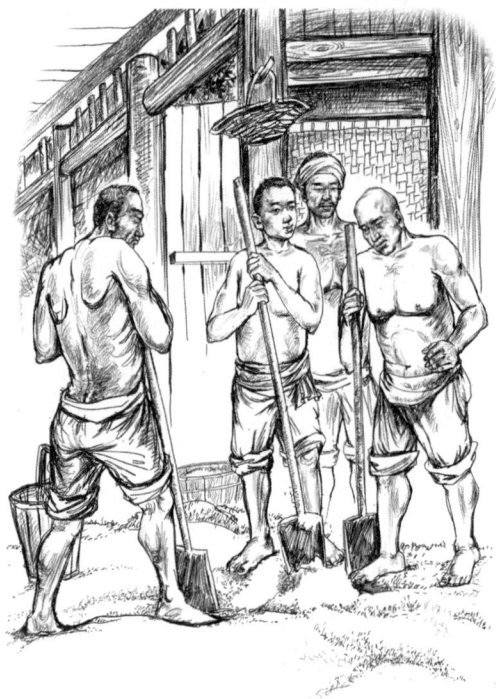

自力更生是一条路

柯连伟是个黑脸，长了一脸的络腮胡子，个子不高，却显得威武。

首长对裴根杰说："根杰呀，我给你配个助手，他可不是一般的人物哟！"说着就把柯连伟拉到裴根杰面前。

裴根杰想：在后方搞生产，您给我个猛张飞？

首长看出了裴根杰的疑惑，说："制盐是个讲科学技术的活儿，里面学问深，给你配的就是这方面的专家。"

裴根杰跟柯连伟说："首长说您是专家，那我就放心了！制盐可不是挖矿，山里有矿，找人挖就是。可是盐呢，怎么制出来？那不是简单的事，我一点儿底也没有。"

柯连伟笑笑，不说话，一副胸有成竹的样子。

首长说："就是嘛，不过有连伟同志的帮助，制盐不是问题，你们珠联璧合，一定能完成任务。"

"哦哦！"

首长说："你别'哦哦'，连伟同志之前在苏联留学，才回来，是化学专家，现在在咱们兵工厂。"

裴根杰笑了笑，过去和柯连伟握了握手。他并没有看不起对方的意思，他知道人各有所长，且术业有专攻。他很快感觉到，对方没把自己当回事，那家伙目光不对嘛，分明有点儿蔑视或者说客套。

裴根杰并没有介意，在铁山垅他就和从苏联留学回来的专家合作过。人家那是真的有学问，喝过洋墨水的人到底不一般，解决了许多生产难题。

裴根杰还是回了铁山垅一趟，跟一起挖矿好些日子的同志和兄弟告别。

他弄了几个菜，还找来一坛水酒，请大家喝了一场酒。几口酒下肚，眼圈就红红的了，他有点儿舍不得矿上的那些朋友。

他把行李收拾了，去了那个叫岭背的地方。岭背与铁山垅同属雩都县域，却不是一个方向，一北一南。

柯连伟也去了岭背。

岭背熬盐的历史由来已久。过去这一带缺盐，一有战火或者天灾，外地的盐就进不来，即使进来了，价格也不低，客家人只能用土法制盐。

自古，岭背家家都出制盐的师傅，个个技术精湛，制出的盐质量也好。

苏区需要更多的盐，哪怕是土盐——每月十五万斤不是个小数目，以往是拿钨等物资从广东那边换，但眼下水路、陆路皆已被严密封锁，虽然首长安排开辟了秘密交通线，但总归还是两条腿走路好一些。

所以，自力更生是一条路，且是更重要的一条路。

裴根杰和柯连伟被派来岭背，执行的就是制盐这个任务。上头选定这里作为苏区熬盐培训基地再合适不过了——这地方有祖传的技艺，有制盐高手。接下来各地都要自己制盐，就得派人来学习，学成后往各地输送。

裴根杰对柯连伟说："你现在是总教头！你就是林冲，没有八十万禁军，几千人还是有的，也得称教头。"

凭手艺吃饭

冯笔中名字里有个"笔"字，他小名是"放伢"，也叫"放放"。

冯笔中过周岁抓周时，爷娘在床上放了些东西，让伢自己爬了抓。按老一辈人的说法，伢抓到什么，将来就会往那个方向发展。当然，按传统，伢面前放的都是些寓意美好的东西，如笔、墨、纸、砚，印，算盘，经书，戥子……

冯笔中的家境还算过得去，不好不坏，温饱不愁。但爷娘心大，还是希望伢能有更大的出息。

那天，爷娘还有几个叔伯都目不转睛地看着床上的伢。冯笔中爬到那些东西面前，停住了，似乎确实被那些东西吸引了，但没有立即抓。爷娘想：伢抓了印章，将来承天恩祖德，官运亨通；抓算盘，那将来可是做生意的高手；就是抓了戥子，将来开的也是金店、银店，至少也是药铺。

谁也没想到冯笔中抓的是一支笔。冯家几代没出过读书人，族里做小生意者有过，出外吃军粮者也有过，种田的、撑排的、做各种手艺的也有过，但没出过读书人。这伢却抓了一支毛笔，还牢牢不放手。

爷娘和族人想：这伢抓了笔，将来必写得一手锦绣文章，说不定能状元及第！于是给伢取了个文雅名：冯笔中。这像个读书人的名字。

但放放也好，冯笔中也罢，名是名，跟其后的冯家后人的一切似乎没太多关系。冯笔中后来做的事，跟锦绣文章、状元及第也没有关系。

那年冯笔中五岁，不知道怎么晃荡晃荡就走到街东那家盐坊去了，看江帮灿熬盐。江帮灿江湖外号"江盐缸"，一听就知道他是制盐高手。

乡间九佬十八匠，行行出状元。

"九佬"：烧火佬，烧火做饭的师傅；剃头佬，理发刮胡须的师傅；补锅佬，锔碗补锅匠；阉佬，阉鸡阉猪骟牛的人；杀猪佬，杀猪屠牛宰羊的人；打榨佬，专事榨油的师傅；吹鼓佬，在红白喜事或者年节里吹吹打打的人；抢刀磨剪佬，专事磨刀的人；裁缝佬，做衣服的师傅。

"十八匠"有金匠、银匠、铜匠、铁匠、锡匠、石匠、木匠、雕匠、画匠、弹匠、篾匠、瓦匠、垒匠、鼓匠、椅匠、伞匠、漆匠、皮匠。此外还有织布匠、绒匠、染布匠、弹花匠、铸造匠、窑匠等，说是"十八匠"，其实不止，乡间手艺种类很多，九佬十八匠只是泛指。

这些手艺人有时技艺精熟到花样百出，如果说白庚有的弹棉花手艺像一种表演，那乡间任何匠佬娴熟的手艺让人看了都眼花缭乱。但有几样是鲜有人去围观的，如漆匠干活儿。乡间漆匠用的是生漆，生漆产自漆树。那树很神奇，过敏体质的人不能挨近，否则浑身奇痒难耐，严重的话头会肿得跟水桶一样。染坊也没人去，那里用靛青染布，味道甚浓。

制盐其实也一样，熬的泥浆，脏不说，还散发着一种难闻的怪味。谁去那地方围观？

江帮灿正在熬盐，不承想一侧身，看见个伢。江帮灿问："这是谁家的伢？到这种脏臭地方来？"冯笔中不说话，只看着。江帮灿正忙着呢，心想：爱看看去，一会儿就不新鲜了，脏臭会熏得他走得远远的。

谁知冯笔中没走，他聚精会神地看着。直到他娘找了来，说："你个伢子，满街子喊你，你不应，谁会想到你在这么个地方！"

第二天，冯笔中又出现在了盐坊。

娘说："这伢怎么回事？"

有人笑说："听说过命里缺水缺土缺木什么的，没听说过命里缺盐的呀！"

"就是就是！盐也不在五行中呀！"旁边有人应着。

冯笔中的爷说："先前请先生给伢掐算过的，伢命里缺土。"

江帮灿一拍膝盖，说："那就对了！这盐来自土嘛，没硝土怎么熬盐？"

往后，冯笔中常来盐坊，看江帮灿熬硝土制盐。江帮灿没儿子，一个女儿早嫁人了，冯笔中认了江帮灿为义父。

冯笔中说要跟江帮灿学熬盐。爷娘睁大了眼睛看着他，心想：抓周不是抓了支笔吗？应该去砚里磨墨嘛，怎的要去盐池里搅土？

冯笔中做了江帮灿的徒弟，在江帮灿的言传身教下，冯笔中业精于勤，三两年就学得一手绝佳的熬盐技艺，不输师傅，甚至青出于蓝胜于蓝。冯笔中十二岁时，既是义父也是师傅的江帮灿过世了，冯笔中就替代他，做了大师傅。

裴根杰和柯连伟他们到达岭背时，冯笔中已经十七了。十七不是个伢，是后生了。和师傅江帮灿一样，后生冯笔中熬盐名声在外。

冯笔中在岭背多年，从没见过老东家，只听说老东家姓白。老东家有钱有势，手上握着周边成千上万张嘴里吃的盐。海盐、贡盐都是他从远地方倒来的，当然，老东家还得控制盐价，不控制不行，他若把盐价抬高，人家就不买盐了，改吃土盐。所以，老东家不光得保证盐价稳定，还得控制土盐的生产。据说，以前邑内的土盐作坊都是白家的。红军来了以后，盐坊都归了苏维埃。

冯笔中和很多人一样，知道东家换人了，由姓白的换成姓苏的了。人们议论了一阵子，后来就没管了。管他东家换成谁，有工钱给就成。大家也没想过新东家是个什么模样，只管制盐，出了盐，有人负责运走。老东家也好，新东家也罢，冯笔中无所谓，他只管做好自己的活儿，凭手艺吃饭。

苏维埃的人到岭背了。

他们其实来了几天了，只是那天才出现在盐坊，出现在冯笔中跟大家伙儿面前。

"他们说新东家来了！东家来看我们？"冯笔中问其中一个男人。

那男人说："我不是东家，东家是大家。"

"老东家从不来我们这儿，嫌脏。"冯笔中说。

"哦！"

"您姓苏？"冯笔中又问。

那男人愣了一下，看了冯笔中好一会儿，突然悟到冯笔中问他是不是姓苏是怎么回事。他抿嘴笑了下，但很快就把笑容收了起来。

"您笑什么？"

那男人说："你是说苏维埃吧？"

"就是呀！"盐坊里的几个男人都看着那个男人。

那男人再也忍不住了，哈哈大笑起来。

"苏维埃不是人的名字。"那男人说。

"哦？那是什么？"

"是政权，或者说政府。"

"哦！衙门？"

"不，是人民的政府、工农的政权。"

"哦！"

"是穷苦劳工和贫苦民众自己打江山坐江山的政府。"

"哦哦！"

"将来一切都不是财主和掌柜的了，是大家的！"

"哦哦哦……"

大家尽管半信半疑，还是各自做好手头的活儿。

后来大家觉得那男人说的是对的，财主家的钱财分了，田地也分了，均贫富嘛。这很好，确实得人心。

冯笔中还是很用心地熬盐，心无旁骛。

土法制盐

又有陌生人来盐坊了，在一个阴雨天。

立夏后，田里栽下去的禾舒了根，展了叶，由黄转绿，原先稀疏的禾田，现在青苗遮水了。青苗遮了水，那些田看上去就是一块一块的绿了。

冯笔中和盐坊的几个伙计都光着上身。这一带的男人无论老少，一入夏就成天光着膀子。山里穷，讲究节省，衣服除了御寒，别的作用就不大了，且大热天要顶着个炉火一样的日头干活儿，个个汗如雨下，若穿着衣服，脊背整天湿答答的，就是不湿，也沁着些白花花的痕迹，那是盐渍，最容易坏衣服。

冯笔中和几个男人刚搅了一池泥，那是从各处刮来或挖来的墙土，是制硝盐的原料。土法制盐有三道工序：第一道工序是碎土，把墙土打碎放进池里浸泡；第二道工序是滤卤，老墙泡出的水叫卤水，用布将卤水里的泥滤掉；第三道工序是熬盐，把卤水放在锅里熬干，白白的一层硝盐就出来了。

如果觉得这并不要什么技艺，那就错了。土法制盐关键是看土，各种土含盐量如何，师傅要懂得看。池里要浸泡多少土，是师傅看后决定的。这样，每锅出来的盐，基本一样。

冯笔中搅泥出了一身汗，用手胡乱抹了一把，随手拎起一只木桶咕噜咕噜地猛灌一气，接着又把桶举过头，哗啦，从头湿到脚。

爽哟！

冯笔中一抬头，看见两个男人站在那儿。不用说，是苏维埃的人。因为他们没有光着上身，都穿着衣服呢。

出现在盐坊的是裴根杰和柯连伟。

"谁是冯笔中？"裴根杰问。

有人指了指一身水的冯笔中。

"呀！你就是冯笔中？没想到这么年轻啊！"裴根杰不自觉地提高了音量。

冯笔中很快知道，来人不简单。

裴根杰说苏维埃要扩大土盐的生产，想请冯笔中他们多多支持和帮助。他还说，戴眼镜的这个人是专家，喝过洋墨水，他是来岭背指导科学制盐的。

柯连伟是第一次看见土法制盐，没太当回事，他有自己的想法。

首长指示扩大生产规模，裴根杰当然要贯彻执行，但熬盐是个技术活儿！裴根杰想，他和柯连伟应该跟冯笔中交朋友。他请冯笔中去了他们的住处。冯笔中看见柯连伟带来的那些东西，一堆大大小小、奇形怪状的玻璃瓶。

"柯连伟，你喝酒吗？带这么多酒瓶、酒杯！"冯笔中问。

柯连伟认真地回答道："这些是化学实验常用的器皿，各有各的作用。这是烧杯，这是锥形瓶，这是碘量瓶，还有蒸发皿、称量瓶、试剂瓶……都是做科学实验的。以后你就知道了，首长为了给我弄这些，花了不少心血……"

"噢！"

然后是办学习班。

裴根杰对冯笔中说："你是乡间的大师傅，但柯连伟是喝过洋墨水的专家，你也去听听！"

戴眼镜的柯连伟微笑着点头，镜片后面的眼神，满是自信和骄傲。

冯笔中想，自己确实应该去听听，看人家能把熬盐说出个什么洋名堂来。

这天晚上，岭背的邓家祖祠里灯火通明，点的当然不是灯，是松明火。煤油也在国民党当局对苏区禁运的重要物资之列。没有油灯，那只能用松明。满山都是松树，松树的根呀权的就是松明柴，乡人也叫枞柴。枞柴经燃也光亮，乡人叫枞光。

祠堂四个角都点了松明火，一时间火光冲天。松明火亮堂是亮堂，但烟也大，引得人们咳嗽声接连不断。乡间夏天蚊虫猖獗，男人们都光着上身，被叮得左一个包，右一个包。有人在墙角撒了一堆锯末，锯末下埋着臭榛和蓼叶，那东西燃起来起烟，蚊虫最怕。

墙边架了块黑板，人影晃动。裴根杰想得很周到，叫人专门煮了一大桶凉茶，一摞碗钵搁在边上。他朝大家喊"坐下坐下"，人是坐下了，但嘈杂声波浪一样起伏着。

裴根杰提高嗓门儿说："柯连伟先生就要给大家讲课了。"

大家安静了下来。

柯连伟拈了一支粉笔，在黑板上写了一行洋文，是盐也就是氯化钠的化学式。

柯连伟还没开口，下面就乱成一团："哎哎，写的什么呀？"

"这是氯化钠的化学式，一切先得从这儿讲起。"柯连伟说着咳了起来，他也受不了松明的烟，但他还是坚持着。

柯连伟讲得兴致勃勃，听的人云里雾里，嘈杂声就又起了。裴根杰喊了几声，但制止不住。

"制盐就制盐嘛，搞那么些名堂干什么？"

"哪里是讲制盐嘛，鬼画符一样……"

这些人都是从各地挑选来岭背学制盐的，知道柯连伟是首长派来的专家，但他们确实听不懂什么氯化钠，说盐不就行了？

"不如叫冯笔中去讲，制硝盐这事，冯笔中是大师傅。"

课是上不成了，但大家依然坐在那儿，聊天蛮好，还有茶喝。

众人拾柴火焰高

学习班还是要办下去的，有人就推举冯笔中来做教头。

冯笔中皱了皱眉头，说："我跟我师傅发过誓的！"

自古，中国的手艺人对传承是很讲究的，多是家族式继承，尤其有独门绝技的人家，传男不传女，传内不传外。制盐也是门手艺，既是师傅也是义父的江帮灿把手艺传给冯笔中时，也是讲过规矩的。

师傅说:"你跟我学熬盐行,但得讲规矩。"

冯笔中说:"我懂的,江湖上得讲规矩。"

"那你发誓。"

冯笔中真的发了毒誓。

"我发过誓的,我答应过师傅不会坏江湖规矩。"冯笔中对裴根杰说。

裴根杰说:"土豪劣绅都被打倒了,工农有了自己的政权,现在,旧的规矩不管用了。"

"我发过毒誓的。"

"救人一命,胜造七级浮屠。"

"什么?"

"你知道这句话的,常有人说起。"

"那是!"冯笔中看着裴根杰,不知道他为什么突然冒出这么一句。

"不管怎么样,我们大老远地来到这里,就是想救人性命。柯连伟是个好人,但他那套制硝盐的理论大家听不懂……"

裴根杰就把苏区当前严峻的局势跟冯笔中说了。冯笔中当然有所了解,毕竟街上百货什么的都少了,奇货可居,何况紧俏的东西呢。

"没盐,人会生病。队伍上将士没盐,仗肯定打不赢——会死人的,死好多人。"裴根杰说。

"盐又不是药。"冯笔中说。

"比药还重要,到那时候盐就是最好的救命药。"裴根杰说。

冯笔中说:"我发过毒誓!我跟我师傅发过毒誓。"

"我们知道,你说过好多遍了。"

"我不会照你说的那么做,我听师傅的,我跟师傅发过毒誓。"

有人跟冯笔中说:"人家裴根杰和柯连伟急哩,心急火燎。"

其实,人们很难理解裴根杰的心情,他从井冈山跟着队伍一路冲杀,攻难克险,后来上头调他去挖矿,他也弄得风生水起,挖出的矿石从水路、陆路运出去，换回苏区紧缺的物品，甚至枪支弹药。不管是在前线还是在矿场，裴根杰都意气风发。可到了岭背，裴根杰却碰到这么棘手的事。

那天，有人带来个不好的消息。

"知道不？首长的丈母娘差点儿被活埋了。"

"怎么回事？快说快说！"

"老人家是个医生，六十多岁，去挖硝土了。"

"一个城里来的医生去挖硝土干吗？"

"医院里缺盐呀，盐是重要的药品。她挖着挖着，土墙塌了，烂土埋了她半个身子，她大声呼救。幸亏有老乡经过，才把她老人家救出来，送去医院时都半夜了。"

这个消息让裴根杰很难受。没人批评他，也没人指责他、抱怨他，镇子东面那块场坪上，堆放着四乡八邻弄来的硝土，堆得如小山一样高。

宁都七里村有七座这样的硝土山哩，别处恐怕也不少了。它们不能化作盐，裴根杰心急如焚。在岭背这个地方，硝盐的生产一直在进行，盐还是那么紧缺，别的地方就更不用说了。那些地方都在等着裴根杰把培训好的制盐工人送去。

裴根杰寝食难安，来这地方才几天，就瘦了一圈。柯连伟也一脸的沮丧，来之前雄心勃勃、壮志凌云，自信能教出一群熟练的工人，就像孙悟空拔一根毫毛就能吹出无数孙悟空来一样。但现实和柯连伟想的差十万八千里。

那天，冯笔中去了裴根杰和柯连伟住的屋子。

"听说你吃淡菜，你汤里菜里没放盐？"

"我没脸吃盐……"裴根杰说。

"你不该这样的。"

"首长们没得盐吃，前方将士没得盐吃，我来制盐的，没制出足够的盐，哪有脸吃盐？"

冯笔中说："我和盐坊里的伙计每天干到半夜……"

裴根杰说："我听说了，你们加班加点地干活儿。"

"岭背出的盐比平时多了一成。"冯笔中说。

"但杯水车薪呀！"这词裴根杰是从首长那里学来的。

"什么？"冯笔中瞪大了眼睛看着裴根杰。

"就是说这点儿盐远远不够。国民党把四周围得跟铁桶一样，不让一粒米、一撮盐甚至一勺水进来，你看他们猖狂不？首长说，我们每月至少要十五万斤盐才能对付。十五万斤呀！"

冯笔中说："你从牙缝里省，也省不出几粒盐来。"

"我是没脸吃盐。"

冯笔中说："我真的尽力了，我真的很想帮你、帮你们，我们天天干到半夜哟。"

"众人拾柴火焰高。"裴根杰说。

冯笔中黑着脸说："我说过的，我发过毒誓。"

"是呀，是呀！你是个好后生，你发过毒誓，可我也跟首长立过军令状，一定完成任务！"

冯笔中突然大哭起来，把裴根杰和柯连伟吓了一大跳。

"你哭什么？你这个后生怎么还哭起来了？"裴根杰搓着手，不知所措。

冯笔中哭着跑出门去，一群鸡似乎被冯笔中的哭声吓着了，四下惊窜。一条路过的黄狗也退后了两步，冲着冯笔中气势汹汹地吠起来。

冯笔中不管不顾地往远处跑，谁也不知道他要去哪儿、去干什么。

冯笔中去了师傅江帮灿的坟头。他一直哭着，后来就跪在了坟头前。他从兜里掏出一枚毫子，捏在手心里。

"师傅，我发过毒誓，可我也不能见死不救，您给我指条路吧！"

冯笔中把手里的那枚毫子掂了掂。

"师傅，我听您的。我把毫子扔到您坟上，要是正面朝上，我给他们做师傅，教他们熬盐；要是反面朝上，我也不能见死不救……"

冯笔中看着那块墓碑，把那枚毫子抛得老高。他闭着眼睛，好半天，才睁开。

正面朝上。

冯笔中回到镇上，跟裴根杰说："我师傅答应我了。我教大家熬盐。"

柯连伟说："那我也拜你为师。"

冯笔中身边围了几十个徒弟，都是从各地抽来的精干人物。

一切从头开始。

第一步，挖硝土。冯笔中找到一面土墙。

柯连伟说："一股浓浓的氨气味。"

有人说："是尿味。这是这家人放尿桶的地方，墙边放了几只尿桶。"

"我说哩，"柯连伟说，"是尿素，没错，又称碳酰胺。也就是说，这是茅厕？"

有人说："算吧。"

"用这里的土熬盐？"

冯笔中看着柯连伟说："就是用它。每处墙土因年代不同、朝向不同、尿桶放置的位置不同，土里的含盐量不一样。所以，师傅的识别判断很重要，就跟景德镇老窑里的师傅要用肉眼准确地把控温度的高低一样。

"熬盐也一样，凭经验和眼力，看硝土的干湿和颜色等，就能判断大致的含盐量。当然，眼睛看不准时，用食指尖沾一点儿土放在舌尖上，就知道这缸里该放多少硝土，要配多少水。

"熬盐时还得搅拌，不停地搅，才能把土里的盐分搅出来。搅拌时看泡泡，白色泡泡小而密，就是好土。水也不能多，多了，费柴费时；也不能少，少了，盐分出不来。水影响盐的质量，当然，还有产量。

"然后是滤卤水。滤过的水放在锅里熬，水熬干，白晶晶的东西就出来了。"

冯笔中弄了些木炭来，碾成黑色的粉末，又捻了点儿白晶晶的硝盐。他用手指各撮了一些，将它们混到一起，放到一块瓦片上面，拿过伙计点烟的纸煤儿（纸捻子），用嘴一吹，纸煤儿燃了。当火凑近粉末时，噗，一团白亮闪现了。

"这是火药哩！"柯连伟说，"硝盐自古就是制作火药的材料。"

冯笔中却说："好盐！"

很快，徒弟们都学得了"绝技"，不过有人觉得这与他们想象中传授"祖传秘诀"的情形相差甚远。

"这没什么，没什么的嘛。"一个徒弟说。那人嘴角有块小疤痕，说话时疤痕也随嘴角动了动。

另一个却说："何子南，你说的这是什么话？这叫没什么？"

"也就这么些名堂嘛！"何子南说。

"那你来试试？"

"哦！"何子南看着对方"哦"了一声。

"秘方嘛，内行人眼里是神药，外行人看也许就是路边草。有些事就那么点儿名堂，可就算只是一层纸，不指点，你就永远戳不破。"

"哦哦！"

"你还'哦'！人家教你秘方，你不感恩，还说没什么！"

"嗯嗯，是我错了。"叫何子南的男人点头认错。

"那你该去跟师傅道歉！"

何子南真就去店里买了一盒点心，找到冯笔中的住处。

冯笔中坐在晦暗不明的地方，让人看不清脸。

何子南进门，叫了冯笔中一声"师傅"。冯笔中一动不动，没吭声。

何子南一脸真诚地认错道歉，说了一大通，说完，把那盒点心递上。冯笔中接了，随手开封拈了一块塞进嘴里，扭头跟何子南说："没打雷，一直没打雷，是吧？"

何子南被问得一头雾水，抬头看了看天，七月伏天，连着半月的毒日头，哪儿来的雷？

"没哩，天上万里无云……"何子南说。

"是哟，我心里七上八下的，怕了一夜。"

"没雷啊，哪有？"何子南说。

冯笔中说："那就好，没天劈雷轰——这点心很甜，你怎么不吃？哦！对了，你找我什么事？"

何子南一脸的愕然，很快又笑了。他说："没事，没事！我就是过来看看你。"

这些徒弟很快就成了熬硝盐的技术骨干，被派往宁都、瑞金、会昌、寻邬等地方，那些地方也有苏维埃开的制盐合作社。

各地小山一样的老墙土被一点点地泡进缸中、池中，滤出的卤水舀进架起的大锅中，很快，锅底的干柴烈火把那些水变成水蒸气，锅底就出现了一层白花花的硝盐，冰凌一样晶莹剔透。那些硝盐被运输队运到了岭背，那里有红军的盐库，然后被分发到前线的队伍和各县。

柯连伟和裴根杰看着白花花的硝盐进库，眉开眼笑。

柯连伟用指尖沾了一点儿盐末放在舌尖上抿了抿。

裴根杰说："有点儿苦是吧？我昨天就试了，还请厨子用这盐炒了菜，菜也带点儿涩苦。"

柯连伟说："苦不是个事，这是硝盐。"

"你有办法？"

"硝其实也是盐，是硝酸盐的总称。古人发现这种盐容易引火，所以也称之为火硝。盐指的是酸碱中和后的产物，一般是由金属阳离子和酸根阴离了构成，人多溶于水。那天，冯笔中不是点燃了吗？"

"是哦！"

"主要是这硝有毒，食用过多对人体有害，好在有办法分解硝，至少能分解掉一部分。"

第二天，柯连伟真的把自己关在闷热的屋子里。他弄来的那些大大小小、奇形怪状的玻璃瓶里多了些五颜六色的液体，有的瓶子下面还燃着火，那是酒精灯。他忙碌了一整天，然后一身臭汗走了出来。

"没错，可以分解出部分硝来，那样，就没什么问题了。"柯连伟跟裴根杰说。

柯连伟给了裴根杰一张单子，上面写着分解盐和硝所需要的材料。

裴根杰暗地里摇了摇头，但还是设法把那张单子送到了瑞金的供给部门。接单子的同志看了，也摇了摇头，说："单子上的这些东西，有的比盐还难弄，大多是敌人严令禁止的东西。"

柯连伟问了裴根杰好几回，东西怎么还没见到。裴根杰说人家在努力了，能弄到会送来。

柯连伟有些急了，说："巧妇难为无米之炊哟！"

裴根杰想：全苏区都无"米"，那么多首长都是巧妇哩，但无米也得下锅。

柯连伟着急了几天，知道着急也没用。最终，他还是未能实现盐与硝的分解。

一个大男人不能在这地方闲着呀！柯连伟给首长打了个报告，要求重回兵工厂。报告很快批了下来。离开岭背的那天，冯笔中和盐坊的那些伙计凑了些钱，大家一起打了次平伙。有的买了一只鸡带来，有的到田里抓了些黄鳝、泥鳅，还有人打了只野兔，凑的钱多半换了酒。

柯连伟说他从不喝酒，但那天喝了很多，喝醉了拉着冯笔中的手，一直喊师傅，弄得冯笔中脸通红。

裴根杰知道，柯连伟是为自己英雄无用武之地感到难过呀，要是有"米"多好。

第
5
章

背靠大树好乘凉

白庚有他爷白清轩是前些年红军攻占宁都县城时逃到临川的。其实也不是逃，白家是大户，在临川有店，也有宅院。先前白清轩都是住在临川的，上年纪了想叶落归根，这才回了宁都。

这叶是落了，根却没归成——才要扎根，得知红军要来了，白清轩又回到临川。他觉得还是临川好，有国军重兵屯集，就算红军也想往这地方来，恐怕是有心无力。所以，白清轩依然做他的生意。他知道自古盐呀酒呀，虽说是官营，但实际上都捏在一些手握实权的人手上。

比如粤军首领陈济棠，就从没把"围剿"红军当一回事，不仅没当一回事，还暗中"资匪"，主要原因是他与南京方面不同心也不同德。他不为难红军，是有其目的的：一是红军在，能牵制姓蒋的；二是与红军有生意可做。国民党设关卡，又是封锁，又是禁运，物价就被抬起来了，那些关卡在粤军看来就是金坛银罐，出出进进都是钱。

尤其是钨和盐，都在有枪有炮的人手里抓着。

军队当然不能明目张胆地做生意，得有代理——先前白家的后台就是孙传芳。后来北伐军把孙传芳打败了，换上了他们的人，那些人接手了孙传芳的地盘，白家也顺理成章地有了新主。但基本上是换汤不换药，新瓶装旧酒。

背靠大树好乘凉。这些年，白清轩左右逢源，白家的生意顺风顺水。

前些年，国民党当局在省城专设食盐火油管理局，颁布新《盐法》，明令禁止私运和私卖食盐。

有人就说："完了完了，这生意还怎么做！"

"就是嘛，"有人附和，"这生意还怎么做嘛！脑壳吊在裤腰带，要钱不要命了？"

"车到山前必有路，船到桥头自然直。"白清轩这么说。显然，别人没听出他话里的意思。

有人说："就是就是！东边不亮西边亮，盐的买卖做不成了，还有别的嘛。人总要穿衣吃饭，可以开米铺、布店、染坊、油坊什么的，一个有手有脚的大男人还能叫尿憋死？"

"此处不留爷，自有留爷处。"也有人说。

一些人真就改行了，还有些人蛰伏了起来，坐等好时机。白清轩却常常拈着他那只水烟壶，坐在自家的天井边从容地吸烟，吸得那锡制的水烟壶咕噜咕噜响。

白清轩以为一切都在自己的掌控中。他对大儿子白庚福精心栽培，倾尽心血。送去私塾，先生说，大少爷是老实人，从不抓乖卖俏、耍小聪明、玩名堂，品性极好，就是读书吃力、费劲儿。给大少爷看相的先生也只说大少爷忠实、憨厚，对家族忠心耿耿、绝无二心。白庚福与他爷，与祖宗是一心，一心一意继承家业。

子承父业，这些年，白庚福一直跟着白清轩做食盐生意，做得风生水起。白庚福很享受做一个商人的乐趣。白清轩觉得大儿子是白家未来的希望，这让他心满意足。

事实上，论聪慧论性情，白庚有比白庚福强。但白庚有打小就跟他爷不对付，对家族的产业嗤之以鼻，父子两个像是前世的冤家。白庚有小的时候，白清轩将他视作掌上明珠，宠着他，怎么看怎么喜欢。小孩子眼大耳大，看相的说，这是"眼观六路，耳听八方"之貌；脑壳上有一块地方的皮薄薄的，摸上去　跳一跳的，看相的说，这是"绝顶聪明"之相。白清轩听后，眉开眼笑。

白庚有钟情读书。

有人跟白庚有说："你成书痴了，见了书，眼就亮。"

白庚有回道："读书不好吗？我爷自小就叮叮要我读书。"

白清轩说："老二说得没错，读书将来才有出息。不管什么人，都想子孙多读书，有出息……"

"那是那是，有点儿钱就供子孙读书。"那人应着。他们都知道这一带读书风气盛行，族里出个聪慧的男伢，只要能读、会读，就算家里没钱，族里也会供。

这一带的大户，大堂的匾额上常常是劝学励读的文字，如"锄经种字""室雅书香""父子明经""业继书仓"等。甚至偶有一块匾让人颇费心思，上书四字——"熊丸遗教"，乍看不好理解，须经人点破方知其深意，意即做娘的想要儿子奋发读书，长大有出息，就把熊胆放在药丸里，让儿子咀嚼服下，以苦志提神。自此儿子不仅对熊胆之苦刻骨铭心，更能刻苦读书。

不单深宅大院里，就是普通民居中，也多有励志劝学的对联贴在柱子上。有的人家联曰："黑发不知勤学早，白首方悔读书迟。"

有人则贴："青春年少，不晓书中自有撼天宝藏；老态龙钟，方知弱体实乃无力回天。"

这户人家是："读有恒心，书内藏金能成富；学无止境，文中觅宝以兴家。"

那户人家则是："有志者，事竟成，破釜沉舟，百二秦关终属楚；苦心人，天不负，卧薪尝胆，三千越甲可吞吴。"

口气大，雄心也大。

二儿子好读书，白清轩当然开心，更喜欢听人说这事，听了就眉开眼笑。

"好事，老爷，白家祖坟冒青烟了。"有人说。

"读书为官，天下共识。书中自有黄金屋，书中自有颜如玉。"也有人说。

白清轩当然也信这个，但后来他就发现不对劲儿了：小时候，白庚有读书，私塾就在乡里，实际上就在家里；念完县高小，他就不大归乡了，就是回了，与族人也无甚交流，见了人不说话，脸阴沉沉的。

有人说二少爷心气高，看人眼白多眼黑少。白清轩心想：心高气傲那是对外，对内得讲究，正所谓知书达理——读了书，更要明理守规矩，哪能在族里长辈面前没大没小、没尊没卑的？是可忍，孰不可忍。当然要管教！但白庚有不服他管，还公开对抗。

白清轩训斥，白庚有不听，一拍桌子甩门而出，去了省城，又去了广州，自此回家就更少了。成年后更是飞鸟远遁，杳无音信。

"就这样吧，就当没生这个崽。"白清轩唉声叹气了好长时间。

做娘的，眼睛隔三岔五红肿得像桃子。

幸而大少爷忠厚、孝顺，爷交代的事、家族的事他都极为重视，看样子能独当一面。

做盐生意，虽有暴利，但暴利的背后全是凶险。

白庚福想要做得更好，好上加好。他在学识智力上的欠缺，就得靠体力弥补。他随他爷四处应酬，忙里忙外。即便有老谋深算的白清轩在其后帮衬，白庚福依然感觉心累体乏，力不从心。日子久了，白庚福终于撑不住了——那天，他头重脚轻，身子一歪倒了下去。

白清轩心急火燎。郎中请了一个又一个，先是乡里的名医，后是县上的，接着是省城南昌的，甚至远到广州、香港的。中医用的那些手段，望、闻、问、切四诊自不必说，还有四法——砭、针、灸、药，全用了仍不见好转。后来又改用西方的诊疗办法，上西药，还是无济于事。

那大，阴雨绵绵，屋子里昏暗不明，有人惊慌失措地闯进厅堂，呼天抢地地喊："老爷！老爷！"

白清轩当然知道是什么事，他去了大儿子床边。屋里点了几盏灯，依然晦暗。白清轩想看看大儿子的脸，但看不清，只看见他的嘴嚅动着，却出不了声。

白庚福没说话，流了两行泪，眼睛闭上后再没睁开。

那些天，白清轩闭门谢客，独自坐在天井边，把那只水烟壶吸得呼噜呼噜地响。出了三七，白清轩也没迈出过大门。秋高气爽，只是秋蝉的鸣唱有些凄切，风搅了那株老樟，枝叶摇晃，三两片叶子坚守不住，纷纷坠落。屋瓦上也栖了些黄萎的叶子。受风怂恿，叶子沿瓦缝跳呀跳的就往天井口那边去，终禁不住好奇飞跃了下去。有一片叶子飘落在墙角柱边，而后竟然飘飞到了白清轩的鞋沿。用人凤秀每天都要里外打扫，厅堂更会格外小心，白清轩待的那地儿，一丁点儿尘屑也不能有。凤秀轻轻地打扫，生怕惊扰了白老爷。

日子就这样凑合过。一天，突然有人从大门那儿跑来，边跑边喊："老爷！老爷！"

凤秀一惊，失手将扫帚掉到了地上，白清轩却纹丝不动。凤秀的心揪着，看看白清轩，又看看大门那边。

那人跑到跟前来，上气不接下气地喊："老爷……哎……老爷……"

青出于蓝胜于蓝

白清轩很淡定，想不出现在家里有什么事能让管家这么激动、惊诧。

管家说："二少爷……二少爷，回来了！"

白清轩猛地站起，手里的水烟壶砰然落地。

白庚有朝他爷这边走来。

白庚有喊了一声："爷。"

白清轩说："真是你？庚有伢？"

白庚有说："是我！当然是我！"

"你真的……真的就回了？"

"这是我家呀！我回家！"

"噢噢！"

"爷，您看您，我回我家有什么奇怪的？我回来前给您写过信，告诉过您我要回。"

白清轩叹了口气，摇着头说："你先前给家里来信说要回要回，可盼了多少天，也没见你回……"

白庚有说："爷！我这不是回了吗，您看是我不？"

白清轩没扯那些往事，白庚有似乎也没了与他爷的怨隙，父子之间好像从没发生过什么不愉快的事情。

白庚有的娘见了白庚有，先是木桩一样僵立住了，又猛上前，飞快地扒拉着儿子的头发，在他前额发际间看到那胎记的时候，"呜哇"一声号哭了起来。

白清轩跟人说："都是命！犬子两个，一个命短，一个离家，我还以为风烛残年间，白家大势将去、高厦倾覆，怎奈我家二少爷回来了。"

"是白家子嗣哩，风筝飞再远，线还在你手上。"一个族人说。

"爷六十了，哥哥也走了，我该回了，白家不能倒。"白庚有说。

白清轩很诧异，人当然还是白庚有那个人，但他的神情、谈吐与之前截然不同。白清轩百思不得其解，只能长吁一声："祖宗积下的阴德。"

白庚有还带回了几个人。一个账房先生——黄佳万，看上去就是个精明强干的角儿。另外两个伙计，都是三十上下的后生，个个身强力壮、精神抖擞，尤其是那个姓曲的，一见面就不住地管白清轩叫老爷。二儿子介绍时，白清轩记住了那人的名字，叫曲长锋。

白庚有接管了白家的生意，从容不迫，驾轻就熟。

白庚有说："爷，您花甲之年，得做寿，我们得好好庆祝。"

"哦，你说了算！"

白家老爷做六十大寿，白庚有广发请帖，宴请这一带的大小盐商。

白庚有当然有他的盘算，用黄佳万的话来说，"我们得尽快掌握他们的关系网"。这些大小盐商其实很重要，掌控了他们就扼住了"匪区"的盐路。

白家在这一带的威望不是一朝一夕形成的，是靠几代人百余年积累起来的。

盐这个行当，一直有自己的帮会。

自古以来，盐铁官营。官营官营，其实就是官府在经营。但盐的利润十分丰厚、诱人，所以，民间也有胆大妄为者勾结官府，一夜暴富。

在很长一段时间里，江南一带的富商巨贾多是盐商出身。别看他们个个鲜衣革履，出入趾高气扬，可最初多是草莽之辈。那时经商，多是饿死胆小的、撑死胆大的，做盐生意更是如此。官府和地方势力也多半盯着这些盈利大户，因此，这些人就拉帮结伙。

贩盐的结成的帮派，就被称为"盐帮"。盐业是利润大户，匪盗都盯着，就得有人保护，有自己的势力。这种势力庞大时甚至只手遮天，元末明初的义军领袖、地方割据势力之一的张士诚，就是盐帮出身，只因受不了官府欺压，他们十八人遂率盐丁起兵，史称"十八条扁担起义"。

白家一直是这一带的盐商大户，白清轩被视为"帮主"，大小盐商有事总是找他出马，他也总能摆平。白清轩深谙一个道理，就是一切都靠武力说话。白家有军方背景，什么事摆不平？

请帖很快便到了大小盐商的手里，大有一呼百应之势。

四方的贵客齐聚白府，寿宴摆了几十桌流水席，从大厅摆到场坪，从场坪摆到街上，轰轰烈烈。白清轩不想要体面也不行，否则，丢的不只是白家的脸，还是整个盐帮的脸。

当然，白清轩也正要借这么个场合彰显白家和先前一样，依然是业界的老大。

那天，白庚有的表现真的可以说是光芒万丈。他的谈吐和应对能力让白清轩十分吃惊。白清轩没想到二儿子面对这种场面，从容淡定，滴水不漏。

"青出于蓝胜于蓝。"有人说。

"雄才大略。"

"年轻有为！"

白庚有顺理成章地成了白家的当家人，但谁也不知道他真正的心思不在白家的生意上，而在党国的存亡大事上。

那天，黄佳万也被邀请来给白家老爷祝寿，坐在白庚有的身边。白庚有跟众人介绍："这是我请来的账房先生，也是我的结拜大哥。我亲哥死了，以后他就是我哥！"

有人挑了几下眉头，但没出声：这白家二少爷，他爷过生日怎么说"死"字？但想想，二少爷打小就是这么直来直去的，从不避讳。

这么一来，那些盐商都知道黄佳万是白庚有雇的人了。给白家老爷做寿那天，黄佳万也忙上忙下的，和大家混了个脸熟。

按乡间的规矩，作为主人的白庚有得一席一席地给客人敬酒。宴席摆了几十桌，黄佳万一直笑着陪白庚有一桌一桌地敬酒，应付自如。白庚有不胜酒力，把黄佳万拉到众人跟前，说："请黄佳万代替我喝行不行？他是我兄弟，也是我老师。"

黄佳万真的一桌一杯，当然是以一当十，几十桌就是几十杯。这个时候，谁敢站出来说"我也行"？没人敢。黄佳万成了那天寿宴上的"酒仙"。

黄佳万的身份，客人们都知道了，但大家不知道的是，白府现在成了别动队"淡水鱼"小组的总部。

黄佳万和白庚有看着寿宴上人头攒动，笑语喧天。

"这里面肯定什么人都有，红的白的灰的……"白庚有说。

"鱼龙混杂，各路人马都有，'七分政治，三分军事'，我们做的那

'七分'的活儿，可能比真刀实枪地干更加险象环生，更加惊心动魄。"黄佳万说。

白庚有跟黄佳万说："你真能喝，我一直不知道你能喝这么多。"

黄佳万没接白庚有的话茬。

他们找了个僻静的地方说话，黄佳万问："你注意到什么没有？"

"在盐这个领域，我爷在江西、广东、福建这一大片地区的人脉确实非常广。"白庚有说。

"卧虎藏龙……"黄佳万说着，看上去像喝得有点儿高。但白庚有知道黄佳万根本没醉，他听出了黄佳万话里的意思。

"你是说这些人里……"

"这里面各方的人都有，"黄佳万点了点头，继续说，"盐是块肥肉，你们白家搞了一道闸门，其他人都唯白家马首是瞻。"

白庚有小声嘟囔："要不是为了党国，要不是上头下了命令，我哪会回到这地方？白家的发迹，还有我爷的为人，我比谁都清楚。"

"今天是你爷的寿辰。"

"我喝多了，心底那股浊气又翻腾了。"

"在商言商，也正常嘛。你真得控制住你自己，干我们这行的，深藏不露是基本……"

"我只是对哥你说说嘛。"

"难怪当时你被人诬陷……"

"唯利是图，囤积居奇……用到我们白家……都不为过。"

"现在，你可成掌柜了，这地方是我们的一个重要突破口。"黄佳万笑了。

白庚有说："今晚这些人里，肯定有我们可用的。"

"这是肯定的，我们要仔细分析，找出线索。"

很快，黄佳万和白庚有就整理出了一份名单。

不相信这一切都是所谓"天庇神佑"

列在名单第一位的，叫钱倍起。

"这个姓好，名也取得好。"白庚有对黄佳万说。

黄佳万说："我看像个假名。"

"这人挺神秘的。"白庚有的警觉性比一般人高，他很快察觉出了点儿什么。

"其实是他的生意很神秘吧……"

"就是，人说他长了一副弥勒佛相，有福气运气，生意才如鱼得水……"

黄佳万笑了笑，在钱倍起的名字上画了个圈。

白庚有和黄佳万都记得那天的情形。

寿宴那天，钱倍起也来了，带了俩随从。进门时，他们动静不大，却吸引了很多人的目光："哎呀！'弥勒佛'也来给白家老爷祝寿啦！"钱倍起穿一件褐色长衫，红光满面，说话声音不大，见人就笑，慈眉善目的样子像刚从画上走下来的弥勒佛。

有的人肥头大耳，可能就是眼小嘴大、招风耳两边支棱的模样。钱倍起不一样，虽然肥头大耳，但眉毛鼻子眼睛嘴，都长得恰到好处，尤其搭上那对大而长的耳朵，就活脱儿一副弥勒佛模样。

据说，有一天钱倍起在曲江一家风味馆里和几个朋友喝酒，有人过来搭讪："我们陈长官想见见你，请赏脸。"

钱倍起愣了一下，但一动不动。

边上的陪客中，有知道陈长官的来路的，跟他说："你快去呀！"

钱倍起没出声，依然没动。

到底还是人家陈长官下了楼来见的他。那天，陈长官没着戎装，穿了一件长衫。钱倍起不认识陈长官，也不知道他的来路背景，更不明白这个男人为什么要见自己。陈长官叫人拿了副算盘来，问钱倍起："听说你算盘打得不错？"钱倍起点了点头。有人报了几个数字，叫钱倍起用算盘算出结果。这还真难不倒钱倍起，只见他手指翻飞，很快就打出了正确的数字。陈长官在钱倍起的席上坐了一会儿，问了他几个问题——其实也没问什么，就是聊了聊家常，然后就走了。

人一走，边上那个陪客脸就黑了，扯了扯钱倍起的衣角，问："兄弟，你真没认出那个人来？"

钱倍起摇了摇头。

"你惹麻烦了，你得罪大人物了。人家请你上去你不理，非得人家来见你……"陪客告诉钱倍起，"那是粤军的首领，一方军阀，连南京蒋总统都得敬他三分，你当自己什么人物？"

钱倍起顿时紧张起来，惶惶不可终日。这天，他听到马路上有动静，一开门，迎面走来一队兵，带头的那个麻脸参谋对钱倍起说："我们长官请你去一趟。"

钱倍起心惊胆战了一路。这一次，陈长官穿了一身军装，把钱倍起吓得差点儿魂飞魄散。

没想到，陈长官对他却敬重有加，还把一件重要的事交给了他。他们请钱倍起做掌柜——他们出钱，钱倍起经营，盈亏都没他什么事。其实经营上也不必钱倍起太操心，他只管出面应对一些人和事就成，每年还能分红。

临走时，那个参谋对钱倍起说："你好好干，跟了陈长官你不会吃亏的，你一家老小我们都会照顾好。"

于是，钱倍起就有了这么个身份，大家都叫他"钱掌柜"。

钱倍起后来才知道，这个陈长官不仅是军阀，还是个商人——他们主要跟"那边"的人做生意，"那边"就是"匪区"。一个党国的要人竟通共通匪？

陈长官可不这么认为，什么通共通匪？有枪便是王，兵强马壮，驰骋天下。拥兵自重，说的就是你手中握有一支庞大的队伍，人马众多，有好枪好炮，就没有解决不了的事。

那天，那个参谋跟钱倍起喝茶，说了很长时间的话，钱倍起知道是陈长官的意思——让参谋传达自己的想法和真实目的。钱倍起觉得陈长官确实不一般，高瞻远瞩，运筹帷幄。

陈长官交代的事，钱倍起觉得没什么难的。他开始也跟着大家那样叫他陈长官，可对方说："你叫我'伯南先生'吧！"钱倍起想：也是，对方请我来帮忙，其实就是要我帮着遮掩或者说伪装的。叫陈长官，别人一听就知道是怎么回事；而叫"伯南先生"，别人会想，这个一副弥勒佛相的人，跟陈长官可能沾亲带故。

钱倍起当然有自知之明，人家看中的就是自己的相貌。一副仁慈的面容会让陈长官和谈生意的人都安心。

自此，钱倍起就红白两头跑。因为身份特殊，他把"生意"做得风生水起。

钱倍起的家人和朋友都很惊讶：原来他这么会做生意，还是这样的大生意！就连钱倍起自己也不敢相信，自己竟能闯出这么一番天地来。

那段时间，盐的经营出现了异常——收不上货了。按说盐商们的货源一直相对稳定，他们管这叫渠道，收货各有各的渠道。价钱也一直很平稳，各自都很讲信誉的。大家已经合作了好多年，有的甚至合作了几十年、好几代人了。货源突然告急，且据说要货的来头不大，量却大得很。

按说这犯了规矩。这事一出，大家首先想到的是有人囤货。虽说："农不如工，工不如商，商不如囤。"但在盐商界，囤积居奇，待价而沽，不只是惹众怒、犯帮规，更是天埋不容、罪大恶极。

大小盐商不断登白家的门，找白清轩出面解决。有一回是一大群人相约而来，齐齐把白清轩给围住了。

"这事还得了！"他们个个义愤填膺。

"就是就是，囤盐可使不得呀！"有人说。

"白老爷，这事您得出面管管……"还有人说。

"无法无天了，这么下去，生意还怎么做？"

白清轩让盐商们去摸底，摸着摸着就摸到钱倍起这儿来了。

半路杀出个程咬金——一个初出茅庐的新手，突然在紧俏的盐生意场上混得风生水起，究竟是什么来头？

有人说："他长了一副佛相，有佛祖庇佑，一般人当然不能与他相提并论。"

也有人说："这家伙有背景，听说是香港那边的人。"

还有人说："这姓呀名呀不一般，命里注定发财！"

白清轩决定见见这个神秘的家伙，叫人给钱倍起发了请帖。

寿宴那天，钱倍起真就来了，还带了一份厚礼。

"我本该早点儿来拜会白老爷的。"钱倍起很客气，笑容可掬。

白清轩就势提到盐缺货的事。

"没人囤。潮盐和惠盐本身就是人家的，人家自己要货，这有什么好说的？"

"自己要货？"白清轩似在自言自语。他知道那些盐场一直为粤军所控制，那是他们军资的主要来源。

钱倍起话锋一转，说起了赣江："那条江上多了几百条新船……"

白家的管家在一旁说："你看你，白老爷跟你说盐，你说船。"

钱倍起继续说船的事："几百条新船，都是从赣江上游下来的……"

"哦！"白清轩应了一声。

"不用我说，白老爷您也知道是谁的船了。"

"知道！"白清轩继续应着。他当然知道是谁的船，但他真不知道怎么就多了几百条船。

"伯南先生和德国人签了合同，有一批货必须在合同期限内交付。"

白清轩知道钱倍起说的"货"是什么，想不通的是，上面说实行铁桶样的封锁，他们却能畅通无阻地和"外人"做生意，这世道……

"人家把货给你了，但要以货易货，没毛病吧？"

"没毛病。"

"那就是了，人家要盐，以砂换盐。"钱倍起说。

不用钱倍起多说，白清轩已经明白其中的奥秘了，船运钨砂往广东去，回程时肯定是载了盐的，那些货当然不会给"外人"，而是……

钱倍起已经暗示得很清楚了，他口口声声叫着的"伯南先生"才是真正的老板，自己只是个代理而已。

白清轩跟大小盐商们说："胳膊拧不过大腿，他们连蒋介石的话都敢不听，你们说怎么办？"

大家都摇头，叹气。认了吧。

白清轩和那些大小盐商通过这事弄清了钱倍起的真实面目。他就是一个提线木偶，背后的力量不是神也不是佛，是枪。

白庚有和黄佳万当然不相信这一切都是所谓"天庇神佑"。他们翻阅过南昌行营调查科送来的关于钱倍起的相关资料，调查科的人对这些情报掌握得一清二楚。

粤军要钨，红军要盐。粤军急需的钨不是一般的多，是很多很多。他们与德国军火商秘密签了协议。那可是一笔大生意，机不可失，时不再来。这些日子，粤军要大量的钨，红军需要海量的盐。

事情就这么简单。但无论是从红军那边进钨，还是从白区进盐，南京方面都有严格的禁令。粤军不便也不敢直接与红军那边打交道，一切当然是隐秘地进行的。

盐界的人都觉得钱倍起很神秘，但对于行营调查科和别动队来说，他的身上并没有太多的秘密。

情报显示，今年二月，红军成立了对外贸易局，后又相继在重要的关口和码头设立了多个直属对外贸易分局，还设有十个采办处。为加强运输能力，红军还成立了河流修道委员会和转运局，建造码头，疏通河道，打造了三百多艘货船，从水路、陆路两路开展对外贸易活动。今年秋天，苏区对外贸易局跟粤军签订了一份秘密协议，以自己的钨砂换取食盐等紧缺物资。粤军配合红军下了一盘大棋。

钱倍起就是这盘棋上一枚重要的棋子。

对于钱倍起的出现，白清轩前些日子也觉得诧异。现在回想起来，其实去年冬天就已经有苗头了。眼见要进入腊月，正是盐销得最好的时候，原先给白家供货的几大盐场却都断了货。

下家都等着要货，下家还有下家，一个个眼巴巴地看着上家。白庚福没见过这种场面，根本无法应对。

白清轩也无法应对。他悄悄地向同行打探："什么人如此神勇？"同行也纳闷："白老爷，您是我们的老大，我们正要问您哩。这人什么来路？一下子让我们全断了货。"

大家一时都没有应对之策。白庚福急火攻心，自此一病不起，不能说跟这没关系。

看不出一丁点儿破绽

名单上的第二个人，叫任天朋。

黄佳万和白庚有摊开任天朋的相关材料，发现行营调查科的人还真都不是混饭吃的，竟然把情况探摸得清清楚楚。

白庚有说："这姓任的，那天也来给我爷祝寿了。"

"我知道，我还跟他打了个照面，说了一阵子话。"黄佳万说。

"我看见了，但不知道你们说了些什么。"

"你们白家的重要客人，我都打了个招呼。这个姓任的，我还多寒暄了几句。"

"任天朋嫌疑重重，且是个危险人物，为什么不直接拿下他？不知道行营长官们怎么想的。"

"放长线钓大鱼。"黄佳万说，"上峰自有上峰的安排。"

"当然，我也专门去和这个姓任的会了一下，还真看不出一丁点儿破绽来。"

白庚有记得，那天任天朋穿了一件长褂，没戴礼帽，用长巾缠了头，脸瘦长，偏偏又留了山羊胡，就显得脸更长了。他的五官搭配得很和谐，尤其是那一双眼睛，不大，却透着一种让人捉摸不透的感觉。

白庚有请任天朋到屋里喝茶。

"我听家父说您神通广大、手眼通天。"

"哪有的事，白老爷才是行中翘楚、业界魁首，我任某望尘莫及呀！"

"哪里！听说您红的白的通吃，一般人哪能做到？"

任天朋笑着说："就赚口饭吃，养家糊口。在商言商，不言其他，红的白的，三民主义共产主义……我等平民百姓理不清也道不明。刀光剑影，生死拼杀，图个什么？生意人，我只知道和气生财，平安为福……"

"能在红军那边进进出出，没几分胆量可不行。"白庚有说。

"人常说起那句话……"

"哪句？"

"撑死胆大的，饿死胆小的。这年头，兵荒马乱的，胆小怕事、谨小慎微、不敢越雷池半步的人，哪能有钱赚？脑壳别在裤腰带上，赚的是卖命钱哟。"任天朋说。

白庚有笑了笑，没接这话茬。

"我哥主事时，没少得任掌柜帮衬。现在庚有初出茅庐，还望任掌柜一如既往，往后少不了有劳任掌柜之处。"

"小事小事。"

那天，白庚有看着调查科掌握的关于任天朋的资料，对黄佳万说："我有一点不太明白。"

"说说看！"

白庚有说："任天朋看上去是个绝顶聪明的家伙，但他和钱倍起一样，才涉足盐生意，就在业界声名鹊起。"

"你的意思是……"

"我看他淡定从容，真的仅凭一句'撑死胆大的，饿死胆小的'，就能突发横财？"

黄佳万说："也许姓任的和钱倍起一样，都只是棋子，棋手在后面。"

白庚有说："我看不像。调查科关于任天朋的卷宗可比钱倍起的详细得多。"

"哦？"

"我在想，他难道不知道有多少双眼睛在盯着他，不知道自己成天闯的都是刀山火海、龙潭虎穴？即使是白家的寿宴，他也敢铤而走险、与狼共舞？"

黄佳万笑了，没正面回复，问了一句："要是你呢？"

"什么？"

"要是你是任天朋，你会怎么做？"

白庚有想了想，说："我和你一样，都会这么干。我只是说，看来姓任的并不那么好对付。"

黄佳万说："所以我们更要小心，千万不能惊动这个人。不仅不能惊动，还要和他成为好朋友，尤其是你白庚有，你现在是白家的掌柜了。"

白庚有有点儿疑惑，既然任天朋的身份疑点那么多，行营为什么不采取措施？再看黄佳万那一副胸有成竹的样子，白庚有也悟不透。但白庚有很快就不想了，他觉得黄佳万和行营肯定有更深层的安排。

他俩对照着名单，又分析了当下的情况。

寿宴那天来的那些盐商，生意做得有大有小，各自有自己的地盘。那些人就像一根根线，牵涉闽粤赣三地的大片地方。

"七分政治，三分军事"不仅针对"匪区"，也涉及内部。所谓"明枪易躲，暗箭难防"，对于跟上头不是一条心、唯利是图、吃里爬外的人，国民党当局一律痛下杀手。

那段时间，钨盐交易表面确无踪影，其实全部转入了地下。红军在闽粤等地的大山中零敲碎打，跟蚂蚁搬家似的，开辟了数条秘密交通线。

第
6
章

盐真成了黄金

在黄佳万和白庚有看来，这些胖的瘦的、高矮不一的大小盐商，就是一根根长短不一的丝线，或者说粗细不一的藤蔓。他俩需要厘清线索，顺藤摸瓜。

白庚有知道行营不动任天朋的目的，在于不能过早地掐断这条线。

赣境内无盐矿，盐商的盐多来自闽粤沿海的盐场，甚至远至琼岛盐场。黄佳万带"淡水鱼"小组的成员做过功课。他们知道江西及相邻的华东一带所消费的食盐，大部分属于潮盐和惠盐。

潮盐的主产地在濠江，先人从各地迁移到这块大陆边缘，从事"煮海为盐"的盐业生产活动。据史料记载，宋代时潮州的盐业生产已具有相当规模。当时古潮州设小江、隆井、招收三大盐场。其中，招收盐场便设在濠江两岸，濠江所产的海盐一度作为贡品专供大内。直到现在，招收盐场依然是重要的盐产地。

惠州也有三个盐场：归善淡水盐场、海丰石桥盐场和古龙盐场。清朝乾隆年间，粤东沿海一带的海盐产销、供应在两广盐区占七成以上。

粤军控制着这片食盐产地。

盐业本就是暴利行业，何况南京当局颁布新《盐法》，对食盐的产销、储运严加管制，明令禁止私运私卖。自此，盐价水涨船高，一路飙升。夏天的时候一块银圆能买十斤食盐；到了秋天，只能买七斤；再到转过年来，就更少了。

盐真成了黄金。

偏偏那个时候，钨在全世界也成了紧俏的东西，不是一般的紧俏，是十分紧俏。

钨在红军手里。

红军从井冈山上下来时，也想往广东、福建等地去，却被阻挠。据说其内部有分散游击之想法，最终他们将部队转移至赣南，开辟了新的立足之地。

当时，世界各地被探明的钨矿，中国最多。而中国钨矿矿藏最多的地方是南岭山地两侧。其中，江西南部的储量最多，占全世界的一半以上。

钨的用途十分广泛，涉及工业的方方面面。在普通的工业制造中，车床、切削金属的刀片、钻头及其他超硬模具，都离不开钨。

那个时候，钨也是军事工业的重中之重。第一次世界大战，德国吃了败仗，一直在扩充军工装备。弹头上沾点儿钨，穿透性更强。火箭推进器的喷嘴，打坦克军舰的穿甲弹……都得用钨做弹头。德国军方深知中国的钨矿矿藏了得，频繁找各种借口来华。

民国初期，一斤高品质的钨砂能换一块半银圆，而当时，一亩好地也就值二十几块银圆！

钨的行情和食盐一样，水涨船高。

所以，粤军为了自己的利益，红军为了解决物资问题，与南京当局捉起了迷藏。虽说表面看起来风平浪静，但暴风骤雨可能说来就来。

行营调查科其实早就掌握了这些情报。内部不治理，其他都是空的，蒋介石和他的幕僚当然知道这个道理，也早就想下刀子割"脓包"。可"脓包"还没刺破，第十九路军将领蔡廷锴、蒋光鼐又生事端，弄出个福建事变。蒋介石大发雷霆。他向来信奉"攘外必先安内"，立刻派重兵强攻福州。两个月后，终于把十九路军在"后院"烧的这场"大火"扑灭了。事后，蒋介石和南昌行营的诸位都认为这是坏事变好事，起到了敲山震虎之奇效——广东军阀再也不敢与红军做"生意"了，转而调动军队配合北路军向会昌城、筠门岭等地进攻。粤军控制的几大盐场自第十九路军被收拾后，也都不敢往"匪区"供货了。当然，这是后话。

其实早在"杀无赦"令之后，潮盐和惠盐就都进不了"匪区"了。

摇钱树能说断就断吗？不是还有琼盐吗？有人就想方设法地渡海去海南岛进货。

黄佳万和白庚有很清楚，海南自古也产盐，且盐的品质也属上乘。

海南岛临高县的马袅盐场，宋代时就名声在外，可惜万历三十三年（1605年）琼山大地震，盐场沉入了海底。

海南岛还有个叫乐安的地方，那里有片莺歌海，也产盐。

海南岛西北部的儋县峨蔓镇，有一片长约五公里的玄武岩海岸。一千多年前，海南岛先民就利用这一特殊的地理结构，在岸边的滩涂上用黑石凿成盐池、盐槽，使之成为独特的海岸石盐田，盐的产量和质量也很了不得。

那些日子，有不少盐商就想方设法地渡海去找货。

谢柏年就负责跟踪那些找货的人。他出去了一段时间，回来时瘦了也黑了，但似乎收获满满，一副亢奋的样子。

"黄组……"黄佳万是"淡水鱼"小组的组长，谢柏年不叫他长官，叫他黄组。白庚有听着怪怪的，但他知道谢柏年的底细——CC系掺进来的"沙子"。

"姓任的从汕头上了船，我一开始以为他要去香港。"

"那他去了哪儿？"

"去了海南岛。我本以为他要到文昌或者海口什么地方哩，结果他没去，他在清澜港又换乘了另一条船。"

"他要去哪儿？"白庚有问。

"我也不知道呀，当时谁知道？我只好跟他一起上了那条船，问了船上的水手，才知道是先到崖县，然后去乐安。"

"姓任的去那地方做什么？"

"我以为他要下南洋呢，结果他去了一个叫莺歌海的地方，后来才知道他是去弄盐。"

"哦！"黄佳万说。

"他弄了很多盐，那地方的盐品质好。他辗转把盐运到汕头。我以为他要沿韩江把东西往大埔运，但他把东西卸在了潮州城边的一个大码头上。"谢柏年说。

"他卸在那儿干吗？"黄佳万睁大了眼睛问。

"就是呀！不对嘛，他弄盐应该往匪区送才对，怎么卸那儿了？"白庚有也说。

谢柏年说："反正我是想不通，只有一种可能——这家伙也弄私活儿。虽说他有是共匪的嫌疑……说不定共产党的队伍里也有假公济私的家伙！"

"也许吧！"黄佳万说，"把情报汇总给行营长官，上头只要派人严格掐住各个哨卡就行了，一粒盐也飞不过去。"

寻找既隐蔽又可行的线路

任天朋和裴根杰是同一天被首长召到瑞金的。两个人认识，先前是同一个战壕里的战友，一起在前线冲锋陷阵。在井冈山作战时，两人还同在一个团，因为智勇双全，都被首长看中。首长说"你们应该带兵"，说是"带兵"，其实也就当了个连长，连队还一直没满员。

两个人做了连长，就不在一个团里了。后来整编，一个留在井冈山周边，一个跟着大部队下山开辟新的根据地。直到一年后，两人又一起参加了反"围剿"战役，但不在同一个军团。

那天，他们见到彼此，分外惊喜。

裴根杰问："你什么时候来瑞金的？"

任天朋说："首长快马传一纸急令，军令如山，我就快马加鞭赶过来了呀！"

裴根杰说："哎呀哎呀！我也一样！"

"你看你，还'哎呀哎呀'上了！"

"惊喜嘛，做梦也想不到我们会在这里见面。"

"我也没想到。"任天朋说。

一聊开，两人更惊诧了，"哎呀哎呀"四个字不停地从他们嘴里跳出来。因为他们谁也没想到，首长紧急召他们到瑞金，为的竟是同一项任务。

那就是盐。

只不过，裴根杰的任务是制盐，而任天朋的任务是购盐。

任天朋知道先前购盐方面的工作，供给部和对外贸易局的同志做得很好，一直顺风顺水。如今，上头都安排好了，他们只要做好落实工作就行。水路上三百来条木船来来去去，去时运的是钨，回时载的则是苏区急需的物资，盐是其中的重要部分。还有陆路，从广东、福建经由筠门岭等地，往苏区运送物资。其中，主要以一条古驿道为依托。那条古驿道从开辟至今，都与盐相关，被人称为"盐上米下"。广东沿海产盐，赣南诸县需要的盐由此上行；赣南是有名的稻米产地，生产的稻米经由古驿道下行，运至广东。

那天，首长在任天朋他们面前摊开一张地图。

"这是项山甑，是福建、广东和江西三省交界处的一座大山。"

"哦！"

首长用一根细细的竹枝指着地图上的一个地方，说："'项山甑'这个名字很特别，'甑'是'饭甑'的'甑'，大概这座主峰有点儿像农家的饭甑，故得此名。"

任天朋又"哦"了几声，那是他的习惯。他小时候听长辈讲话，总是"哦哦"地应着，现在，在首长面前他也忍不住。

"项山甑林深草密，海拔在这一带是最高的，近两千米。自古有条驿道由此经过，你们看！"首长指向另一个地方，"一条号称'盐上米下'的古驿道，从梅县、兴宁至平远的八尺，再到江西境内的寻邬，为南北纵向陆路。水路接驳陆路运输的福建武平下坝渡口，是韩江水运深入闽西和粤东北内陆的神经末梢，从下坝向西，依次去往差干、仁居、黄畲、八尺，为东西横贯的陆路……"

任天朋和几个男人的眼睛，都随着那根竹枝梭动。

"最后到了这里，这地方叫八尺，是东西路与南北路的交会点。这地方的重要性我不说你们也知道了。"

"这地名怪呀，叫八尺？"一个说。

另一个说："说是天上突然掉下一块大石头，砸出了一个长宽各八尺的坑，自此，那里就被称为'八尺'了。"

又一个说："胡说，人家那是街道宽八尺，所以称'八尺圩'。"

首长笑着说："寻邬也有个镇子，名字很特别，叫留车，与八尺连接。"

"哦！"任天朋应了一声。

"通过这两个地名就知道，这条古驿道由来已久。"有人说。

"八尺是圩街的宽度，车是用来拉货的，留车——都与货有关联。"另一个说。

任天朋觉得有些怪，首长为什么要跟他们说这个？其实，这条古驿道红军一直在用，是红军与外界联系的重要通道，也是他们的主要交通线之一。他知道保卫局一直负责这条交通线的相关任务，不知道首长为什么要特地把他们召集到这儿来说这条古驿道。

这时，首长朝那边的一个战士招了招手，战士心领神会，拿了一卷纸过来。

首长拿过一张铺开，又拿过一张铺开，一直铺了一地。

大家凑上去看，都是布告；仔细看，是专门从白区收集来的，都与盐相关。主要内容是"偷运私盐贩卖济共，轻者被捕获罪，重者收监或者杀头，广而告之"。

首长说："敌人对这几条交通线进行了前所未有的严格封锁，我们的一些同志牺牲了，'盐上米下'这条古驿道也被堵死了。要知道，通往外界的交通线是苏区人民和红军的生命线，是输送血液的血管，我们得开辟更多的交通线。"

现在，任天朋和那几个男人心里都很清楚了，首长从前线把他们召集到这儿来，就是让他们来解决血管问题的，而解决血管问题就是解决盐的问题。

任天朋知道这事很重要。即使国民党当局有严格的禁令，但白区还是有大把唯利是图的盐商敢做这生意，盐生意可是一本万利呀！

可即使收购到了盐，又怎么运入苏区呢？所以，他们的任务很艰巨，尤其在水路、陆路都叫敌人掐断堵死的情况下，要完成任务，他们就必须开辟新的交通线。

首长对此事极为重视，召集他们来之前就已经做了充分的准备。他让人从寻邬、虔南等地找来了狩猎和采药的后生——他们对项山甑一带很熟悉；又找来几个地方的县志，请任天朋他们几个从中寻找既隐蔽又可行的线路——甚至还找来一个叫胜名的老秀才，因为县志都是用文言文撰写的，通篇"之乎者也"，一般人看不懂。

老秀才给大家读："环邑皆山也，而北连江赣，东接闽汀，轮蹄舟车，缤纷络绎，实为三省之冲。"

"什么意思？"大家都听得云里雾里的，"您找找这片大山里有无关于古路的记载。"

老秀才说："据清嘉庆《平远县志》的记载，这就是古驿道。"

有人说："哎呀，胜名老倌，您说的那些没用哟！那是老路，古代就有，也一直在用的。那路我们走过，现在请您来是要您帮大家找新路。"

首长和气地笑着说："也不叫新路，是想请老先生您在古人的记载里找找，看看古时这一带是不是还有别的路，后来被弃用了，但现在可以被重新利用。"

胜名老倌"哦"了一声，终于明白了，将头埋进了那故纸堆里。别说，地方志里还真有记载，老秀才到底还是找出了一些有用的资料。虽然鸡零狗碎，但总比没有强。

比如：有记载说，明正德年间，王阳明率兵剿匪，土匪借这片大山隐蔽周旋。王阳明曾派人勘测，开辟了数条进剿之路。四百多年过去了，那些路散落在了这故纸堆的字里行间。

还有记载，几十年前，曾国藩率清兵攻破天京城，幼天王洪天贵福率八千太平军突破重围，转战浙江、安徽，后至江西，双方曾在这一带的山中周旋。洪天贵福他们当然也曾找着些路。

胜名老倌咬文嚼字，稍后，摇了摇头说："天数尽了哟，那年幼天王洪天贵福的队伍终在广昌与石城交界处遭清军伏击，幼天王及旗下四位天王尽被清兵掳去。"

任天朋他们几个正在地图上标记胜名老倌前面读的地方志里提到的地方，没人理会他后面说的那句话。

"千刀万剐！"胜名老倌很响地说了一句。

任天朋他们几个被这话吓了一跳，齐齐地回过头看着胜名老倌。

"你们别这么看着我，我又没说谁。我说的是县志上记的东西哩，说洪天贵福哩，"胜名老倌说，"被押解至南昌市曹之中，受千刀寸磔之刑而死……千刀万剐，说的是这个。"

任天朋他们几个在地图上弄出了一些线路。

然后出马的，就不再是老秀才胜名老倌了，而是那几个狩猎和采药的后生。他们参照那张地图，领着任天朋他们在闽粤赣三省交界的那片崇山峻岭中走了十几天，找出了几条新路。

大小盐商的眼睛都盯着这个新人

任天朋是突然出现在归善淡水盐场的，接着又去了海丰的石桥、古龙两个盐场。

这个时候，他还肆无忌惮地去盐场进货。他是什么背景？他往哪儿出货？

大大小小盐商的眼睛都盯着这个新人。

"半路杀出个程咬金，来路不一般哟！"有人跑到白清轩跟前念叨。

那段时间，大少爷白庚福正为生意上的事焦头烂额，白清轩也为大儿子和盐生意焦虑。听人这么一说，他眉头一挑，问："有这事？"

"千真万确！"

众人就把了解到的一些情况，一五一十地跟他说了。

"怪了怪了，就连南天王陈某人也收手了，杀头的事谁也不敢阳奉阴违。"有人说。

"就是，这个姓任的什么来头？"

"红白通吃，连老爷白清轩也不放在眼里？"

"这人竟敢明目张胆地跟红军做盐生意？"白清轩问。

"那倒似乎没有，我们暗暗盯过。他只是进货，把货运到平远等几个地方，水路、陆路都没见出货。"

"除匪区外，所有的盐都被帮里把控了！滴水难进，无隙可钻。"

"他囤盐，这家伙囤盐。"

"也不对呀，盐价飙升，囤了也出不了手，他有那么多钱？再说这么囤，一点儿好处也没有。"

白清轩一直闭目，咕噜咕噜地抽着他的水烟壶。后来，他长长地抽了一口烟，说："我得见见这个人。"

白清轩正准备写封信托人转交给这个神秘角色，不承想，人家自己找上门了。

任天朋携了一份厚礼，带了两名随从，到临川拜访白清轩。

"你最近可是风云人物呀！他们都说起你。"白清轩说。

"他们说我什么？"任天朋倒是很镇定。

"神秘，精明，如鱼得水……"

"他们还说'撑死胆大的，饿死胆小的'吧？"

白清轩点了点头："他们是这么说的。"

任天朋笑笑，说："那就是了。脑壳别在裤腰带上，就算能赚点儿小钱也是拿命换来的，他们爱说就让他们说去。"

白清轩仔细地打量了一下对方：个头不高，胳膊、腿细而短；不像盐帮那些大小掌柜穿长衫，他穿的是褂，个子小穿褂子确实是不错的选择；头上不戴帽，跟江里的水手排客一样，缠一条长巾；一双眼睛虽小，眼里闪烁的光却与众不同。这个人完全不是自己先前想象的样子。白清轩心想：这个人不一般，莫非是省城高官或者军队里某个长官的代理，身后还有大鱼？又或者是粤军的人？也有可能，盐场为他们所控制，盐价已经涨了十倍以上，那么大油水的生意，怎会甘心让南京的一纸禁令搞黄了？明面上不敢就改为暗地里。不过这个人也可能是红军的人，他要是红军的人，怎么敢在这种地方出没，还来去自如？

"任老弟看样子就不是一般的人。"白清轩说。

"哪里哪里，初出茅庐，乳臭未干，还得靠白老爷您这棵大树荫庇。"

"我老朽一个，行将就木，是黄土掩到脖子的人，在很多事情上无能为力了。"

"白老爷您德高望重，是业界的泰斗，天朋早该来府上叩拜，实在是生意草创之初万事缠身，才延至今日，还望您多多包涵！"

"乱世出英豪，任老弟勇于策马而上，真可谓业界的俊杰英豪。"

任天朋说："按规矩，我得和大家结成弟兄，有福同享，有难同当。方方面面，还请白老爷您明示。"

后来，在白清轩的主持下，任天朋按规矩入了盐帮，成了帮里的弟兄。入帮后，任天朋迅速和大小盐商打得火热，竟然没人再在背后说闲话戳脊梁骨了。不论是言谈交际，还是为人处世，似乎没人能和这家伙比，难怪他把生意做得风生水起。

但依然有"眼睛"盯着任天朋，不是一双两双，是很多双。

虽然让他入了帮，但大小盐商还是想弄个水落石出，或者说想学这个新人找个门路。

当然，来自调查科的"眼睛"最多，也最毒。他们都是些精明强干的老手，这么个盐界新手突然冒出来，那些暗探、线人当然齐齐盯上了。

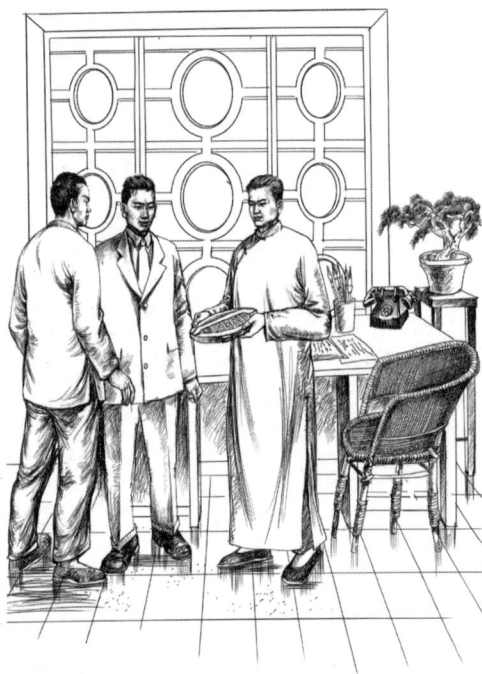

第7章

情报里说的全是好消息

黄佳万和白庚有回了一趟省城。这没什么，做生意嘛，去省城很正常。

南昌行营就设在风景秀丽的东湖畔。推开窗，就是一个叫百花洲的美丽湖心岛。已是秋天，百花洲上并没有百花。若是春夏时节，湖中的荷花、睡莲，园里的蔷薇、石榴等开得热烈，争奇斗艳。

一幢气势宏伟的新楼矗立在湖边，原是省立图书馆，后来和洗马池的江西大旅社、民德路邮局并称为"南昌三大建筑"。

中原大战大获全胜，蒋介石对"剿灭"闽赣境内的"赤匪"更加信心十足，遂亲临南昌，指挥国民党军事"剿匪"事宜。

"清剿"赣境之"赤匪"是当务之急。江南五省"剿匪"总部被称为中华民国第二首都也不为过，当然得拿出最气派的建筑，于是，省立图书馆被改为"海陆空军总司令南昌行营"。为了将百花洲建成蒋介石的"行宫"，省长鲁涤平还将省内第一家电影院——乐群电影院改为"南昌行营礼堂"。选这么一个地方当然不只是因为景致优美，还有其他重要的考虑。

百花洲四面环水，要进入这里，必须通过与中山路相接的两座桥。如果封锁桥面，百花洲就是一个小岛，安全性极高。另外，百花洲四面临水，树木林立，无论是白天还是黑夜都静谧无比。再加上百花洲地势较高，在高处方便观察四周环境，可谓一举多得，作为指挥部，再合适不过了。

"七分政治，三分军事"策略施行后，别动队各小组须定期向行营汇报工作进展，同时也从行营那里获取调查科弄来的情报。调查科由邓长官掌控，遍布"匪区"各地的眼线将收集的情报送到这里，政治、经济、军事……五花八门，应有尽有。

黄佳万和白庚有获取的当然是和盐相关的情报。一有新的重要情报，他们就得有新的应对、新的部署。开会也是经常的、必要的。

这天的会，黄佳万和白庚有意识到十分重要，因为杨七分亲自主持。

调查科的人陈述综合情报。关于盐，杨七分谈得非常细："匪区每月要吃掉十五万斤盐。禁令下达后，粤军方面有所收敛，明目张胆的大宗钨盐交易暂无；私售者也渐少，且都像蚂蚁搬家一样零零散散，这点儿量对于整个匪区来说微乎其微，甚至可以忽略不计。但匪区正在熬制土盐，且生产规模日渐增大。"

杨七分接着说："这是非常严重的，'七分政治'涉及的环节众多，犹如大坝之鼠穴蚁巢，一旦疏于防范，将功亏一篑。对外要始终扎好篱笆，焊牢铁桶，不让潮盐、惠盐及其他盐流入匪区；对内，不能对赤匪大规模地制盐视而不见、无动于衷。"

杨七分强调，别动队要的就是个"动"字，会后大家要迅速行动起来。

散会后，杨七分特意叫厨房加了几道菜，让黄佳万留下吃饭。

杨七分说："'淡水鱼'小组功不可没！早点儿睡，明天一早参加联席会。"

黄佳万和白庚有当然没能早睡，他们看了一整夜的关于任天朋及盐的情报资料。行营调查科从各地收集来的情报到了"淡水鱼"小组这里，黄佳万和白庚有要认真地看，然后细细分析。这些情报，"淡水鱼"小组有的清楚，有的则不然，毕竟行营调查科做的是专业的情报工作，"淡水鱼"小组在这方面不如它。

不得不说，施行"七分政治"的这几个月来，各方面的"成就"，或者说"战绩"，与之前确实大不一样。

情报显示，平远自古有两条通往赣南的古驿道，就是人们常说的"盐上米下"之要道，一条由平远石正到筠门岭，另一条由平远中坑至安远。对于共匪转运盐等物资的陆路，这两条很重要。

情报里说，去年夏，平远仍有奸商将食盐源源运赣济匪。但自去年底开始，别动队协同地方民团严加治理，今年贩私已绝大半，有胆大包天一意孤行者，如刘天河等六名往返匪区贩运私盐者，先后被捕并斩首示众。

情报里又说，尽管如此，依然时有胆大妄为之徒，如平远县差干镇湖洋村一带有藐视禁令的人，于夜间偷运食盐，接济共匪。次日，谢风祥等七人因贩卖私盐被捕入狱。近来，在平远一带，没收的私盐有两千余斤。

情报里还说，龙川县细坳小参等地也有支援赤匪者，经江西定南县九曲及天花秘密向匪区运送食盐，均被"杀无赦"，尸首被丢进水塘，当地人称之为"血湖塘"。陆路严防死守，水路更是让赤匪无机可乘。凡前往匪区的船只，甚至竹排，均须做细致检查，不放过任何一个疑点。

情报里说的全是好消息，令人振奋。

第二天，黄佳万和白庚有走进营那间会议室的时候，里面已经坐了一些人，黄佳万和他们寒暄着。

很快，会议室里就坐满了各部门的精英，"淡水鱼"小组的那几个人当然也列坐其中。几个厅的长官——杨七分还有熊长官、贺长官等陆续走了进来，可没人坐在主位上，屋里安静了下来。大家觉得这个会非同小可，有人互相对视了几眼，意味深长。

果然，蒋介石出现在了门口，大家齐齐站了起来。

白庚有和大家一样，没想到蒋介石会来。

那天的联席会果然重要，"七分政治，三分军事"策略施行有些日子了，取得了相应的效果，接下来就是进一步加强"七分政治"策略的贯彻，以及讨论"三分军事"的实施。

秋去冬来，腊月一过，便是正月。正月里过新年，过了年，在春季发动总攻那是铁定的事了。

为保证即将到来的"三分军事"的绝对胜算，各部门会在这次会议上做出了很详尽的部署。

难怪校长会光临。白庚有明白了。

他应该不是一般的 "鱼"

听完行营的部署，杨七分又留下黄佳万和白庚有，听他们单独汇报。

黄佳万和白庚有来省城前，结合具体的情报，针对"淡水鱼"小组的下一步行动做了一番筹划。

杨七分说："黄佳万，你谈谈你们的想法。"

"这是大家一致的想法。那个任天朋不确定是不是共匪那边的人，但至少是个神秘和神奇的家伙。据我方情报人员探摸，这人的来路一直没有查实，只是他似乎过于神通广大，随意来往于广东沿海各大盐场，甚至去了海南，与共匪、粤军还有闽赣上下官员的关系好像也不错。当然，他肯定不是我们的人，但如果真是共匪那边的人，怎么一点儿也不遮掩？目前为止，除了没抓住他贩盐入匪区的现行，其余的做派确实让人百思不得其解。从他这么大大咧咧公开行事的做法来看，他应该不是一般的'鱼'，"黄佳万说，"所以，我们得紧紧盯着这家伙，然后放长线，也许能钓上更大的鱼。"

白庚有补充道："所有的陆路、水路都堵得死死的，无缝可钻，无机可乘，他就是有通天的本事，那盐也无法运往匪区，只要用绳拴住这条'鱼'，他能翻起什么浪？"

黄佳万说："我倒怀疑他是粤军方面的人。"

杨七分问："怎么说？"

"跟共匪之间的钨盐生意做不成了，那个钱倍起也无计可施了。水路上那几百条船大多停止了运行，就是有船进出匪区，严格检查也能确保滴水不漏。水路被彻底掐断了，他们应该是想改陆路。这个任天朋如此活跃、如此肆无忌惮，足以说明他后台很硬。他知道，只要我们没拿到他的证据，就拿他没办法。"

杨七分说："调查科还真没有这个人的确凿证据。"

"所以，现在收网毫无意义，我们建议不要打草惊蛇。我还想，这个姓任的这么张扬，是不是故意引起我们的注意，再趁机搞声东击西、浑水摸鱼的名堂？"

杨七分认真地听着，觉得黄佳万分析得很有道理。他没说话，只是看着自己的手，黄佳万明白长官的意思：说下去，你们还有什么想法？

"据我们掌握的情报，他们从外面进盐的通道基本断了，如今日常用盐的来路主要有两条：一是动用储备，二是自制硝盐。"黄佳万接着说，"显然，他们的储备并不十分充足，坐吃山空是迟早的事。而自制的硝盐一旦不能食用，那一切将朝我们预想的发展。"

杨七分说："你们下一步的计划是……"

黄佳万和白庚有很亢奋，把他们精心策划的计划跟上司一五一十地说了，两个人一直注意着杨七分的表情，虽然坐在他们面前的是一个出了名的沉稳、不苟言笑，或者说处变不惊、面对任何事都能从容淡定的人，他们还是从杨七分那眨动的眸子里看出了对方的赞许和欣赏。

黄佳万把那沓报告递上，说："详细的计划都在这里。"

杨七分吩咐道："相信很快就会有批复，你们放手去干吧！"

铺在桌上的锦绣诗文

黄佳万的家在省城珠市街的一条巷子深处。这地方名字的来历跟该地段的原始功能分不开——"珠"与"猪"同音，其实古时这里叫猪市街，顾名思义，就是做猪买卖的地方。因功能而得名的地方还真不少。比如豆芽巷叫豆芽巷，不是因为它小，而是城里做豆芽生意的都集中在那里。但也有一条街，名叫萝卜市，有人以为那里是卖萝卜的，那就错了。卖蔬菜的地方叫菜市场，不会有专门的萝卜市场。萝卜市其实是专门买卖绫罗绸缎的，原叫罗帛市，叫着叫着就叫成萝卜市了。有街名叫三眼井、六眼井，那好理解，按井取名嘛。但以系马桩为巷子名的，就颇费些脑筋。其实是因为那条巷子距离老贡院不远，古时，外地考生骑马自进贤门到贡院赶考，马就拴在外面，拴得多了，那里就成了有名的系马桩街。

南昌的街巷名多让人费解，羊子巷、蛤蟆街什么的，看得出是和动物有某种关联。但瓦子角呢？传说那是条瓷器街，因常有瓷器破损，商家就把碎片堆在街边一角，所以名曰"瓦子角"；也有人说，那里曾有座阁，在南昌话里，"角"和"阁"同音。

瓦子角这名还不算离奇，有条巷子的名称更让人瞠目，叫荆波宛在。深究，才知南昌城内外共有十二处祭祀关羽的庙宇，其中一处位于系马桩，清康熙年间，江西巡抚佟国勷主持重修时将其命名为"伏魔宫"，匾额上题有"荆波宛在"，那段路也因匾额题字而得名。

珠市街不远处有条筷子巷，常有人误以为那是做筷子生意的街市，或者认为那里有两条青石板路直直的，又细又长，形似筷子，因此得名。都不对！相传明太祖朱元璋来南昌时曾带来一朱姓同宗，那人在此广置地产，形成街巷后称"快子巷"，寓意有二：一是快子快孙，人丁兴旺；二是快着紫袍，光耀门庭。

公事办得差不多了，黄佳万要回家看妻小，走时拉上了白庚有。

"你回家看嫂子，拉我做什么？"

"是你嫂子要我叫上你，她要请你吃饭。"

"好哟，打牙祭呀！嫂子做得一手好菜。"白庚有没想太多，跟着黄佳万坐上了黄包车，很快就到了那条巷子。黄佳万的女人已经将一桌子菜做好，见白庚有来，一脸的笑。他们很熟悉，都姓白，真算起来可能还有点儿沾亲带故。

那女人朝里屋喊了一个人的名字，门帘晃了一下，出来一个妙龄女子。

黄佳万的女人说："庚有兄弟，这是廖蓍仁小姐。你们都是新潮的人，不讲究旧规矩，我就让蓍仁小姐上桌一起吃饭了。"

"当然！"

众人落座吃饭，那时候夕阳已坠落在护城河边，不知道什么东西将最后一抹晚霞反射到了窗沿。白庚有看到那个叫蓍仁的女子的脸上一直像那抹霞光一样，呈现出不可名状的红晕。不知怎的，他心里莫名地涌出一丝慌乱。他想起八个字：端庄淑雅，楚楚动人。

"蓍仁是我表妹，在葆灵女中读书。"黄佳万的女人说。

白庚有点了点头，又转身朝蓍仁小姐微笑了一下。

黄佳万说："庚有，我记得你先前在豫章中学读过书。"

白庚有说："是的，离葆灵女中很近。"

黄佳万的女人说："听说过那句话吗？"

"什么？"

"南昌有句话，'葆灵的小姐，豫章的少爷'。"黄佳万的女人笑着说，似乎意味深长。

黄佳万在几个人的杯里都倒了点儿酒，说："今天一切都很顺利，来，我们喝酒庆贺一下。"

酒过三巡，黄佳万的女人就一直跟丈夫聊家常："儿子读书了，你也不问问读得怎么样。"看来，她是有什么主意。果然，黄佳万的女人一声高一声低地故意说着话，随后扯着黄佳万和儿子上了楼。

餐桌旁就留下白庚有和廖蓍仁。

两个人沉默了一会儿，白庚有向来老练精干的脑壳突然有些黑糊，一时间手足无措。这时，女子突然捂住嘴笑了一下，这让正莫名忐忑不安的白庚有吓了一跳。

"你笑什么？"白庚有说。

"我想起那句话来，'东山的少爷，西关的小姐'。"廖蓉仁笑着说。

白庚有没想到她会讲这个，他说："这没什么好笑的吧？那是广州人的一种说法。"

"是不是每个地方都有这种说法？"

"不会吧？"

"我听表姐说你和表姐夫一起做盐生意。"

"这年头，不做生意又做什么？……其实我还是喜欢那门手艺。"

"什么手艺？"

"弹棉花！"

"哦？我不相信！你还会弹棉花？"廖蓉仁说。

"我没哄你。"

"你哄我，我知道……"

白庚有有些无奈，不知道怎么解释才好。反倒是对面的女子镇定大方、谈吐自如，说到开心处眉飞色舞，更让白庚有觉得她娇媚动人。白庚有说："我说的都是真的哩，不然到时候我帮你弹床棉被。"他突然想起女孩出嫁时，娘家总要弹几床上好的棉被做嫁妆。想到这，白庚有的脸突然就泛起了红。

"你看你脸都红了，还说不是哄我……"廖蓉仁说。

后来，黄佳万笑着跟白庚有说："还不是你心里有鬼？人家单纯，根本没往其他方向想。"

"原来你拉我去你家是有预谋的呀！"

"你嫂子的主意。"

"嫂子她用心良苦呀！"

"是吗？你嫂子可什么也没说呀。"

"别人看不出，你我还能看不出？"

"看出什么？"

"那桌菜，是铺在桌上的锦绣诗文。"

"哦？"

"两只军山湖的野鸭，烧卤，一大一小，齐齐整整地摆放在青花大瓷盘里，那不就是鸳鸯的意思吗？煎炒红椒，红红火火，热热辣辣；莲子百合，连生贵子，百年好合；一条荷包红鲤，鲤鱼跳龙门；枣糕里面嵌花生芝麻，好事早发生；……"

"你嫂子她确实想做红娘，为你的事，她也确是用心良苦呀！"

"谢谢哥和嫂子了。"

黄佳万问："说真的，你觉得你嫂子她表妹怎么样？"

"我爷天天张罗媒人给我说亲，这下正好有个说头了。"

"这么说你中意了？"

"也不知道人家是怎么想的。"

黄佳万把一张便笺塞到他的手里，说："这是廖蓉仁的地址，你们自己相处吧！"

白庚有说："我得先完成手头重要的工作。现下还不是花前月下的时候，等过些日子吧！"

最危险的地方也是最安全的地方

黄佳万和白庚有从省城回来，就各忙各的事了，两人各有分工。

不得不说，"淡水鱼"小组的行动计划周密而详尽，特别是严禁盐进入

"匪区"的工作，前些时候成效不错，但还得巩固加强。

这个计划就是内外夹击。如果外扼其来路，内断其源头，能让"匪区"真正断盐十天半个月，那一切将水到渠成、迎刃而解。"剿灭"闽赣"赤匪"，就是轻而易举的事了。

黄佳万带人负责"外"，那就是继续扎紧篱笆、焊牢铁桶，保证没有一丝缝隙。白庚有和曲长锋负责"内"，那就是捣毁红军的制盐机构，若捣毁不了，至少使其受到扼制。

白庚有跟他爷白清轩说："我和黄佳万得出去十天半个月，虽说和那边的生意被禁了，盐失去了大半市场，但家里的生意总得做下去。"

白清轩说："也是，这几个月不开张，现在家里一个月的进项还不如先前鼎盛时一天的。"

"不做点儿别的不行。"

"就是，不做点儿别的哪行哟！"白清轩说。他很高兴，这就是老二和老大不同的地方，老二脑子活络，爱琢磨，敢想也敢闯。

不入虎穴，焉得虎子？白庚有去了"匪区"，跟曲长锋一起，用各自的手艺做掩护。

他们去的是宁都县七里村。七里七里，顾名思义，就是离县城只有七里之遥。那里的确有"虎穴"，江西省苏维埃和省委还有省军区什么的都在七里村，七里村是红方重要机关所在地。

俗话说，最危险的地方也是最安全的地方。

那时，红军已经被"七分政治"搅得十分头痛，后勤补给出现了窘相。

行营调查科及各方搜集的情报显示，江西省苏维埃目前的主要工作就是负责红军的后勤补给，筹粮征物。盐当然是重要的"物"。

七里村有红军最大的硝盐生产基地，也是硝盐集散地。周边县乡生产的硝盐都运到那里，进行深加工，然后从梅江装船，运往"匪区"各地和前线。

白庚有和曲长锋都记得那天的情形。黄佳万把他们叫到自己屋里，然后关了门。屋里的气氛有些异样，桌上摆着一个黄杨木整木压盘，那是白庚有弹棉花的器具之一。整木压盘旁边还放了一盒糕点……

关于行动，曲长锋是知道的，但执行的细节，他不清楚。白庚有知不知道呢？可能也不知道，曲长锋心想。

白庚有和曲长锋等着黄佳万说话，可黄佳万一直没有说。黄佳万不说话，只是走向那个黄杨木整木压盘，那东西是弹匠用来压棉花的——把棉花弹松，再牵拉线网，然后就得用压盘把棉花压齐整、均匀。

曲长锋想不出弄这么个压盘是何用意，不过他很快就明白了，黄佳万虽然没说话，但有动作。

黄佳万摆弄了几下压盘，竟然抽出个小小的抽屉，那是暗藏的机关。小小的抽屉里有些白色晶体，像盐。黄佳万小心地用指尖撮了一点儿，又从点心盒里拈出一块糕点。他把那撮白色晶状的东西揉进了糕点里，然后走到窗边。

"过来！"他跟屋里的另外两个男人说。

白庚有和曲长锋走了过去。黄佳万指了指楼下，一只黄狗在湖堤边悠闲地走着。他把那块点心扔了下去。狗走过去衔起那块点心，嚼了嚼，吞了，没走几步，就一歪身倒在了草地上。

白庚有和曲长锋当然知道那是什么，他们常用，还有人在衣服领角备上那么一点儿，在敌区活动若遇到紧急情况，便吞服自杀。

对，那是氰化钠，和氯化钠虽只有一字之差，但完全不是一回事。

他们上过相关的课，教官说得非常明白。

"氰化钠的药理作用是抑制呼吸酶，造成细胞内窒息。吸入、口服或经皮肤吸收均可引起急性中毒。口服五十至一百毫克即可导致猝死。非骤死者临床分为四期：前驱期有黏膜刺激、呼吸加快加深、乏力、头痛等症状，口服会出现舌尖、口腔发麻等症状；呼吸困难期有呼吸困难、血压升高、皮肤黏膜呈鲜红色等症状；惊厥期出现抽搐、昏迷、呼吸衰竭等症状；麻痹期全身肌肉松弛，呼吸、心跳停止而死亡。长期少量接触氰化钠会出现神经衰弱综合征、眼睛及上呼吸道刺激，可引起皮疹……"

黄佳万把那个小抽屉塞入整木压盘里，然后点火，烧了些黄蜡，用蜡把那地方封了。

"用这蜡封了，空气和水分都进不去。"黄佳万说。

"一点儿痕迹也看不出。"他用手抚平那些蜡，仔细地看着，似乎很欣赏自己的杰作。

"没人能想到这里头有名堂……"他说。

然后，他把代号为"绝种"的行动详尽地交代给白庚有和曲长锋，细枝末节都考虑得很周全。

黄佳万说："我们有很多的办法应对，三个臭皮匠顶个诸葛亮嘛。比如把石灰弄成老墙土的颜色，混在制盐的料土里，浸泡卤水——碳酸钙和氯化钠搅在一起就出不了盐……再比如在存放盐的地方做手脚，趁月黑风高，潜入仓库……或者趁他们运输的时候，在船上什么地方做手脚，也不是不可以。但是都有危险哟，你们都是精兵强将，我的左膀右臂，我不能让你们置身危境，冒那个险。我得让你们毫发无损，全身而退！"

白庚有对黄佳万说："你费心了！"

曲长锋附和道："长官英明，长官仁慈！"

黄佳万笑着说："你折我寿呀，我是什么长官？我啥也不要，就要你们圆满地完成这项任务。"

白庚有说："这么周密，一定水到渠成。"

曲长锋也说："孔明再生，略不世出！天衣无缝。"

三个人都很亢奋，他们觉得"绝种"行动稳操胜券。

第
8
章

两个手艺人同时出现在七里村

两个手艺人同时出现在七里村，说起来也名正言顺。

临近冬天，天气渐冷——七里村紧靠梅江，风从梅江水面掠来，比往年还要冷上几分。正是乡人需要弹棉花的时候。把老棉被翻新，当然不是为了好看，而是被子睡的时间长了就硬了，不仅泛黄，还有股难闻的味道。有的是尿臊味——有伢的人家，毛伢夜里尿床是难免的。没人尿床，老棉被里也有气味，是出汗所致。一天两天没事，天长日久，汗味就烙在絮丝里了。

曲长锋会补锅——七里村这地方熬盐，费锅，破损的锅不是一个两个。

白庚有和曲长锋到七里村的第二天，村子里就响起了弹棉花和补锅的声音。

梅江呈S形绕弯流到这里。村子分上村、下村，各自蹲趴在河湾的两侧，中间一座木桥将上下两村连了起来。河堤两边都是参天古树，多是樟树和枫树，还有一些杂树。七里不管是上村还是下村，都被古树掩映。如果不是鸡鸣狗吠声和谁家屋顶偶尔冒出的炊烟，很难看出那里还有百十来户人家。

这些日子，总有烟在树的枝叶间升腾，那是在熬盐。

曲长锋坐在一株老樟树下，屁股下垫着一张矮凳。补锅匠不像别的手艺人一样多在屋里做营生，而是露天，就是寒冬腊月，也得在屋外。补锅得生炉火化铁，风箱扯起，呼呼作响间火焰蹿起，烟尘腾飞，在屋子里哪成？得在宽敞开阔的地方。

曲长锋把挑子放在一边，一头是炉子和风箱，另一头是木箱，里面放了些补锅的工具。很快，那些家什就摊摆在曲长锋的面前了。炉里早燃起了炭火，小风箱一拉，火苗就蹿跳得老高。

开始熔铁。据说，熔铁是考验补锅匠的功夫之一。老师傅常常喜欢弄点儿玄机，到一定火候，坩埚里的铁要是老不得熔，他就会到箱里抓把黑灰，放嘴边一吹，黑灰均匀地落在烧铁砧上，铁还真的很快就熔了。

那些黑灰是有点儿名堂或者说秘密的，只是补锅匠不说出来——乡间手艺人愿意整得玄乎，让人觉得神秘。其实就是灰里有锡。锡易熔，比铁轻，熔化后浮在铁水上面，薄薄的一层，师傅补锅前要用陶勺舀出，倒在地上。补完锅后，地上的灰也冷了，又将其丢进木箱里。如此反复，就成了箱底的黑灰。如果锡少了，再加一些就是。

然后，就是滴铁水。这也是考验手艺人真功夫的地方。补锅匠用陶勺舀一勺熔铁，倒在一块巴掌大、垫了层细灰的碎布上，细灰用来隔热，布捂在锅的裂缝处，铁水就顺势挤进了缝隙。接着操起一个稻草托，在锅面顺势轻轻地一摁一滑，一个平整的黑色铁疤就形成了。

锅的裂缝好补，可要是有个大洞呢？那就复杂多了。跟衣服上打补丁一样，补大洞要用铁片打补丁。铁补丁需用竹篾条上下支起，固定在漏洞处，与漏洞边缘基本吻合，再一滴一滴地将铁水滴进铁锅与铁补丁之间的缝隙。

伢们觉得这很神奇，一有补锅匠到来，就算风大天冷，也要围过来看热闹。

那边，白庚有弹棉花的声音穿过茂密的枝叶，夹杂着鸟的鸣啾，水波似的涌来，撞击着人们的耳膜。

曲长锋心无旁骛地做着他手里的活儿。对于补锅锔碗，他总是那么投入。

这一带以客家人为主，有钱的人家，当然是送伢去读书。读书不容易，乡间一般人家没这个条件，就送伢走学艺的路，给人当学徒。男伢到了一定年纪，家人会千方百计地给他找师傅学门手艺。种田又苦又累，起早摸黑，收成不好的时候还得挨饿。手艺人不一样，俗话说"一招鲜，吃遍天"。乡间九佬十八匠，若能学精其中一项，荣华富贵不说，解决温饱还是没有问题的。

不过，九佬十八匠也分级别。乡间越需要的越吃香。如木匠篾匠铁匠瓦匠阉佬什么的，他们的手艺与乡人的生活息息相关，缺少不得，所以他们活儿多，吃得开。

曲长锋他爷也早早地就给他物色，托人找门路、找好师傅。学徒多是学三年，三年里跟着师傅走村串户地做活儿，工钱都归师傅，学徒只混口饭吃。三年后出师，就能独立揽活儿了。

师傅也很挑剔，要在伢里找聪明伶俐者。一是名师出高徒，二是三年里徒弟做得好，师傅获利也多。抢手的师傅常常带好几个学徒，然后挑选其中的佼佼者继承自己的衣钵。

曲长锋自小聪明伶俐，心气高，想出人头地，不愿意在乡间做"鸡零狗碎"的事情。他把乡间手艺都视为"鸡零狗碎"，虽去跟人学手艺，却总是调皮、装糊涂。曲长锋跟了几位师傅，都没学出来。曲长锋他爷知道自己的伢并不愚钝，都是故意为之。三番五次下来，他爷终于忍无可忍，把他关在屋子里狠狠教训了一顿。曲长锋不惧他爷的拳头，但娘的哭闹还是让他有点儿担心，他生怕娘真的想不开。

他跟娘说："娘哎！我去就是，这回认真学。"

但那时候，好的手艺师傅都叫人挑了，只剩做脏活儿的了。曲长锋只能跟着人家学补锅，师傅是老师傅，平常话不多，带了几个徒弟走街串巷地做活儿。

有一回，老师傅在熔铁，火烧得正旺的时候，肚子突然闹腾得厉害——不知道是不是头天夜里吃坏了东西。"哎呀哎呀！我撑不住了，得去下茅厕。"老师傅捂着肚子颠颠地跑走了。回来时，坩埚里的铁水不见了。

"哎呀！谁动了我的坩埚？"老师傅惊喊道。

几个徒弟不敢作声，眼神直往曲长锋身上瞟。

后来，老师傅有了更大的发现，大喊："哎呀哎呀！谁把这锅补好了？"他拎起那口锅，裂缝已经没了。他看了很久，不敢相信眼前的事实。

"谁？哪个？"老师傅一副凶神恶煞的样子。

伢们又都指着曲长锋。

老师傅皱着眉头，慢慢走向曲长锋："真是你？"

曲长锋一脸煞白，点了点头。

老师傅一把揪住曲长锋的耳朵，把他拉出人堆。伢们都慌神了，吓得魂飞魄散，吆喝着："曲长锋惹下大祸了，要被老师傅打哦！"他们觉得肯定会有场暴风骤雨。

老师傅揪着曲长锋的耳朵，一直往他家走去，后面跟了一大群伢。到了曲长锋家门口，老师傅一推门，把他扯到他爷娘面前。

"谢谢你们送个好伢给我，真是块补锅的好料。将来他学成了，你们就不愁吃不愁喝了！"老师傅拍着手，哈哈大笑着说。

那年，曲长锋还不到十岁。后来，他就死心塌地地跟着师傅走村串户。他们手艺好，来钱也快。

曲长锋没想到，人生中会第二回遇到"伯乐"。

老师傅过世那年，曲长锋二十岁，虽已经结婚生子，但他还是喜欢云游四方，到处补锅。转着转着，他到了清江县。清江县是药材的集散地，出药也出酒。熬药制酒的营生多费锅，所以，曲长锋常来。他名声在外，这里的熟客很多。

那天，曲长锋兴致勃勃地补着一口锅，身边围了很多人。曲长锋早就习惯了被别人围观，他觉得人越多越好，正好展示自己上乘的手艺。

他刚补好一口锅，想抽根烟休息一会儿。一低头，看见一双锃亮的皮靴。再抬头一看，一个穿军装的男人站在他身边，像个军官。曲长锋有些诧异，不知道这个军官找他干什么。

"长官……"曲长锋喊道。

"你收拾好东西跟我走！"

曲长锋问："长官，您有锅要补？"

"去了你就知道了。"

"长官，我还有几口锅要补哩……"

军官招了招手，过来几个兵抬走了那几口待补的锅，还有曲长锋的家什。

曲长锋当然不敢说"不"字，满腹疑虑和恐惧，跟那个军官去了一间屋子里。

"我们正需要一个你这样的人。"那军官说。

"长官，您不要打趣我，我一个补锅锔碗的手艺人能帮你们什么？"曲长锋问。

"你会有作用，会有大作用。"那军官笑得有些神秘。

"长官您说笑哩，我大字都不识几个，有什么大作用？每天和废东西打交道，最多也就能修补破锅烂盆……我想不出还有什么能帮上长官您的。"

"你就做好你的营生，补你的锅。"

"哦？"曲长锋觉得有些奇怪，难道队伍上有那么多破锅烂盆？

"钱嘛，不会少你的，你照我们说的做就是。"

稀里糊涂地，曲长锋就成了行营调查科的一员。

后来，曲长锋才知道，军官姓邓。邓长官不是一般的人，他出身黄埔军校一期，曾赴莫斯科中山大学深造，担任过军事委员会委员长侍从秘书，也是蒋介石的亲信，"十三太保"之一。邓长官本事了得，手眼通天，掌管着行营调查科，据说到处都是他的眼线。

曲长锋把妻小接到了省城。村里人都说曲长锋捡到金元宝了，要不一个补锅的怎么一下子就发达了呢?

邓长官让几个老练的部下带曲长锋出了几回任务,曲长锋聪明伶俐,很快就上了道。

曲长锋得知,调查科早就利用补锅匠做暗探了,那个"同行"一直在"匪区"游弋,神出鬼没。但补锅是个特殊的手艺活儿,短时间内是学不精的,不精,就容易暴露。所以,邓长官看上了曲长锋。

国民党铁桶一样封锁了"匪区",红军得吃喝,锅碗瓢盆也是严禁流通的物品,尤其军队用的行军锅,坏了肯定要找人修。邓长官其实就是让曲长锋做探子,亏他想得出来——补锅匠的身份实在太好了,可以在红军的地盘上任意走动,走村串户,没人会怀疑。

邓长官派曲长锋到"淡水鱼"小组,有另外的打算。

下一步才是关键

黄佳万那天把曲长锋叫了去,跟他说的具体实施计划是行营批准的行动中的重要一部分。

"内外夹攻,就看你们的了,切不可功亏一篑。"

"一切天衣无缝,您想到的这个计划真了不起!什么时候行动?"

"就这几天吧,你和白庚有一起去。"

"一个补锅的和一个弹棉花的?"

"两个手艺人在路上碰到了,结伴而行,在乡间很常见,没什么稀奇的。"

曲长锋想,黄佳万可能是不信任自己或者白庚有,也可能是觉得两个人去更稳当，毕竟这项任务十分重要，得万无一失。以防万一，两个人可以相互策应和掩护。

再说，至关重要的东西得有个藏匿之处。他们这一路上免不了被严格盘查，甚至搜身。

曲长锋手艺确实好，村里找他补锅的慢慢多了起来。白庚有也不错，接了不少活儿。一忙活，时间就过得快。眨眼间，几天的工夫就过去了。

那天来找曲长锋补锅的，是个后生，路上跟他打招呼的人都叫他冯师傅。

"你叫我冯笔中就行。"冯笔中说。岭背熬盐进入正轨后，冯笔中被借到七里村来传授经验。

"你一口气背了四口锅来哦。"曲长锋说。

"你来得正是时候，还有好几口哩。熬盐，没日没夜地熬，能不费锅？"

"也是，没见过熬这么多土盐的。"

"那是，我长这么大，也从没见过。可没盐吃呀，人没盐吃不行，连牛到春上都得给它喂盐，不然犁田没力气。"

"那是！"

几句话的工夫，曲长锋就补好了一口锅。那锅很大，扣在那里像卧着头水牯。

冯笔中弓着身子，眼睛紧贴着锅底看，边看边连声赞叹："啧啧！好手艺！"

"混口饭吃。"

冯笔中说："你歇会儿，抽根烟。"

曲长锋停下手里的活儿，坐在那儿抽起烟来。他一停下，围观的细伢就都散了。可他们并没走远，有的往梅江江堤那边去了，有的爬上了老樟树。

曲长锋看向另一边，白庚有均匀的弹弓声从一片浓荫的枝叶间一跳一跳地传过来。

有烟从浓荫里飘出，成了一些散雾，随着绿荫柔柔地拱动，熬盐在有规模地进行。

堤岸有一片竹林，里边的竹子叫水竹，深秋里依然那么绿。枝叶均匀而舒展地摊开，呈凤尾模样，有的地方也叫这种竹子凤尾竹。

有一两棵枫树，叶子红红黄黄的。时不时地就有那么几片叶子，以为自己能像鸟一样飞，或者是被风唆着往空中飘，可没飘多远，就坠入河里，被水流带去未知的地方。大多数叶子飘落在地上，依然不屈地打几个旋儿，或者翻滚那么几下，到了田角沟底，一切就都尘埃落定。

有一棵柿子树，叶子早就掉光了，秃秃的枝，粗细不一，张扬而显眼。那是棵老柿树，每年的果实定然丰硕，但多数已早早被人掠了去，只有顽强的几个高悬在枝头。红黄红黄的果子惹得几只八哥垂涎三尺，绕着树飞。一只八哥终于忍受不住诱惑，朝那几团红黄飞去。很快，几个软柿被八哥啄成了稀糊，狼狈地坠落在地上。

虽然已是深秋，但景象不错。

曲长锋就是在这样的风景中把几口锅补好的。忙完后，他想，他得去看看白庚有，跟他商量一下下一步的事，下一步才是关键。

屋子里絮末飞扬，白庚有身上像蒙了层白霜，看上去有些怪异。他弹得有些投入，曲长锋很响地咳了一声，那根弦才清脆地跳了一下，停了下来。白庚有抬头，看见曲长锋站在门口的光影里。

"你这里清净啊！"曲长锋说。

白庚有说："我这儿只能听不能看，谁会到弹棉花的地方看热闹？脏哟。"

"我把那几口锅补好了。"曲长锋说。

白庚有点了点头，心知肚明，是时候实施"绝种"行动了。他把门窗都关了，拿过那个整木压盘，用小刀刮去封蜡，小心地把机关打开，然后把抽屉里的白色晶状物倒进了一个铝制的烟盒里。

还得把戏演下去

冯笔中颠颠地往这边走来时，曲长锋已经收了补锅的家什，也换了一身衣服，只等着冯笔中验货——看补锅的效果了。如果不行，还得再弄。手艺人讲信誉，这很重要。

秋日灿灿，天气有些凉，曲长锋坐在一张竹椅上抽烟。那把竹椅有些年头了，泛着铮亮的红铜色。曲长锋的上衣是黛青色，身后是漫了绿苔的老墙，看上去像一幅别具韵味的画。

梅江里的水哗哗地流淌着，柿树上最后一个柿子已经从人们的视线中消失了。冬天从河的那一头朝这一头走来。

看见冯笔中过来，曲长锋一脸的笑，和他打起了招呼："抽根烟。我才去县城里走了一遭，弄了些好叶子。"

冯笔中说："不了不了。几口锅都熬卤了，看看去？"

曲长锋说："当然，我就等你们验货了。"

"你是个实诚人。"冯笔中说。

"看看去，看看去！"曲长锋说。

他们去了熬盐的地方。

七里的上村、下村有好几间祠堂。祠堂门前都有一口池塘，天井里淌下的水从暗沟流到池塘里，流不到别处，这叫肥水不外流。池塘前是一块很大的场坪，周边多是樟树。场坪有时候还用来做红白喜事，叫摆酒，桌子一直摆到梅江边上，场面甚为壮观。

现在，那块场坪上没有桌子，而是垒了灶，支了些大锅，熬盐。

冯笔中领着曲长锋去的是七里上村的那个场坪。那儿架了八口锅，都是曲长锋补好的。八个石头垒的土灶里都加了劈柴，火跳跳地燃着，发出噼里啪啦的响声。

锅里的卤水已经熬干，锅底沉着一层白白的硝盐。

"噢哟！"曲长锋兴奋地叫着，不知道是因为看到了才出产的硝盐，还是因为他补的锅没出什么问题。

他掏出了那个银白色的铝制烟盒，那里面放了一些纸烟，纸烟下的隔层就是他的秘密所在。

曲长锋在烟雾升腾里走动。

"来！歇会儿歇会儿！"他朝那些熬盐的男人笑着说，男人们也笑着点头。

"还欠一点儿火候，就最后……"有人跟他说。

那边，有人把灶里燃着的柴撤了出去，丢在一旁挖好的小坑里。

"你弄炭，"曲长锋对那人说，"抽根烟。"他递给那男人一根纸烟。

男人看了看那根烟，朝曲长锋说了声"谢谢"，就用火钳夹了根燃柴，先给曲长锋把烟点了，然后把自己那根也点了。

"看样子今年冬天是个寒冬。"那男人说。

"是哟……"曲长锋说，"还没立冬，天就这么冷了。"他说着，看了看天空，有群鸟从高处飞过。

有人扒拉土灶，弄出一些碎炭来，然后，又从桶里舀了瓢水往那些细碎的燃炭上浇去。"哧——"那团火就黑了，冒着汽。

"抽根烟，抽根烟。"曲长锋大大方方地在锅边走动，给人递烟、点烟，不时地看下锅里的硝盐，"哈哈，好东西，好东西！"他说话的时候，铝制烟盒里面的白色晶状物已经在他的掌心了。谁也没有注意到，这个补锅师傅走过每口大锅俯身查看补锅效果的时候，有白色晶状物从他的指缝里滑落进了那些锅里。

一点儿痕迹也没有，这种白色晶状物和另一种白色晶状物，毫无差别。

这就是"绝种"行动的全部，现在已经顺利完成。

天衣无缝。

曲长锋内心狂喜，但他表面很淡定。他依然一脸的笑，一边给大家递烟、点烟，一边说着话。他抬头看了一眼，一个人影晃了一下，是白庚有。他心想：你看到了吧，我把事情天衣无缝地办好了。

曲长锋一直守在那里，他看着那些男人把锅里的硝盐倒进箩里。然后有人担起那两箩硝盐去了祠堂。他知道祠堂是盐库，因为有哨兵站岗——里面放着七里村和周边村子产的硝盐，到了一定的量，就会有人担去梅江。

曲长锋不动声色，还得把戏演下去。

冯笔中叫人把那八口锅倒扣在禾草上。曲长锋一口一口认真地检查着。他贴着锅底，看得细致入微。

他看一口就点点头，喊一声："哎呀！行啦！"再看一口，又点点头，喊一声："哎呀！行啦！"就这样，他一连喊了八声。

有个男人走了过来，掏出几块银圆给曲长锋。曲长锋在手里掂了几下，它们发出清脆的响声。然后，他喜形于色地笑着。

"谢谢啦！"他朝那男人打了个拱手。

无毒不丈夫

曲长锋和白庚有又见了一面，他们坐在梅江码头的大石头上抽烟，看着来来去去的舟排。虽说这地方被严密封锁，边界还时有小的战事拉锯，但河面依然热闹，交通甚至比先前还要繁忙。

"你看见了的，我把事情办了，干净利索。"曲长锋说。

白庚有回应说："我看到了，你从容淡定，波澜不惊。"

"这人真狠，无毒不丈夫！"曲长锋突然说。

白庚有疑惑地看着他，不知道他何出此言："谁？你说谁？"

"还有谁？黄佳万呀！亏他那脑壳想得出这么绝、这么毒的一计。"

"我以为你说谁哩。"

"还能说谁，没第二个。"

"他一直很厉害。可惜人太耿直，老被小人妒恨，被人在背后使小动作、下黑手。"

曲长锋沉默了。没进行营之前，曲长锋觉得那个叫百花洲的地方花开满园，有漂亮的洋楼，气派神秘……可当他去了调查科，才知道那个圈子里面的事。到处都有江湖，而自己置身的这个江湖，人们一个比一个厉害，一个比一个奸诈，一个比一个阴险、卑鄙。身处其间，不得不躲明枪、防暗箭，大家的心思气力全放在彼此应对上。

CC系是以陈果夫、陈立夫为首的派系，掌管着国民党党务机构，陈氏两兄弟与蒋介石关系密切，内部一直有"蒋家天下陈家党"的说法。陈果夫主管党政人事，陈立夫任教育部部长，他们的势力主要分布在国民党组织部、地方各级党政部门。

黄埔系控制了军队，核心成员为黄埔军官学校的毕业生和国民党中央军。他们建立了一个带有情报性质的组织，名为复兴社。曲长锋的直接上司邓长官就是此派系的骨干之一，还有康长官、胡长官、戴长官，都是了不得的人物。

第三个派系是政学系，这个派系也不简单，成员多是教育、外交、工商等部门的官员。虽然文职官员居多，可大都有欧美留学背景，其中，很多是教育界、金融界的专家，有一定的治国理财能力。政学系全是首脑而非小卒，成员个个是显赫人物，其中包括能左右蒋介石决策的杨七分。黄佳万就是这个派系的人，他的上司除了杨七分，还有熊长官和张长官，都不是好对付的角色。

行营调查科虽然表面由中组部调查科所辖——长官徐恩曾是CC系的人，但实际上却由邓长官把持，邓长官是黄埔系的。就这么一个行营，还真不是平常所说的"庙小妖风大，水浅王八多"，而是"庙大妖风更大，水深王八更多"，实在是错综复杂，扑朔迷离。

曲长锋认为自己还算是个脑子灵光的人，可去行营调查科也有些日子了，依然理不清头绪。

"我不理了，我理不清，"曲长锋好几次跟自己说，"在这个是非之地，与世无争就是，做好自己的本职工作就是，我听邓长官的就是，一切对邓长官唯命是从。"

邓长官派他来"淡水鱼"小组，当然有其深层目的。邓长官交代曲长锋："共产党神出鬼没，无孔不入，你得盯着，不要相信任何人。"

曲长锋心想：共产党就算真有本事把人弄进这地方，估计也很快就会被发现。邓长官嘴上说的是共产党，实际上要防的是别的派系的人。

曲长锋当然知道黄佳万是杨七分的人，但对于白庚有，他真的悟不透，这个年轻人，哪个派系的人都不像。曲长锋觉得白庚有人聪明，却单纯得很，确实像个纯粹的读书人。他还觉得白庚有很亲切，心地善良，性情和自己差不多。按说，他们这样的人不适合做这种工作。曲长锋老也想不明白，像白庚有这样一个富家少爷，怎么会痴迷上弹棉花？也许当初白庚有和他一样，是因为有一手绝佳手艺才被选入这别动队的？那他外出执行任务，是不是刻意伪装的？以他那气质、神态、举止言谈，说他是盐商掌柜或是富家少爷，都没问题；说他是一个公职人员或者是学校的教授，也神形俱似。任谁也想不到，他是个弹得一手好棉花的乡间弹匠。

那天，邓长官还说："'淡水鱼'的水不见得清，你去了给我盯好，有什么情况及时跟我汇报。"

但曲长锋和黄佳万、白庚有相处久了，觉得这两个人对党国绝对忠心，至于派系间的争斗，两人好像都涉足不深。黄佳万虽然是杨七分的亲信，但为人和气、八面玲珑。

"我们完成任务了。"曲长锋说。

白庚有说："你做得毫无破绽，十拿九稳了。"

"这算是给他们致命一击了。"

"那是，要死好多人，至少弄残很多人。"白庚有说。

"你想的是这事？"

白庚有说："我也不愿想这事，可脑壳里总是涌现出一些模糊的身影。"

"你看你！"

"也许那些盐最后被送到普通百姓家里……"

曲长锋瞪大眼睛看了他一会儿，说："这是任务，拼的就是你死我活，你想那些干吗？"

"他们请我弹棉花，很和气，给我好吃的……"

"他们也给我好吃的，很仁慈，是好人。但我们是执行任务。"曲长锋说。

白庚有说："那些东西，黄佳万说能毒死数百号人。"

"军人以服从命令为天职，你白庚有比我更清楚呀！"

白庚有长长地吸了一口烟，又长长地吐了出来："唉……"他重重地叹了一口气。

"你不该这么想的。"

"我知道我不该这么想，"白庚有说，"但是背后下黑手，总觉得不那么光明磊落。"

"这话你千万别再说了，我只当没听见。做我们这行的，心得狠。或者说有些事只能睁一只眼闭一只眼，权当没看见，"曲长锋四下张望着说，"就什么也别太想了。"

曲长锋当天就离开了七里村，他的任务完成了，应该说他们的任务完成了。没人找他补锅了，他就得游走到别的地方去。本来，白庚有也应该从七里村撤离的，毕竟那是"匪区"，待久了夜长梦多。可白庚有的手艺被村民到处传，七里上村、下村，甚至周边的村子，都有人找过来。冬天就要到了，得有床好被子。

这么一来，白庚有就走不了了，总不能撇下生意不做吧？乡间从没见过那种匠人。再说撇了生意离开，会让人起疑心，那就可能牵一发而动全身，"千里之堤，溃于蚁穴"，他得淡定、稳住。

曲长锋走出村子时，听到那间屋子又传出了好听的弹棉花声。

曲长锋出了村，去了码头，又上了一条小舟。他叫白庚有"别去想了"，可他自己脑子里也时时刻刻地在想那些事。他钻进那条小舟的窄篾棚里，打算闭上眼睛好好睡一觉，不看任何东西，也不想任何事情。

可他烟瘾上来了，想抽根烟，总不能闭着眼点烟吧。他拿出仅有的一根纸烟，划了根火柴，才要点，就看见那边有人驮着一些麻包从那间祠堂里出来，往码头这边走。那些男人把麻包放在离他不远的另一艘船上。

他知道那是硝盐，他们要把那些硝盐运往某个地方。

他的脑子里翻腾起可怕的景象：盐被运去前线，红军吃了被投了剧毒的盐，纷纷倒地不起；就算盐不被送去前线，被运去某个地方，分发给乡民百姓，也将导致严重的后果——数十数百人倒地，痛苦地死去。

曲长锋知道这个计谋是黄佳万想出来的，心想：平常看他文质彬彬、和蔼可亲的，没想到竟会想出这么狠毒的一招来。

他记得在黄佳万的那间屋子里，黄佳万跟他和白庚有说："我们倒不在乎毒死多少人，就是只死了一个，那批盐他们也不敢再用了。你们想，他们辛苦了几个月，费心尽力地熬盐，被我们这一招弄得前功尽弃。不说彻底断绝他们自给的路吧，至少让他们几个月缓不过来。我们在乎的是产生的影响、制造出的那种恐慌。"

第9章

等好消息

那段时间，黄佳万也没闲着，他让谢柏年和谢的线人盯紧两个人。

要说往"匪区"私贩食盐，经盘查，就两个家伙的可能性大：一个是钱倍起，还有一个是任天朋。

黄佳万跟白庚有说过："粤军那帮家伙，肥肉吃惯了，让他们忌口，怎么可能？一定会铤而走险的。我总觉得在什么地方，有一双贪婪的眼睛一直冒着绿光。"

白庚有觉得黄佳万分析得很对，点了点头。

"上一回丢卒保车，他们算是搪塞敷衍过去了。"白庚有说。

"风声一过，粤军就会蠢蠢欲动。为了防患于未然，得断了他们的念想，让他们彻底死心。"黄佳万很坚定地说。

"还有那个姓任的，我觉得他并不比姓钱的好对付。"白庚有说。

"当然！"黄佳万说，"你说得对，还得盯紧那个姓任的。"

"我看他有来头，不一般。"

"我亲自来！我就不信他们斗得过我。"黄佳万说。

白庚有和曲长锋前往七里村的那天，黄佳万也离开了白府，前往各地巡察。

黄佳万去那些重要的哨卡巡察，比如：通往"匪区"的繁华古驿道和商道，那是陆路；还有从白区进入红区的重要码头，那是水路。

白清轩那一阵子有些奇怪。二儿子和他的账房先生还有白家盐铺的几个伙计，已经好些日子没见了。他想：不是说现在盐生意难做吗？怎么还全都出动了，而且去了这么久？是因为盐的事？不像。为别的事？那是什么事呢？

白清轩当然想不明白。

曲长锋是在大埔三河坝找到黄佳万的。广东那些盐场的盐，就是由那里上船，走水路进入"匪区"的，那是从白区进入红区的重要码头。线路是沿韩江乘船经大埔三河坝，再转汀江至茶阳，到青溪虎市的航运终点虎头沙码头，由那里再运往瑞金。

当时黄佳万正在大埔三河坝一带。"七分政治，三分军事"实施后，别动队在各乡大小码头都布置了眼线，开展盘查。

别动队在白区和红区交界的重点区域进行的乡间活动，大致分为几个方面：一是推行保甲制度，监督地方政府清查户口，巩固基层；二是将十八岁以上、四十三岁以下的老百姓编组为"剿共义勇队"，进行政治军事训练，安排他们负责守岗、放哨、通信等工作；三是收容从红区逃到白区的富人及相关人士，组成"还乡团"，将他们训练为驱使工具。

其中，尤其重要的是前两个方面，因为这两个方面的工作可以加强对乡民的控制。别动队每到一地，就立即进行社会调查，当地党政军机关等，均在调查之列。凡被认为可疑的人，立即处理。

大埔三河坝一带和其他通往"匪区"的大小码头，都有"剿共义勇队"配合军队，负责对可疑船只进行严格检查。

黄佳万率众巡察了几天，没发现什么破绽。他没想到会看见曲长锋。

曲长锋跟黄佳万打招呼，说："长官，我来了！"

黄佳万有点儿意外，问："你怎么在这里？"

曲长锋说："我们把事情弄利索了，白庚有他生意好，还有些活儿没做完，我就先归队了。"

"哦哦！任务完成了，你好好休息下，辛苦了。"黄佳万说，"没有说非要你赶过来，你们这一趟太辛苦，何况还担惊受怕的……"

曲长锋说："黄长官更辛苦，这么长一条横跨三省的封锁线，不要说来巡察，就是来游玩，也免不了一番舟车劳顿。我和白庚有虽说深入虎穴，但毕竟平安无事。"

黄佳万说："那就好！"

"整天好吃好喝的被人供着哩。"

"哦哦！你们劳苦功高。"

"不说那个了，不说那个了，说正事……"曲长锋咳了几下，清了清嗓子说，"再说，我也不全是急着赶来助长官一臂之力的，主要还是想尽快跟您报告'绝种'行动的详情。"

"不着急！先休整休整。"

"我知道长官牵挂这个事，大事嘛。"

"那是！最关键的一步棋，牵一发而动全身，一着不慎，满盘皆输。'绝种'的名字是杨长官亲自定的，它在'七分政治'中的分量可想而知。这些日子，委员长和各路军事、经济、政治长官一直在精心准备。我们'淡水鱼'小组现在执行的是一剑封喉的任务，只能成功不能失败！"

他们去了一间屋子里，"绝种"行动除了黄佳万和杨七分，还有白庚有和曲长锋两个执行者，没有其他人知道详情了。

"你说说！你说说！"黄佳万说。

曲长锋说："怎么可能失败！都说杨长官是委员长身边的诸葛孔明，黄长官您又是杨长官的智囊，你们精心策划的这着棋，可谓神机妙算、四两拨千斤。"

曲长锋就把在七里村执行任务的点点滴滴，都跟黄佳万说了。他有些兴奋，讲得有些急促，说完后曲长锋觉得口干舌燥，但他没有立马端起那杯茶，而是抬头看了看黄佳万，他知道黄佳万一直在认真地听他说话。曲长锋看见黄佳万的脸上挂着一种满意的笑，不过那笑里好像又有别的什么，曲长锋悟不出。

他得意哩，曲长锋心想：这个鬼东西肯定开心哩，他想出来的锦囊妙计成功实施，是他人生的一大成就，也是他一生的荣耀。

但他再一想，似乎又不是这么回事，黄佳万从来都内敛淡定，不会这么喜形于色。管他哩，反正任务完成了大家都满意，这至伟之功、盖世之业必得党国重赏，若论功行赏，长官们吃肉，他们也有汤喝。

"天衣无缝！"曲长锋说，"十拿九稳！胜利指日可待！"

他终于听到了黄佳万的表态："很好！非常好！"

然后，曲长锋喝了一大杯茶，抹了抹嘴，说："好了好了，我没什么可以说的了。等好消息就是。"

黄佳万说："还得把口袋扎好，做到滴水不漏！"

曲长锋说："那是！那是！铁桶箍紧，口袋扎牢，不让一粒盐进入匪区，才算大功告成！"

除了牲畜，其余的都要严格盘查

曲长锋跟黄佳万去了瓦窑下的码头，那是三河坝一带诸多码头中的一个中等规模的码头。

几个拿枪的年轻人已经扣住了几条船，他们没穿军装，看不出是地方民团还是"剿共义勇队"。他们倒是挺认真，一直朝那几个水手吆五喝六地吼着。

黄佳万他们走了过去。掌柜的是个矮个男人，他说船上装的是一批瓷器，担心路上出意外，就亲自押船。拿枪的几个男人搜完船，从那些稻草捆扎的瓷器中搜出了二十多条腊肉和几坛咸萝卜及其他咸菜。

黄佳万知道那几个拿枪的人为什么凶巴巴的了。

几个年轻人要没收那些"违禁品"，货主就跟他们争执起来。

"要不是看你是初犯，把你抓了送牢都不冤！"一个二十来岁的小眼睛男人说。

另一个像是这队人里领头的，说："我们按上司的命令执行，你还是好好想想，不要敬酒不吃吃罚酒，好心当作驴肝肺！"

货主说："那边没了盐，做不成腊肉，连咸菜也不让带，这年还怎么过？"

"这国共交火，兵荒马乱的，你过个什么年哟？能活着就算不错了。"

"老总，您看您说的。穷过年富过年，叫花子也要过年呀，年关难过年年过。"

"你个老东西！没人不让你过年，谁不让你过年了？"那个小眼睛的男人说。

货主脸色阴沉沉地说："过年的事不说了，东西你们拿去。但不能再罚我款呀，你们把我的东西没收了，我过年没年货了，还罚我钱？"

领头的那个男人说："这是上司的命令，布告你也看了的。要抓你进牢里，你也没辙，罚你几个钱怎么了？我看你就是应了那句话！"

"什么？"

"有钱能使鬼推磨，花钱消灾。"领头男人说。

矮个子货主无奈了，哭丧着脸，他真的不想交那份罚款，不能赔了夫人又折兵。罚钱是小事，他从没碰到过这么憋屈的事。

要是黄佳万和曲长锋不来，这事极有可能以矮个子货主被五花大绑收尾。

赶巧，黄佳万和曲长锋出现了。有人认出了黄佳万，恭敬地说："特派员，是您呀！您来我们瓦窑下，怎么不提前告知一下呢？"

黄佳万笑了笑，说："我顺便来看看。"

"我在大埔见过特派员，您在台上讲，我们在台下听。"

"哦！"

"您讲得多好，多有水平！您不愧是大人物哟！"

"你看你说的，大家都是兄弟。"

"您那谈吐，出口成章，不是一般人能比的，没想到您会来我们这种小地方。"

黄佳万说："瓦窑下虽小，却是一个非常重要的码头。"

黄佳万指了指码头上那摊东西和那个矮个子货主，问："怎么回事？"

那几个端枪的一五一十地说了原委。

"我们执行命令，得按规定来。"

矮个子货主说："长官……你们搜查，说违禁品不能带，我胳膊拧不过大腿，要没收要罚钱都行，算我倒霉。"

"那就是了！"领头的男人说。

"可是不管怎么样，你不能打破我的瓷碗是不是？"矮个子货主指着船舱一角的一堆瓷片说。

黄佳万问那个领头的："有这回事？"

"谁知道奸商们会不会把违禁的东西藏在那些稻草捆扎里？"

"你们不能弄坏我的东西呀！这些捆扎叫你们拆散了，我这货还怎么运？这样运到地方可能就全毁损成一堆瓷片了……"矮个子货主又转向黄佳万，"长官，我是个生意人，总不能拖回一堆破瓷片吧？那还不得倾家荡产？一家子没法活命了！就要过年了，长官您看，总不能让我们老百姓受苦受难吧？"矮个子货主说着就要哭起来。

大家都看着黄佳万，看他怎么处理这事。

黄佳万很平静，脸上看不出什么。他沉默了一会儿，掏出烟盒给每个人都递了根烟。"抽根烟。"他一边说，一边往旁边指了指，那里有间货仓。

几个人默契地躲到了避风的墙下，各自点着手里的纸烟。领头的男人将火凑近黄佳万，小心地给他点了烟，并乘机瞄了一眼黄佳万，但没看出什么来。

气氛很诡异，说不上安静，河边树上的鸟在啁啾，风从水面蹿过，刀子一样扑到脸上、身上，让人哆嗦了一下又一下。不远处的镇子上，人声喧嚣，狗叫声不时地传来。他们就那么抽着烟，谁也不说话，表面看似风平浪静，但那几个拿枪的男人内心早就开始拱浊水，拱着拱着，那浊水成了石头，石头在心里越来越大，重重地压得人分秒难熬。

　　曲长锋有些好奇，不知道黄佳万会怎么办。

　　烟抽完了，黄佳万对领头的男人说："辛苦了辛苦了！你们忠于职守，坚守岗位，不容易不容易……"

　　几个男人心里的石头落了地。

　　"该给诸位表彰……但是，这位掌柜说得对，百姓得活命，谁都得活命不是？都不容易……"

　　那几个才放松的男人，脸又绷紧了。

　　"奖自然要奖，我会建议你们的上司嘉奖各位。但另一方面，打碎的瓷碗你们得赔人家；那些拆散的捆扎，你们得给人家还原！"

　　黄佳万没容那几个男人再说什么，朝曲长锋招了下手，就离开了。

　　几个男人站在原地蒙了好一会儿，等回过神时，黄佳万和曲长锋已经走出去老远了。曲长锋远远地看见那几个家伙朝这边望着，莫名地摇着头。

　　曲长锋也觉得黄佳万的言行出人意料，一开始说话滴水不漏，还给人烟抽，抽完撂下那么一句。真是老奸巨猾啊！作为别动队的一员，很多事情曲长锋不光听到，还亲眼见到。高层那三大派系，你争我夺，斗得死去活来，为的是什么？最根本的就是利益。党国上下那些"大鱼"，哪个不是不择手段、趋利而行？表面上个个正人君子，背后什么缺德的事做不出来？无论是徐长官、康长官，还是自己的恩人邓长官，哪个不是如此？杨七分、熊主席不是都在老家置良田、筑大屋了吗？他们哪儿来的钱？近朱者赤，近墨者黑。他黄佳万能好到哪里去？就连投氰化钠那么狠毒的阴招，他不也能想出来？

他们来到另一个码头，这个码头所在的镇子的名字有些怪，叫"目睡冈"。码头停靠着几条木船，比他们在瓦窑下看到的那些船要大得多。

在那里巡逻的是正规军，他们驾驶着快艇，快艇泊在大船中间。看样子大木船已经被士兵检查过了，没查出什么问题，所以，士兵和几个水手在那里休息。他们抽着烟说着话，谈笑风生。

看见黄佳万和曲长锋的船靠岸，几个士兵站起来立正，行了个礼。

"长官，那些船都检查过了！"一个班长模样的人说。

黄佳万说："我们只是例行公事。"

"长官辛苦！这么冷的天，你们还来这地方。"

黄佳万说："那些家伙无孔不入，你们万万不可大意。"

黄佳万和曲长锋跳上其中的一条木船，那几个士兵不敢怠慢，跟着跳上船，拥在两人左右。两个船主模样的人也跟在其后。

显然，这是一艘从上游运货物下来的船，按禁令，从"匪区"下行的船一般不查，但上行返回所携带的货物必须严查。

"检查呗，看你们还能检查出个什么来！"显然，脸上有几颗麻子的船主满腹牢骚。

"就是！"另一个货主说，"走趟货，天寒地冻的，赚不到几个毫子，还担惊受怕。这过的什么日子嘛！"

"你就别叨叨了，要怪就怪赤匪去，你这么叨叨，小心被当作通共的抓了。"那个班长模样的兵说。

黄佳力没计较那些话，认真地检查着船。他用木头捣着船板，看有无夹层——一般运输私货的都会把违禁物品藏在夹层里。

这几条船是准备返程的。从"匪区"过来的船，一般不走空，从上游运货，返回时多少会带点儿货物。说不定就有人铤而走险，在船上夹藏了私货。

"长官，我们都细细检查过了，没问题。"

船上似乎有响动，黄佳万掀开席棚一看，是两头牛。其实，几条船上都有牛崽猪崽什么的。那些牲畜在船上吃喝拉撒，船底脏兮兮的污水越囤越多，散发出臭气。

"捎带了点儿货，不然赚个什么钱哟！"麻脸船主说。

"就是就是，别的不让运，牛呀猪呀什么的，不在禁运范围里的嘛！"另一个船主说。

麻脸船主说："冬日里，乡下有的牛被冻死，开春得要牛耕田的哟！"

另一个船主说："平常谁愿意贩这些活物？一路上得伺候，还脏不拉叽，整天臭烘烘的。"

"没办法，得赚钱养家嘛！"麻脸船主说。

黄佳万没说什么，转身上了码头，临走时还跟那个班长模样的人说："除了牲畜，其余的都要严格盘查。"

班长说："长官放心，没人能在我眼皮底下把禁运物品运进匪区。"

"我当然放心，很好！"黄佳万点着头说。

没人知道，河边不远处，一家客栈楼上的木窗方格间，有一双眼睛正死死地盯着这里。那双眼睛注视着船上众人的一举一动，直到黄佳万乘船驶出视线。

商不如囤

黄佳万和曲长锋回到白府的时候，白庚有还没回来。白清轩跟黄佳万说："你看你们去了这么些日子，也没见庚有给家里捎个信儿。"

黄佳万说："老爷，您放心。"

"我也没见你们给白家添砖加瓦。"白清轩又说。

黄佳万明白白清轩的意思。这些日子，盐生意确实因为禁令受到影响，但那只是"匪区"受限，还有大片不受禁令限制的区域呢！

白家数代经营盐业，兵荒马乱的年代白家先人也经历过，虽说没在战火中赚个盆满钵满，但起码比别的大小盐商赚得多一点儿。黄佳万当然明白白清轩的心思。这些富人，赚钱不是目的，他们在乎的是势力、地位，还有周边人的看法。白家一直是业界老大，白清轩受不了别人异样的目光，何况周边还起了说法。

黄佳万觉得得和白清轩好好聊一聊了。第二天，他拎了一盒大红袍去白清轩的厅堂，笑着说："老爷，我知道您急。"

"庚有怎么还没回？"

"这两天就回。他还有些事没处理完，让我先回来给老爷禀报。"

用人把茶泡好，往白清轩和黄佳万的茶杯里小心地倒上。白清轩抿了一口，一直没说话。

还是黄佳万先开口："我知道老爷操心，其实大可不必。"

"我听到一些传闻——哦，你说我家庚有是不是做生意的料？"白清轩直视着黄佳万问。

"当然是，怎么不是？没人说他不行吧？"

"只是这些天……"白清轩又抿了口茶，他想让自己显得淡定一点儿。

"这些天他在按我们的计划行事。"

"计划，你们有什么计划？"

黄佳万也抿了口茶，放慢语速说："有句老话说得好……白老爷，这个您比晚辈懂。"

"你说说！"

"老话说，工不如商，商不如囤，囤不如投机。"

"是太史公司马迁《史记·货殖列传》里的话：'夫用贫求富，农不如工，工不如商，刺绣文不如倚市门，此言末业，贫者之资也。'"

"您老真是博学广识！"

"货殖呀，古指我们做生意的人，'以贸迁为绝伎，以货殖为资生'，做生意得信这些，不听古人言，吃亏在眼前。"

"那是！工不如商，商不如囤。"

白清轩端着茶杯往嘴边送，刚要抿，听了黄佳万的话，停住了，手悬在半空，停了几秒，终于放回桌上。

他看着黄佳万的眼睛，轻声说："噢！你们囤……"

黄佳万说："老爷，您只看到盐场那边出货少，出货少，那要货的就少吗？您想想，盐场可不像其他作坊，那可是大片盐田，自古就没停歇过。货都去哪儿了？"

白清轩终于端起杯子，抿了一大口茶，脸上漾出舒展的笑，不住地点头："真是应了那句话呀，青出于蓝胜于蓝！我明白了，你们在'囤'！"

"是呀！就是老爷您说的，'以贸迁为绝伎，以货殖为资生'。"

"这不是我说的，是先贤说的。"

"不管谁说的，有道理的话后人都得听，都得照做，这样才能一直立于不败之地。"

白清轩点了点头，说："我家庚有有你这样的人帮衬，我就放心了。"

白庚有回白府的那天，黄佳万专门走出老远去接。白庚有回来当然不再是弹棉花的匠人了，而是白家的掌柜。他得在城里找个安全的地方把行头换了，梳洗整理一番。

他们在那里说着话。

黄佳万说："你爷找我了。"

"他说什么了？"

"我们得赚些钱，不然还真不像做生意的人。"

"这年头，生意本身就难做。"

"但我们得做，还得像模像样地做。我明白你爷的忧虑，你爷是盐帮里的老大，这不是你们白家一家生意的事，他的脸面不能丢。"

"哦！"

"我跟他说我们一直在做哩。"黄佳万说。然后，他把那天和白清轩的谈话跟白庚有一五一十地说了。

"你说我们在囤？"

"我只能这么跟你爷说呀！工不如商，商不如囤，囤不如投机。"

"不法商人的勾当！"白庚有说。

黄佳万笑了笑，解释说："在商言商，不然真会露出马脚。"

"你是说我们得像真正的盐商，像真正的生意人？"

"当然！我们得先囤了。这年头，内忧外患。内，军阀混战，红祸泛滥；外，日本人在东北狼子野心。兵荒马乱、人心惶惶的，人得活命呀！少不得盐的，盐价还会飙升。"

"那不是趁火打劫吗？"

"你看你又来了，我跟你说了很多次，识时务者为俊杰，在商言商……"

"那就在商言商。"

"我知道有些盐商确实在囤。我仔细地调查过，他们把货囤在沙县，那个地方离几大盐场远，但离匪区近，且运输也便利。"黄佳万说。

"哦？"白庚有没大听懂。

"表面上看，是远。一开始我也觉得怪，囤在那里，光运费就不得了。后来一考究，知道了。从海上绕路走虽然远，但船到了福州，从闽江上行，便可直达沙县。沙县不是匪区，运到那里，并不违禁。"

"哦！"

"一般来说，当然不能囤在靠近匪区的地方。以往，盐商们都把盐囤在顺昌县的洋口、延平的峡阳两港，还有南平下道码头等地方，图的是码头方便，但他们忽略了那些地方我方没有驻军。今年七月，赤匪两个军团集合精锐组成东方军入闽作战，几天时间接连攻克洋口、峡阳，还有南平下道码头，掳去二十余万斤食盐。这不，让他们远水解了近渴，解了燃眉之急。"

"原来是这样啊！"

"但沙县驻有重兵，且城高墙厚，地形也易守难攻，盐囤于此地，应该万无一失。"黄佳万说。

白庚有说："得跟我爷说说。"

"当然，我等你回来你跟他说嘛。"

白庚有当然明白黄佳万的良苦用心。

留守沙县

其实，这一切都是黄佳万精心谋划好的，连细枝末节都考虑得十分周全。

白庚有觉得他这个同学太不可思议了，脑子灵活得惊人。在黄埔军校上学时，政治、军事是必学科目，有人成绩名列前茅并不稀奇。就是弹棉花，白庚有也是跟人学了三年才出师的。可经商这事，白庚有知道，黄佳万从来没接触过，但他一涉足，就精明老练得跟个入行多年的老手一样……

白庚有跟他爷说的囤盐，其实都是鹦鹉学舌，照葫芦画瓢。

白清轩听着，句句舒心，不住地点头。白清轩也很意外，二儿子居然这么快就上了道儿。那只水烟壶被他吸得咕噜咕噜地响。白府上下都知道，听那水烟壶的响声，就能得知白老爷的心情。白清轩不论郁闷或开心，都攥着那只水烟壶不离手，情绪不同，水烟壶发出的声响不同。人高兴，进气、出气都重，气重，壶里的水浪腾潮翻，响动就大；人郁闷，进气、出气都轻，壶里微澜细涌，响动就小。

这不，白清轩的水烟壶快响成唢呐了。

很快，白家租了两条船，去潮盐和惠盐的盐场收盐。船到了福州并没有停靠在码头，而是溯行闽江，那地方离沙县还有些距离，畅行无阻。

谢柏年按黄佳万的指示在沙县租了一栋老屋，那地方不显山不露水，屋子早就没有人住了。他找人加固了老墙，把屋瓦也修补了，准备用来做库房；然后又雇人在几间屋子里挖了几个大坑，没人知道他挖坑做什么。这是他们计划的一部分。

计划的另一部分是包装。黄佳万鬼得很，说："不能让别人知道我们运的是盐，同行要是知道了，都效仿，或者派小人暗中使坏，那囤盐还有什么奇效？"

按黄佳万的安排，每次船装了盐到海上，得换成各种包装入箱，看上去像是各类杂货。船到了沙县码头后，再把货运往那些屋子里。

屋子的坑里都置放了几口大缸，盐拆包后先倒入缸里。缸满后，上面放上石头，边口封蜡，再糊上泥。最后，把土填平整了，屋子里就看不出什么痕迹了。

那一个来月，黄佳万、白庚有还有谢柏年帮白家囤了十几万斤盐。

当然还得有人守。做看守是谢柏年主动提出来的。

谢柏年天生晕船——别看他人高马大，平常连个感冒也很少得，但一上船，他就头重脚轻，要是再在海上坐个一天半晌，那更是吐得翻江倒海、眼冒金星。

"淡水鱼"小组为囤盐做了分工，一个人去盐场进货，一个人押船，还要一个人去沙县租房、修葺房子。

谢柏年说："我去修房！"第一回去沙县，黄佳万就没让谢柏年坐船，让他独自一人走陆路。

谢柏年去了沙县，找房、租房都不是事，但得大兴土木，工程还很大。他找了当地的几个男人做活儿，他做监工，老给人指点，说这不对那不对。干活儿的人说："大家都不容易，抽烟抽烟。"他接了男人的烟，聊起家长里短，渐渐就熟了。

忙里忙外的，谢柏年免不了去街上走走，这一走，他才知道沙县不同于别的地方。东晋义熙年间，沙县设县，算下来有一千五百多年的历史了。这里自古就是商贾云集之地，有人在它的前面加个"金"字，叫"金沙县"。

干活儿的人说："晚上我们几个带你喝酒。"

谢柏年想，平常让黄佳万管着，有纪律约束，难得有这么个落单的时候。这回不是刺探情报之类的特殊任务，也不在匪区。再说，对于沙县，他得多了解，所以修房子的同时，还得兼着收集点儿相关的情报。

他们去了街上临江的一家馆子。当地的小吃很出名，比如沙县板鸭、卤鸭掌、素牛肉、猪肉干、烫嘴豆腐……都是下酒的好东西。谢柏年没想到沙县这样一个小县城，竟然如此繁华，酒馆多不说，生意还异常红火。

几个当地男人，酒兴一上来，话就多了。作为当地人，谁不为自己的家乡骄傲？大家就七嘴八舌地说开了。

说到沙县富饶，一个男人翕动着上下两片大嘴唇说："知道不？金沙县、银建瓯、铜延平、铁邵武，一沙二尤三清流，延平枕、贡川席……"

谢柏年"哦"了一声。

"我们沙县富呀，周边几个县哪个能比？"那个男人说。

"难怪，船来来去去，商贾如云。好玩的地方比别处的多……"谢柏年说。

另一个男人笑了笑，说："延平枕，是说延平出产枕头。贡川席，永安的贡川出产草席。后面你知道是怎么说的吗？"

谢柏年说："怎么说的？"

"沙县洋娟不用挑。洋娟指姑娘，沙县的姑娘个个标致。"

谢柏年听了这话，心想：还真是这样哟。但他没吭声。

"不说县城，就是乡镇，也名声在外。夏茂三宝，胜过粮草。夏茂人靠母猪、花奈和烟叶这三宝养家糊口。"那个男人继续说。

另一个男人就笑了，他说："你是夏茂人嘛，当然说老家好。跟我们琅口比，夏茂算什么！"

那时候，他们正在这个叫琅口的地方的一家馆子里喝酒。

家在夏茂的那个男人咧嘴笑笑，说："那是！琅口是好地方呀，和县城一水之隔，谁不知道你们琅口是天堂哟。'有钱没钱，琅口过年'，说的就是你们琅口人大方好客，不管有钱没钱，过年都欢迎去家里做客。"

谢柏年确实喜欢这个叫琅口的地方。他知道，琅口自古水陆通衢，河里桅杆林立，码头喧闹，市井繁华，和对岸的县城比，并不逊色。

"呵呵……"有人笑了笑。

"你觉得我说错了？"那个夸琅口的男人侧过头来问道。

那人还是笑。

其实那人没笑别的，只是想到了"有钱没钱，琅口过年"这句话的另一种解释——这周边大大小小的商贩、匠人还有船家排客，南来北往，有时难免因事回不了老家过年。但到了年关，年总是要过的。那些人就都往琅口这个地方来，这里吃得开心，玩得尽兴。这一年不管是得意还是失意，只要来到这里，宾至如归，亲如一家。当地还有一句话，"琅口街道长又长，红酒鸡蛋炖冰糖"，说的也是琅口人热情好客。

要是琅口的那个男人不多嘴，就啥事也没有，大家继续喝酒。可他接了一句："哈，哪像你们西霞，没米下鼎（锅），不上西霞岭。"琅口的这位笑西霞的那位老家环境恶劣。

这句话很伤人，西霞为"南蛮十八寨"之一，行人一过际口，两峰凛然对峙，凄迷野草间五百多级石阶直贯山巅。雾瘴之气常起，看上去像鬼魅横生，土匪更是频频出没。

也许是酒壮屁人胆，西霞的那位手一扬，把一个碗朝琅口的那位脚下摔去。

琅口的那位笑笑，说："摔！你摔，反正谁摔谁赔。你有钱嘛，你横！"

西霞的那位没说话，又把桌上一盘吃剩的芋头扣在琅口那位的头上。琅口的那位哪能示弱？他跳起来，两人就扭打了起来。众人想拉架，却难拉开。

杯盘落地，摔得稀碎，两人打得一塌糊涂、两败俱伤。

谢柏年见状，跟那个一脸沮丧的掌柜说："没事，我赔！"

谢柏年爽快地帮大家了了此事，从此，那几个男人都喊他大哥。他们常在一起吃吃喝喝，杯来盏去。

谢柏年已经很久没这么潇洒过了，玩得乐不思蜀。在这么个世外桃源一样的地方，他难免有点儿心猿意马。

有一次，人家问他："大哥，您在沙县有大生意？"

谢柏年听着人家叫大哥，又借着酒兴，脑壳里五颜六色的，还真就把自己当回事了。

他大手一挥，说："我在这里守东西哩，是大生意……哦，当然是大生意哟……"他欲言又止，知道不能再说下去了。

所以后来，黄佳万说这个地方要留人看守时，谢柏年觉得机不可失。

按理说，没人知道那几间屋子的地下埋的是什么，也就没必要派人守着。而且那时候，"淡水鱼"小组事务繁忙，人手明显不够。

"没必要派人守着吧？又没人知道那些屋子底下有东西。"白庚有有些不理解。

"总不能修葺一新的屋子没人住吧？那会引人怀疑的。"不知道为什么，黄佳万就是要谢柏年守在这里。

"找个当地人守，未必不可以，"白庚有说，"屋子里的秘密只有我们几个清楚。"

但黄佳万似乎把这事看得很重，不太放心。

谢柏年心想：黄佳万老谋深算，怎么会就为这点儿小事花这么大力气？他还记得当时黄佳万跟自己说："白家老爷是盐帮的老大，白家是风向标，如果别人知道白家囤盐，肯定会依葫芦画瓢。你注意其他盐商的动静，他们若往沙县运盐、囤盐，你要掌握他们的相关情况。"

谢柏年还真的花了些心思留意，果然如黄佳万所料，白家才囤完盐没多久，就有一些盐商也悄悄往沙县这个地方运盐、囤盐。他留心掌握了那些盐商的大致数量和囤盐的地方。

谢柏年终于有点儿明白了，原来黄佳万要人留守沙县，真正的目的是这个。

第
10
章

一直关注着那边的动静

谢柏年去沙县之前，主要的任务就是盯住任天朋。

黄佳万跟谢柏年说："任天朋很重要，盯住他，抓他个现行。不管他是什么来头，只要有证据，他就死定了。你要抓住他的狐狸尾巴，我就不信弄不到他的证据。"

那些日子，谢柏年不敢松懈，一直盯着任天朋。盯梢的事，他驾轻就熟，也盯出了一些名堂。

一次，谢柏年向黄佳万汇报。

"任天朋确实去了那些盐场，进了不少货。"谢柏年把盯梢看到的情况如实汇报。

"主要是那些货的动向。"黄佳万说。

"就是就是！留意那些盐流向何处。长官，您当时给我下的任务就是这个，可是……"

"可是什么？"

"怪哟，真怪！"

"嗯？"

"他往反方向走，没去匪区。"谢柏年长长地叹了口气说。

黄佳万说："这也没什么，他可能是先放烟幕弹，然后在其他地方把货装船哩。"

白庚有也说："就是，他假装往反方向去，但在什么地方把货装了，然后……"

谢柏年说："我也这么想过，就是说掉转船头再往要去的地方走嘛。"

"有这种可能。"黄佳万回应道。

谢柏年说:"可是哨卡检查如此严格,也从没在往匪区去的船上查获盐呀!难道他能在大家的眼皮底下飞过去?您不是也亲自去码头检查了那些船吗?"

黄佳万说:"是的,弟兄们很辛苦,严防死守,兢兢业业,我没看出有什么不对的地方。"

谢柏年说:"那些天在三河坝一带,我看见您了。但有纪律,我没跟您打照面。"

"是吗?"

"那天您在目睡冈,任天朋也在,他在岸边那家客栈里睡觉。我盯得死死的,没看出他有什么不对头的地方。"

白庚有也觉得这事有点儿离奇,那个任天朋非常神秘。但他和曲长锋执行的是对"内"的任务,所以那些天,他更关注的是"匪区"那边的动静。

"你说会造成轰动的事件,这些日子过去了,怎么还没见动静?"白庚有问。

"事情越大,可能越不容易为人所知。"黄佳万说。

"怎么说?"

"他们一定会封锁消息,毕竟那种事情如果被匪区民众及官兵知道,会造成可怕的恐慌。"

"也许真的是被他们捂住了消息……"白庚有这么分析。

黄佳万想:得去一趟行营了,去见长官杨七分。

其实,不久前黄佳万去行营见过杨长官。

杨长官脸上的阴云不薄不厚地铺展着。黄佳万觉得不太正常,这些年,杨长官从一名普通政客一跃而上,成了蒋介石的首席智囊,在党国的地位、声望直线飙升。作为蒋介石最信任的幕僚,杨长官有很大的权力。国民党的所有重要军政电文，都须经杨长官先行过目；许多军政要人来见蒋介石，也须经杨长官安排。

这么个如日中天的红人，脸上为何布满阴云？

很快，黄佳万知道了，这和谢柏年的盯梢有关，也就是说，和"淡水鱼"小组的部分行动有关。

"据你们送来的情报，行营派出精干顺藤摸瓜，你知道摸到了什么吗？"杨长官说。

"您是说有变故？"黄佳万问。

"就是，尤其是谢柏年盯的那个共党嫌犯任天朋……"

"他怎么了？"

"姓任的确实在进盐，量不少，但东西好像没往匪区去。"

"怎么会这样？"

杨七分说："你不是刚巡察完吗，你在报告里也说各个码头天衣无缝、滴水不漏，各哨卡严格执行命令，无一疏漏。"

"是的，铁桶般严密封锁。"黄佳万答。

"的确没有任何迹象表明任天朋弄来的盐被运往了匪区，倒是条条线索都表明他手里的货去了其他地方。"

"他就是做盐生意的。"

"这倒没什么，但他和我们队伍中的一些要员做盐生意。这些线索，都和某些豪门家族有关。"

"怎么会？"黄佳万很惊讶，睁大了眼睛看着桌上的那沓纸。

"就是呀！我也觉得奇怪，不是奇怪任天朋做盐生意的事，而是他怎么和这些人接上头的。"

黄佳万说："确实有些怪，不仅没抓到这个任天朋的现行，还弄出一大堆乱麻……"

"把我们给搞糊涂了……"

"淡水鱼"内部有潜伏的红色特工

黄佳万当然也急切地关注着"绝种"行动的消息。整个计划天衣无缝，具体推进也无懈可击，但不知道具体效果或者说结局如何，他和"淡水鱼"小组的另外几位一样，忐忑不安。

没过多久，黄佳万又去了一趟行营，其目的有二：一是禀报近期的工作，二是想知道"绝种"行动的具体效果。他知道行营调查科在红区那边有内线——白庚有和曲长锋在七里村的行动应该已经被人关注到了，毕竟这是非常重要的事情。

那时已近年关，百花洲草木凋零，晨间升腾起些许水汽聚在枝头仅剩的叶子上。除了樟树，其他树大多没了叶子。风掠过东湖时拽了寒冻，像刀一样割人，也霸气地将那些水汽凝结成了冰霜。

南昌夏天酷热，冬天奇冷，是地理形态所致。闽赣交界处的武夷山脉犹如横砌了一道高墙，夏天，南风进不来，北面是一望无际的鄱阳湖，三伏天暴晒的湖面蒸腾出的热气直往城里涌，城里就成了桑拿房。到了冬天，北风自城北那片望不到边的湖面，无遮无拦，野马奔腾般势不可挡而来。从那风的狂妄猖獗之态就可想而知，冷风在城里肆无忌惮、无孔不入，在人身上也净找骨头缝钻。

冬天的雨多半是冻雨，从高处一坠地就被冻成了冰，低处的雨还是雨。冻雨的雨滴像无数的珍珠从高空撒落，落地后蹦跳几下，就在行人或者车辆的踏行下，很快化成了水。

黄佳万在东湖堤上走着，他裹得严严实实，戴一顶东北大棉帽，一条大围巾把口鼻也遮掩了，仅一对眼睛露在帽檐下面。岗哨没认出黄佳万，朝他喝了一声。黄佳万艰难地掏出证件，岗哨一看，敬了个礼，说："黄长官，失敬失敬！"

黄佳万朝那个哨兵笑了笑，但对方似乎看不到，一直保持着敬礼的姿势，直到黄佳万走进楼里才放下手来。

屋子里很暖和，铁炉里的煤在欢快地燃烧着。

杨七分似乎知道黄佳万要来，桌上茶壶里沏的是黄佳万最喜爱的狗牯脑。

"我今天卯时左眼皮就开始跳，我当时就想，定是老弟你带了喜报来见我。"

黄佳万说："行营诸长官倾心部署，委员长亲自过问，我们只是依计划执行……"

"你先喝口热茶，这天气真冷。"

"三九寒冬，该冷了。"黄佳万喝了口热茶，在炉边烤了烤冻得通红的手，不停地搓着。

他往旁边看了看，墙上那张他熟悉的闽赣"剿匪"作战地图上多了许多标记。杨七分的书桌上摊放着各种卷宗。黄佳万预感到了一些什么，他知道诸多文件到了杨七分这儿，政治的、军事的、经济的……这说明事情已经到了非常时刻。

杨七分主动开了口，说："你过来，你过来。"

黄佳万走了过去，站在那张地图前。

"你看看，你能看出名堂的。"

黄佳万在那儿看了一会儿。

"自九月始，大军强势出击，匪亦出精锐之师予以迎战，双方胶着鏖战。我方四路大军百万雄师，直接参战的精锐高达五十万，又有'七分政治'做足前期功课，匪部乌合之众满打满算也就二十余万人，强弩之末，大势已去啊！"

黄佳万没说话，他开始认真地翻看那些卷宗。

"现在的形势一片大好，近日，我军五个师与匪部主力在云盖山和大雄关两地交战，敌方伤亡严重，被迫向匪区转移。"杨长官说。

"包围圈在缩小？"黄佳万问。

"对！匪居弹丸之地，已是瓮中之鳖。现已腊月，让将士们过个好年，年后一招制敌，大功告成……对了，我想听听'淡水鱼'小组的动静，肯定有大动静嘛，锦上添花。"

黄佳万坐了下来，端起杯子，抿了一口茶，茶已经凉了，齿缝里有凉气渗透。

黄佳万把"淡水鱼"小组最近的行动跟杨七分说了。

"很好！"杨七分评价道。

"先生，有消息反馈过来吗？"

"什么消息？"

"'绝种'行动的消息，'淡水鱼'小组严格按照计划执行了，但还没听到那边的消息。"

杨七分笑着说："如我们预料的一样，我们的人已经探明，匪区几百人中毒。据说送医院治疗的士兵三百余人，死亡百余人。"

"我们一直不知道。"

杨七分说："对方也担心消息外泄，动摇军心和民心。要不是我们的'钉子'专门为此事深入探究，略知一二，我们根本无从知晓。"

黄佳万说："一切都在按我们的原定计划稳步推进。"

杨七分说："当然，你们的贡献很大。匪区盐的生产和货源都已经被扼制住了。只要掐住他们的脖子，断盐二十天，他们二十余万人的军队就会全变成摆设，不攻自溃。"

黄佳万说："先生，那边有反馈，我就放心了。"

杨七分说："我方'钉子'打入共党内部已经有很多年了，情报可靠。"

"哦！那就好……"

"令弟。"

黄佳万觉得杨长官有些奇怪，自己是和杨七分亲近，除非对方酒喝多了，否则从不会叫自己"令弟"。今天这是怎么了？

黄佳万说："先生，您有什么吩咐，尽管跟小弟说。"

杨长官说："邓长官主管的行营调查科给委员长呈送了一份情报，言'淡水鱼'内部有潜伏的红色特工。"

"他们又不是第一回这么说。"黄佳万很淡定。

"我也是这么跟上司说的，可据说姓邓的和姓戴的都取得了证据。"

黄佳万这回没忍住，跳了起来，张大嘴，却吐不出半个字。

杨七分按住黄佳万的肩膀，让他坐回原位。

"我知道你的脾气，这只是他们单方面的说法，再说'淡水鱼'小组中不是也有他们自己的人吗！"

"他们有所指，说的当然不是他们的人。"

"先别急！"

"证据，您叫他们拿出证据来！"黄佳万义愤填膺地说。

杨长官到底非同寻常，说："喝茶，喝茶。"

"打狗还得看主人！这些人都不把委员长和您放在眼里了。"黄佳万说。

"你说得对，得有真凭实据，不能无中生有，血口喷人。"

"反正，他们这么做也不是一回两回了，"黄佳万说，"但每回都拿不出铁证。他们没有真凭实据，就还是原来那一套，捕风捉影、无理取闹，完全是冲着政学系来的！不把水搅浑，他们不得安分。"

杨七分说："党国大业，确实为一些只图一己私利、蝇营狗苟的小人所祸，池子大了嘛，什么鱼虾都有。我看，每到关键时刻，泥鳅总来翻浪，倒也翻不起什么大浪，就是搅得你不舒服。无论如何，害人之心不可有，防人之心不可无。"

"没事的，先生，我黄佳万行得正坐得端，光明磊落，无惧他们泼脏水、下黑手。"

"不管他们，党国大业重要。你细心看看那些东西，给我出个主意，委员长急着要。"

黄佳万认真地看了起来，屋子里很暖和，他的额头甚至开始冒汗。

"明年四月发起总攻，我看合适。到时盐和其他重要物资都会困扰共匪，缺盐缺粮之恐慌可想而知。尤其是军队，衰兵哀兵一群，就是一只虎，到那时也成了病虎。"杨七分说。

"现在赤匪是笼中鸟雀、俎上鱼肉，气数已尽，我不信他们还能起死回生，我不信！"杨七分接着说。

见黄佳万一直没接话，杨七分抬头看去，对方正心无旁骛地埋头在那纸堆里。这个人，还是老毛病，一投入工作，就会进入忘我的境界，杨七分想。

黄佳万一直看到日头偏西。

巨大的爆炸声

进入腊月，黄佳万开始想大家回家过年的事。

这些日子，家家户户过年的东西该备的都备了。所谓过年，就是一个忙碌的过程，人们除了扯布置新衣，还得购盐沽酱，做各种腊味、酱菜。盐早就购齐了，盐铺的生意也清淡下来了。店铺门没关，门口还挂上了灯笼——生意虽然清淡，铺门却不能关，还得红红火火。

黄佳万让人给谢柏年捎去一封信，信中说沙县那边一切稳妥的话可以回临川了，大家聚个餐，然后各自回家过年。还说大家最好赶在腊八节前到家，与家人团聚。

黄佳万当然还问了囤盐的事。

谢柏年给黄佳万回了信，说："长官放心，一切都好。如果长官让我大年三十守在这儿，卑职也毫无怨言。"其实，他是想让上司下令让他"恪守职责"，这样他就可以"唯命是从"了。他迷上了沙县的美食美酒还有其他的。他还写道："囤盐的事更请长官放一百个心，有我谢柏年在，东西必定安然无恙。"他想：东西都埋在地下，只有天知地知我们几个知，还能真有盗贼来偷？盐当然是好东西，但这么多盐怎么弄走？运输都很费劲儿。

谢柏年在信中还写道："长官您来看过的，沙县城高墙厚，城里还驻守着卢兴邦、卢兴荣两兄弟两个团的精兵。长官您博览群书，书上不是说沙县城墙始建于明弘治四年（1491年），高有七米，厚达四米，皆为花岗岩墙基，墙体则用特制的城墙砖垒成，后又经历代修铸，坚固无比。城上箭楼高耸，易守难攻……您还说，卢兴邦、卢兴荣两兄弟在此深耕多年，可以说是'福建王'，至少他们想做'福建王'。沙县是他们的老巢，他们拼了命也会守住这块地盘。共匪想攻城，这怎么可能？难道他们是天兵天将，能从天而降？做梦！"

黄佳万又给谢柏年捎去一封信，信中说："你回家吧，和家人过个年。也好好歇一歇，一年到头，辛苦了！"

可是这封信没能送达，就算谢柏年收到这封信，他也回不去了。

本来，谢柏年是定了归期的，走陆路回临川也就一天的车程。腊月初六是个吉祥的日子，他打算在这天动身。初六一大早，谢柏年收拾好行李，锁了门，刚要启程，突然听到枪声。他怔了一下，往四下里看，没看出什么异样。叮没过多久，枪声密集起来，瞬间就炸了街，满街男女老少狂呼乱叫。

谢柏年扯住一个男人问："哎哎！怎么回事？"

那人说："城门关了，几处城门全关了！是红军！红军来了！"

谢柏年蒙了！

他赶紧去了商会。上了年纪的会长说："勿躁勿躁！就算真是红军，也不必太过担忧，沙县城高墙厚，再说，卢长官的人马是吃素的？"

"那就好，那就好！"谢柏年听到有人这样说。

谢柏年并不着急，却装出急火攻心的样子，嚷嚷道："都腊月了，马上过年了。"

老会长说："红军虚张声势，久攻不下，很快就会撤的。"

"那就好，那就好！"很多人说，"都等着回家过年呢，虽说'有钱没钱，琅口过年'，但这是沙县城里，还不是琅口哩。"

"我看他们就是攻着试试，攻不下也就放弃了。"

他们说话的时候，城外的红军正组织士兵挖坑道，自然是往城墙的方向挖。

很快，城墙外的林子里摆了几口棺材。等坑道接近城墙了，红军就把棺材送入坑道，一直送到城墙根。棺材里塞满了火药。

几天后，夜半时分，谢柏年和沙县城里的人都被一阵巨大的爆炸声惊醒了。

沙县城墙被炸出一角缺口，红军从那里冲进城。

做梦一样

谢柏年不敢耽搁，匆匆赶回临川，心急火燎地找到黄佳万和白庚有。

黄佳万说："你怎么跟鬼追命一样，失魂落魄的。"

白庚有也说："就是，快要过年了，你谢柏年这是急着干什么？"

谢柏年说："做梦一样做梦一样！"

"你看你，你没做梦，你在白府哩。"黄佳万说着，还伸手拍了拍谢柏年的脸。

"是呀！什么事？你慢慢说。"白庚有说。

谢柏年说："红军攻进沙县了，把咱们囤的东西掳了个精光。"

黄佳万的嘴张得能塞进一个鸡蛋。

白庚有惊得从座位上跳了起来，问："到底怎么回事？"

谢柏年就把自己这几天在沙县的遭遇竹筒倒豆子般全都倒了出来。

他说："枪声大作，炸了锅。城里像被滚水淋了的蚁穴，人们东逃西窜，但是都没走成。我原本想腊月初六那天回来的，想着坐一天的车就能到临川。可城门突然关了，出不去。

"沙县有九个城门，南边临水，红军攻的是东、北、西三个方向的城门。那三个方向枪声不绝。老会长说城高墙厚，赤匪攻不进来，而且卢长官的人马也不是吃素的。开始还真跟老会长说的那样，赤匪架云梯强攻，攻了几回都没攻下，死伤还不少。可后来他们不那么攻了，他们改挖地道。后来……他们把城墙炸了，攻进了沙县。城里乱成一团。我们囤的货在那里呀！我担心有人趁火打劫，所以我得守着，过年回不了家就回不了呗……

"我坐在屋子里守着，外面街上动静不断，还有零星的枪声。我也没管。我想：没人知道我们屋子里的秘密，我守在这儿不会有事。我淡定地抽烟喝茶。他赤匪就是待在城里过年也没什么。可第二天，腊月初七，就有人敲门。我想：会是谁哩？城里几个相熟的都回老家了，谁还会来这么个偏僻的地方呢？开门一看，是盐铺的赵掌柜，我说：'您还没回老家过年呀？'他说：'我惦记着囤在沙县的货呀，可是拿出大半积蓄押了宝的。'我说：'那您赶紧去您铺子里，我这里没事。'

"可我说得早了点儿，我这颗心刚放下，想不到几天后的半夜就有人闯了进来。他们没敲门，翻墙进来的，十几个男的，先把我架了。我喊'老总'，他们问谁是老总。我问：'你们是红军吧？'他们说：'鬼打你脑壳，你有眼不识泰山。'听他们的语气，不像是红军，那会是什么人呢？

"后来，他们把我关在一间屋子里，一直到天快亮才把我放了。等我走出屋子的时候，他们已经消失得无影无踪了。我去那些屋子里看，囤的货全都没了。"

谢柏年絮絮叨叨，好不容易说完了，激动得眼眶都红了，继而号啕大哭。

白庚有说："你看你，一个大男人还哭上了！"

谢柏年说："看你说的，这事要搁你身上试试？"

"你别忘了，是我们白家斥资囤的盐，现在全没了……这消息要传出去，各大盐商闹到我爷跟前，到时候，咱们'淡水鱼'小组，唉……"白庚有重重地叹了口气。

"怪我呗！我流年不利呗！可我屈死了，冤死了呀！要是长官们追查起来，那我跳进黄河也洗不清。"

谢柏年看着黄佳万和白庚有，虽然屋里有些昏暗，但他还是看清了两人目光中透出的怀疑。

"我到现在也不相信真有这种事。"谢柏年强调说，"可一切都发生了，一切都是真的！"

黄佳万问："就这些了？"

谢柏年抹了一下眼睛，哭丧着脸说："嗯，就这些。还能有什么？我没说半句假话，要有半句假话，天打雷劈。"

白庚有问："可是……红军怎么知道那些屋子的地下埋着盐？"

谢柏年又要哭了，拍着大腿说："天哪！就是呀。搁谁谁都会问这个问题，他们是怎么知道的呢？我守在那儿那么些日子，连只老鼠都没见跑进屋子过。"

黄佳万一直看着谢柏年，眼珠一动不动。

"长官，您……"

黄佳万嘴唇动了动，问："这事你没跟别人说吧？"

"没！我得先跟黄长官您禀报。"

黄佳万点点头，说："那就好，这事不能跟别人说，除了我们三个，切不可让第四个人知道。"

"我听长官的！"

白庚有有点儿恼火，低声吼道："你不听黄长官的，还能怎么样？你自己兜了？你兜得起不？"

谢柏年说："是啊，我哪能兜得起？杀头的罪哟！"

黄佳万说："谢柏年你放心，其中肯定有蹊跷，千万不能透露任何风声。白家在沙县囤盐的事，我没跟行营长官说过，具体囤了多少，也就我们三人知道。这事没人知道就是四两，让外人知晓了可能就是千斤。若真被人扣上通共的罪名，你谢柏年脑壳难保，我和白庚有身败名裂也就算了，CC系和黄埔系会利用此事来攻击政学系，杨长官也会因我们而受牵连。"

谢柏年说："谢谢长官！谢谢！我谢柏年感恩戴德！"

黄佳万在谢柏年耳边悄悄地嘀咕了几句，谢柏年频频点头，说："是！长官……是！一定……"

"什么也没发生过，什么也没。"黄佳万说，"明白吗？"

谢柏年说："是的，长官！我不会让第四个人知道。"

"也是，没人知道，也就什么都没发生过。损失我们白家承担便是。"白庚有嘴上这么说，不过他的脑子里似乎掠过了点儿什么，很模糊。他觉得黄佳万的决定做得有点儿快，这么大的事，至少要跟自己商量一下。好像黄佳万事先掐算准了会发生这么一场意外。但他又一想，不可能！

晴天霹雳

白庚有绝对想不到，才过了正月初三，自己会再次陷入噩梦。

正月里，人人穿着新衣服走家串户拜年，爆竹声不时地响起。祠堂前的大场坪戏台上响着锣鼓声和唱戏声。

白庚有没法做到心无旁骛，除了盐的事，他还惦念着省城离万寿宫不远的那条巷子。那里住着一户廖姓人家，那户人家的小姐廖蓉仁，白庚有对其心仪已久。自从上次吃饭见面后，他们开始书信来往，字里行间满满的温馨。廖蓉仁在腊月二十九的信里说，过了初五，想请"豫章的少爷"来"葆灵的小姐"的家。他们在信中一直以"豫章的少爷"和"葆灵的小姐"戏称对方。她说"葆灵的小姐"的父母想见见"豫章的少爷"。

从那天起，白庚有就盼着去省城，不是想见廖蓉仁的父母，而是想见廖蓉仁。

葆灵女中的校规很严格，学生平时不能随便出校门，只有礼拜天可以回家。腊月里，葆灵女中终于放假了。但年前"淡水鱼"小组事情多，再加上在沙县囤的盐被抢，让他们忙得不可开交，白庚有没好意思向黄佳万请假。

年三十刚过，白庚有就掰着指头算日子。

正月初三，黄佳万叫人在省城为白庚有备了轿子，还准备了一份厚礼。黄佳万的女人说："白庚有要去见未来的丈人和丈母娘，第一次见面，得让人家心里高兴。"

但就在初四，黄佳万从省城给白庚有发了一封电报，电文只有四个字：火速前来！

白庚有以为行营有公务，心想：大过年的，能有什么十万火急的事？虽然国民党跟共产党斗得脸红脖子粗，但国人还是非常注重春节的。一年到头，大家为养家糊口疲于奔命，现在一家人好不容易团聚，再怎么样也得过年，一切都待年后再说。

他还是火速赶到了南昌，到了才知道，不是行营有急事。

"昨天晚上，万寿宫一带起了一场大火。"黄佳万说。

"什么？"

黄佳万说："有人放烟花，引燃了一处屋顶，眨眼间大火就烧了起来，火仗风势，一眨眼就烧垮了街……"

白庚有立即想到廖蕃仁家，他的脑壳轰的一下，喉咙发涩："廖蕃仁她家……"

黄佳万黑着脸，齿缝里挤出一句话："一家人逃不及……"

简直就是一个晴天霹雳。

黄佳万帮着办了廖家的丧事。

白庚有一直沉默不语，人瘦了一大圈。不久前还满纸甜言蜜语，一夜间就香消玉殒，这让白庚有难以接受。

整个正月，白庚有都恍恍惚惚。他常常出现幻觉，感觉有声音绕耳不绝。

"南昌有句话，'葆灵的小姐，豫章的少爷'。"一会儿是黄佳万的女人的声音。

"我想起那句话来，'东山的少爷，西关的小姐'。"一会儿又是廖蕃仁的声音。

他眼前涌动着那个情景：一个娇媚动人的女孩，说到开心处眉飞色舞……他还记得自己当时跟廖蕃仁说的话："不然到时候我帮你弹床棉被。"他想：要是一切成真，那应该就是廖蕃仁的嫁妆之一。

然而，一切都成过眼云烟了。

第 11 章

上上下下都充满了疑惑

七里村的土灶一直没停过火，当然，其他几个硝盐生产基地的灶火也一直没停。那些日子，赣南苏维埃那几个县的老墙土差不多被熬光了。

曲长锋离开七里村的时候，跟冯笔中特别交代过："你告诉他们，千万别把锅烧干了，盐熬出来了就及时停火哟。"

冯笔中感激地点了点头，他明白，曲长锋是好心提醒，把锅烧干了，锅容易坏。

日夜不停地熬，白天当然不会有什么问题，但夜里就不好说了。卤水熬干了，人偏偏那时候又熬不住打瞌睡，锅就遭了殃。好在冯笔中惦记着这事，他白天眯上一会儿，后半夜就上村、下村地巡走，以免有人打瞌睡了，没撤火，烧坏了锅。

即便是这样，到腊月的时候，还是坏了几口锅。

大过年的，请不到补锅师傅。大多数手艺人要过了正月十五，甚至过了正月才出门干活儿。

过完年，上级说要加大生产。首长跟裴根杰说："你去几个制盐基地的时候，把柯连伟也叫上吧，他虽然去了兵工厂，但毕竟是专家哟！再说，兵工厂制火药也需要硝盐。"

没出正月，裴根杰和柯连伟就在几个生产基地跑。其他地方也和七里村差不多，硝盐一直在熬，就是大年三十也没断过火。

曲长锋接到七里村捎来的信，说要请大师傅去补锅。

曲长锋知道，这时候"淡水鱼"小组也正被行营多少双眼睛盯着不放。三大派系一直在暗中争斗，各自在找对方的破绽或把柄。他们通过"绝种"

行动偷偷投入盐里的氰化钠可不是一点点，那分量能毒死一个师。按说，几个月过去了，缺盐的红军早该由猛虎变成病猫了。但从呈送行营的情报来看，情况并不是长官们期待的那样。

据前线几路军反馈，红军在战场上依然战斗力十足——似乎没有出现缺盐导致的身体软绵、丧失战斗力等情况。这让行营上上下下都充满了疑惑。

关于盐，这一年来他们可是采取了铁腕和高压政策的，叫"里应外合"。"里应"，即在"匪区"的硝盐生产基地实施"绝种"行动；"外合"，即铁桶似的封锁"匪区"的货源。"毒盐"事件引发的死伤数百的消息，尽管红方紧紧捂住不让外界知道，但还是被别动队遍布"匪区"的暗探故意到处散布，制造恐慌……

曲长锋去了邓长官那儿一趟，想问问下一步的安排。

邓长官的脸色和几个月前迥然不同。当初邓长官招他来行营时，一脸的喜色，似乎一切都在他的掌控中。眼下，邓长官灰着脸，说："你来得正是时候，现在行营上下乱成一团。一直强调盐是'七分'中的七分，现在看来，一分也没达到。盐的事叫大家很头疼，我们的线人说，共匪的士兵依然生龙活虎。"

曲长锋说："怎么可能？'淡水鱼'小组确实是下了狠手的。"

"那问题出在哪儿呢？"邓长官问。

"谁知道！"

"黄佳万和白庚有那儿，没什么可以告诉我的吗？"

曲长锋说："我早向您汇报过，我在他们身边一直睁着第三只眼哩，没看出他们有任何异常之处，而且执行'绝种'行动时，我全程都参与了，每个环节都环环相扣。"

"进入匪区的水路、陆路都严丝合缝，铁板一块吗？"邓长官问。

曲长锋说："说实在的，长官，这也不完全是'淡水鱼'小组的事。我跟着去过几个地方，驻地军队和地方民团应该没有什么疏漏。"

邓长官点了点头，说："确实，水路、陆路都不是'淡水鱼'小组的事，军队设哨卡，严格盘查，没有疏漏。我们的线人也明察暗访过，找不出什么破绽。"

"很蹊跷。"曲长锋说，"别动队的弟兄也盯着那些哨卡。水路、陆路，我们安插了那么多眼线，也没特别的情报送过来吗？"

"嗯，确实没有。"

"按理说，连只苍蝇也难飞过去。"

邓长官说："谜一样。"

"我想不出赤匪的盐是从哪儿来的，一个月十几万斤的消耗……"

邓长官说："行营上下都想不通——对了，关于沙县被攻克，赤匪在城里起获大批食盐的事，你有什么看法？"

曲长锋说："沙县自古就是重镇，各类货什齐全，白家也有囤盐。但据我所知，白家囤盐，从一开始就很小心，藏得严严实实。虽然当初您派我去了九江，但那边的情况我还是知道一点儿的。"

"这就怪了！"

曲长锋说："长官，下一步如何行动，我只听您的！"

邓长官说："你的职责你知道，先回'淡水鱼'小组，等我指令！"

曲长锋说："长官，我明白。"

其实，曲长锋没太明白，云里雾里的。那时候，不仅曲长锋，行营上下对盐的事都云里雾里的，他们怎么也想不通，"绝种"行动那么严密的部署，怎么就毫无效果。

正月还没过完，曲长锋就接到了邓长官的指令：再返匪区七里村，看能否探知点儿什么情况。另外，再到瑞金的叶坪一带补锅，如有人通过暗号与你联系，必……他把接头暗号告诉了曲长锋。

曲长锋去七里村把那几口锅补了。

根本就没有毒盐那回事

显然，这个年行营上下都没过好。不仅行营，就连南京城里那些军政大员都过得非常郁闷。正月里，爆竹一直在周边炸响，别人听起来吉祥悦耳，南昌行营的长官们却心惊肉跳。

关于红军精锐突袭沙县并强攻入城的情报，很快就送到了南昌行营的长官们手里。

"共匪东方军突袭沙县，云梯攻城，皆被守军击溃，后匪施挖掘地道之策。数日，地道至东西北诸城墙根，以棺载火药爆破，城塌，匪蜂拥入城……满城商铺皆遭劫，财物无算，传仅食盐，有数百担之多……"

长官们的目光落在那个"盐"字上。

"赤匪"为什么选择在那个时候突袭沙县？动机明显与盐有关。一个小小的县城，何来数百担盐？还被劫掠一空！这就严重了。行营开始核查与盐有关的种种行动，才发现"绝种"计划也是一样蹊跷。不是说"淡水鱼"的计划天衣无缝吗？

正月才过，黄佳万就被紧急召回省城。

行营上下齐出，正副主任，三厅一部、六处、别动队和感化院的长官们都坐在那里，人人正襟危坐，脸绷得像冬天里的冻土。实际上，那时正值惊蛰前后。古人说，惊蛰分为三候：一候桃始华，二候鸧鹒（黄鹂）鸣，三候鹰化为鸠。直白点儿说，一候：已是桃红李白柳绿；二候：黄莺啼唱，燕子飞来，江南农家进入春耕；三候：雷声惊醒了蛰伏在泥中冬眠的蛙虫等，过了冬的虫卵也开始孵化，许多成蝶四下里纷飞。

百花洲头已是柳绿草青、桃红李白、莺啼燕飞、蝶舞蜂绕。而会议室里的那些男人，脸都还被冻土封着，一个个冰天雪地。

杨七分头一天已经把黄佳万叫到办公室，他们关了门，密谈了很久。

杨七分眉头紧锁，低沉地说："佳万贤弟，我也不知道为什么会这样。按说，你们的行动都按计划进行，并无大的问题。还有行营三厅一部和六处，尤其是别动队，不能说做得滴水不漏吧，但也十分周密了。"

黄佳万连忙应着："那是！不折不扣！"

"贤弟呀，这就怪了！"

黄佳万点了点头，说："大家都觉得不可思议。"

"事出反常必有妖，这不，调查科邓长官不得不动用他那枚潜伏已久的'钉子'了。"

"什么？"

"邓长官早年策反了赤匪的一个重要人物，现潜伏在他们的重要部门。他只听行营调查科的指令，其实就是只听邓长官的指令。"

"哦！这倒是没想到。"

"这枚'钉子'，连行营其他部门的长官都不知道，复兴社留了一手。"

"邓长官现在启用了？"

杨七分说："是的，这说明情况确实紧急，为了党国利益，也为了他们黄埔系的利益，邓长官把压箱底的本事都拿出来了。"

黄佳万当然觉得此事非同寻常，但他没接话，只是看着杨七分。杨七分也看着他，黄佳万从杨七分的眼里看出了一些东西。

杨七分又说："'三分军事'就要开始了，'七分政治'中的其他方面也都成效甚佳，偏偏这个'盐'，'七分'中的七分，这么重要的一环出了问题！"

"长官，我们确实按计划行动，稳扎稳打，不敢有任何疏漏。"

"那枚'钉子'送来至关重要的情报，于老弟你和'淡水鱼'小组都非常不利……"

"他说什么？"

"他说根本就没有毒盐那回事，也没毒死军民那回事。"杨七分说。

"啊？"

"邓长官说他手里有确切的证据，是那枚'钉子'提供的。"杨七分说。

黄佳万沉默了一会儿，说："长官，按说这是不可能的。但这里面有什么名堂，就不得而知了。"

"不管他是出于何种目的，我们都要小心。"杨七分说，"这里面肯定是有'妖'的，只是现在不知道这'妖'是什么来头。"

"嗯！"

"小心为妙！"

黄佳万看着杨七分的脸，那张脸一直绷着。他知道长官心里不好受，也知道杨长官是为了他好。明天就是联席会，会上说不定就有人抛出一颗炸弹，长官自己在做准备，也在提醒黄佳万做好准备。

"如果真如情报所说，你认为是什么环节出了问题？"杨七分问。

"氰化钠是我亲自置办的，不会出纰漏。那天，我、白庚有还有曲长锋，我们三个人在我屋里将其放入暗盒中。放入前，我们还试过，一只狗当场被毒死。"

"程序是这样的，"杨七分说，"按程序办的，无懈可击。"

"然后，暗盒用蜡封了。白庚有和曲长锋去七里村执行……"

"这也没问题。"

"蜡印要白庚有和曲长锋同时启封，互相监督。"

"对！也没问题。"杨七分说。

"启封后，执行的是曲长锋，按他所说，当时他假借检查补锅的效果，围着那些锅转了一圈，每口锅他都撒了。他也看着那些掺了氰化钠的硝盐被送进仓库，再被运往码头。"

杨七分说："这就是问题所在。按我们先前的推演，毒盐应该是在几个地方同时出现。"

黄佳万说："应该是这样的。"

"当初调查科送来的情报说，匪区医院士兵中毒而亡者众多，我还有些怀疑，那些盐怎么只送去了军队。"

"长官，您这么一说，我得理理头绪，真的是一团乱麻。怎么会这样？"

"好的，明天联席会上或许会有人提些刁钻的问题，你好好准备一下。"杨七分说。

黄佳万出门时，杨长官走到他身边，悄声说："邓的那枚'钉子'在情报里说，行营内部有共产党的特工。"

黄佳万说："这并不奇怪，既然我们在他们中间有'钉子'，他们也很可能在我们中间安插'钉子'。"

出人意料的是，联席会上，竟没有人提"毒盐"，行营的各项部署依然按照原先的谋划推进。黄佳万知道，那是因为现在无论发生什么，"七分政治"都已经按既定方针和计划推行了很长时间，现在是施行"三分军事"的时候了。但"淡水鱼"小组在行动方面的失误，迟早会被追究。

离开省城那天，黄佳万的脸一直阴沉着，他显得心事重重。那么大的事没人问，直觉让他不安。他知道，只有一种可能，就是明着不提却在暗中进行。

雪上加霜

裴根杰是被紧急召到瑞金的，那时候他和柯连伟正在会昌的一处硝盐生产基地巡视。隔一段时间，他们就会去各个硝盐基地走走，督促生产，也检查质量。

他刚到筠门岭，板凳还没坐热，杯里倒的热茶才喝了一口，一匹快马就疾驰而来，送来了首长的命令。

"速到瑞金！"

他一刻没耽搁，当即去了瑞金。到首长那里时，已经有很多人了，都是临时接到通知的，他认出了一些，有的还是从前线赶来的。

首长说："事情很紧急，非常紧急，所以才把你们召来！"

"首长您说。"大家知道，如果不是十万火急，首长不会这么着急找他们。

首长说，一天前，他接到从香港中共地下党工作站电台发来的急电，译出后只有八个字：家有恶狐，已噬头羊。意思是中华苏维埃高层或者重要部门中有奸细，已经威胁到首脑部门。

"电报虽然是香港地下党工作站发的，消息却来自南昌行营，也就是敌方高层。显然，这是我方打入敌方重要部门内部的同志发的。为安全起见，由南昌发电报到香港，再由香港转发到瑞金。"首长看上去心急如焚。他不着急的时候像一位文雅书生，眉清目秀，常常笑脸盈盈。不知道是因为这些日子战事紧张还是什么事情，首长明显憔悴了，开始蓄胡须，蓄的是山羊胡。

首长又说，形势很严峻。年一过，国民党军队必将展开攻势，"七分政治"那一套他们要得差不多了，接下来肯定是"三分军事"唱主角。从各方传来的情报表明，敌人四路大军共一百万人将从东西南北对革命根据地展开合围。据可靠情报，国民党最近又斥重金从意大利购进了十多架"霞飞"轰炸机，停放在南昌机场，这种性能好、载弹量高的新式轰炸机，将对赣南闽西的红军构成极大的威胁。

其实，就算首长不说，大家也知道，去年九月底，国民党北路军以三个师的兵力由南城向黎川发起进攻。初战时红军稍有斩获，但接下来两个月的苦战，负多胜少。从今年一月下旬开始，红军全线开展阵地防御，未见成效。进入二月，红军依然处于不利境地，虽说召开了中华苏维埃共和国第二次全国苏维埃代表大会，但战场形势不容乐观。东西南北各路"围剿"大军的合围紧逼，迫使中央红军主力在会昌等地与之决战，中央苏区的南大门岌岌可危。

种种迹象表明，国民党军队的总攻可能随时开始。

可就在这个关键时刻，红军内部出现了内鬼。更何况这个内鬼就在首长们身边。

这简直是雪上加霜。

阳春三月，万物复苏，处处春意盎然，一片生机勃勃。较之百花洲上那百花争奇斗艳的景致，这里的烟火气息更浓郁。屋外正下着细雨，像有人从空中撒下的粉末，似雾非雾。远远看去，堤岸边的竹林暗影婆娑。炊烟从各家屋顶的烟囱里拼命往外涌，瞬间融入了雨雾，无影无踪。

最亢奋的还是那些八哥。它们憋了整整一个冬天，惊蛰一过，就在天际和田野间忽高忽低地飞。蛰伏了一个冬天的小虫小蛙什么的，才从土里露出个头，就被某只八哥盯住，成了人家嘴里的美味。

农人牵着牛从雨雾里走来，披着蓑衣戴着斗笠，肩上扛着耙或犁，朦胧中，身子和脸都看不清，从走路姿态上看，好像是个妇人或者哪家的妹子。前线吃紧，男人都入了队伍，保卫苏区。婆娘、妹子就自发组成了助耕队，下垄耕田、栽禾。自家的田种了，也帮军属、烈属家种。

见了老牛，八哥格外地兴奋，绕着那牛上上下下地飞。它们可不是和牛戏耍，而是忙着捕食牛蝇、牛虻。牛蝇也很忙，绕着牛飞来飞去；牛虻这会儿却闲了，它们已经忙碌了一夜，吸了牛的血，圆鼓鼓的一团粘在牛背上，却不承想，这一刻成了八哥的美食。

水田如镜，映着混沌不明的天空，人和牛很快忙碌起来。牛先入田，把水搅得一片混浊。人喝牛走，牛走犁行，犁翻田土，土里翻出了蚯蚓什么的，八哥就又在犁的前后跳跃着，寻觅着那些美味。

不远处的村子里，偶尔传出一两声狗吠鸡鸣。

春光四溢，一片祥和。

这一间大屋子里，却是与窗外完全不同的氛围。

追本溯源

那封密电让首长们一夜没有睡觉。

腊八节那天，瑞金召开了中华苏维埃共和国第二次全国苏维埃代表大会，会议开了十一天。十一天里，前线并没有好消息传来。然后是春节。首长和战士们一起过了个不一样的春节。没想到才出了正月，就得来这么一份情报。

首长紧急召集大家，就是要重新调整相关部署。

裴根杰被单独叫到了首长屋里。

首长说："很明显，内鬼识破'毒盐'那场戏了。"

"问题出在哪里？"裴根杰有些意外。

裴根杰很清楚"毒盐"事件的始末。那是一场迫不得已的假戏真唱。当初，红军得知国民党计划在食盐里投毒的阴谋，首长决定将计就计，让敌人尽其所能地完成投毒，再制造一出红军中毒的假象，迷惑敌人。这个内幕没有几个人知道，裴根杰是这项秘密任务的知情人之一，还有就是红军医院的医生和看护。就连扮演病重、中毒死亡的红军士兵，也不知道自己中的毒来自硝盐。

不过，国民党策划得详细周密、天衣无缝的"绝种"行动，红军怎么会知道呢？

当时，关于食盐的斗争异常激烈，共产党的内线偷偷把敌人要破坏硝盐生产的阴谋及时告知了红军，并顺其自然地让国民党笃信他们的阴谋已经得逞，以此迷惑对方。

　　显然，这次的事情让首长很惊讶。在上海时，他就直接领导特科开展工作。从上海转移到赣南，他带来了特科的精锐骨干。之后，首长带领保卫局花大力气进行了肃反和锄奸，也卓有成效。

　　首长怎么也没想到，红军的队伍里竟然还藏有国民党的暗探，并且这个暗探已经掌握了红军以假乱真的安排。

　　既然是内鬼，红军就不可能轻易知道这个人藏身何处，也不知道这个人是仅给敌人传递了那一份情报，还是把别的重要情报也外泄了出去。显然，国民党也觉得已经到了生死攸关之际，才启动这枚潜伏很久也很深的"钉子"。

　　大家都知道，"钉子"一旦启动，严重程度可想而知。

　　还有一点更可怕，既然国民党已经知道"毒盐"事件假戏真唱的内幕，他们顺藤摸瓜，很容易就能推断出南昌行营内部暗藏了红军的"耳目"——那人也是一枚潜伏很久也很深的"钉子"，是红方的重要谍报人员。

　　"那些插在敌人心脏上的'尖刀'，可能因此而暴露。"首长担心的不仅是红军的安全，还有那些打入敌人内部的同志的安危，"如果真让敌人把我们多年经营的'耳目'一锅端了，后果将会很严重。所以，必须尽快找出这个内鬼。"

　　"请首长指示！"

　　"解铃还须系铃人。你一直在硝盐生产一线，既然事是由硝盐起，那就追本溯源。"

　　裴根杰说："我知道了！"

　　离开瑞金时，裴根杰感觉心里揣了一块沉铅，跟首长说的那句"我知道了"分量很重。这项任务非同一般，虽然还是和盐紧密相关，但不是制盐那么简单。

　　"见招拆招，无招胜有招。"临走时，首长叮嘱他。

第
12
章

总不能让他们饿着肚子上路

裴根杰去了医院。

首长和裴根杰思前想后，觉得可能还是医院那里出了疏漏。虽说保卫局的同志已经去红军医院调查过，没找到什么线索，但裴根杰还是决定去看一看。

医院就在叶坪的朱坊村。依然是烟雨朦胧，雨雾似乎把一切都罩住了，很安静。

一进入医院却是一片喧嚣，除了说话声，还有尖厉的号叫声。重伤员从前线被送到这里救治，但麻醉药告罄，医生就只能用土办法——草药麻醉。这种麻醉不彻底，如果是大手术，比如截肢，就不得不用蛮法。手术前，医生叫人找一根两指粗的木棍横在伤员的嘴里，让其咬住，不仅要咬住，还得用绳子绑牢固。要不然，难以忍受的疼痛会让伤员咬断自己的舌头。还有，伤员不打麻药进行手术，那撕心裂肺的叫声吓得人想跑。

这是朱坊的一间大祠堂，裴根杰对这里很熟悉。

"中毒"事件发生后，裴根杰也被急召到朱坊红军医院。既然是一场戏，那每个角色都不能少。裴根杰负责生产硝盐，出了这么大的事，当然得来接受调查。保卫局的几个人毫不知情，对他一通盘问。

裴根杰想了想那天的情景，好像并没有什么破绽，就连扮演因中毒而亡或前来接受治疗的士兵，也只是被要求配合表演中毒症状，没被告知实情。也就是说，他们根本就不知道是硝盐"中毒"。"死亡"的士兵被陆续抬到离医院不远的坟地"埋"了。然后，他们很快就回了前线。"中毒"的

"病号"演得也很逼真。

首长说得对，知道底细的只有那几个医生和看护，可他们都是首长严格挑选的，问题不大可能出在他们身上。

裴根杰这次来找的傅院长，是一个充满了传奇色彩的男人。他曾经在英国留学，成了一名基督教徒，后因为医术高超被选为英国教会在长汀办的一所福音医院的院长，现在又成了红军队伍里的一员。

这些日子，战事不顺，伤兵源源不断地从前线送来医院。

傅院长连续做了几台手术，身心疲惫。他想坐下来抽根烟、喝口茶，才摘了手套和口罩，一抬头，就看见裴根杰了，问道："哦，裴团长，你怎么来了？"

"来找你问点儿事。"裴根杰负过伤，也是傅院长给他治的。他们是老熟人了。

那时候，傅院长刚把整个福音医院搬到瑞金，第一批伤员里就有裴根杰。战场上副团长牺牲了，裴根杰奉命指挥战斗，一颗子弹伤了他的腿。有人说，要不是傅院长医术高明，裴根杰的腿就瘸了。

傅院长似乎知道裴根杰此行的目的，开门见山说道："首长跟我说了，我也觉得怪。"

"是呀！怎么会出这种事情？"裴根杰问。

傅院长说："难以置信，怎么会出问题呢？保卫局的人也觉得事情出在医院。可当时我们确实是严格按上面的指令执行的。"

"是呀！"

"两个医生和三个看护，是我亲自挑选的，都很年轻，在长汀时就一直在我身边，不可能接触到那边的人。"他手里一直捏着根烟，一激动，竟忘了点火。

裴根杰抽出火柴，划了一根给他点上，傅院长狠狠地抽了几口。

"你不抽一根？"傅院长问裴根杰。

裴根杰摇摇头。

"首长说得很清楚，绝密啊！那些战士的饭也是我亲自去送的。"

"哪些？"

傅院长笑了一下，说："就是那些'死'了的兵，他们被抬去坟场后，很快就去林子那间破庙里，躲了起来。那地方偏僻，平常也没有人去。而且我们布了岗，就算有人去也不会进那破庙里。"

"那确实很蹊跷。"

"他们吃了晚饭，等深夜才从庙里出来，回了队伍。饭是我和助手去送的，总不能让他们饿着肚子上路。"抽完那根烟，傅院长说，"我还有几台手术要做，你先坐坐。"

说完，他就闪身进了手术室。

裴根杰知道，很快又会传来撕心裂肺的惨叫声。他想，这里人人都忙成陀螺了，他在这里闲坐着不合适。他端起桌上的那碗茶，咕噜几口喝了下去，然后离开了朱坊。

裴根杰回到了七里村，这回不单单是为了硝盐的生产，更是因为那项特殊任务。

来而不往非礼也

曲长锋又抽到冯笔中的烤烟了。

他猛吸了一口，鼻孔里喷出长长的两股烟来，然后不停地发出"啧啧"的赞叹声。

曲长锋说："你送我的那两斤叶子，我从去年腊月抽到今年正月，到正月十五，抽完了。我再抽纸烟，一点儿劲儿也没有，就想着来七里村找你，帮我再弄些好叶子。"

冯笔中说："我们投缘嘛……这些日子又坏了几口锅。你补的都没事，坏的还是先前那些。"

"也是，总这么熬，再好的锅也扛不住的嘛！"有风吹来，曲长锋吸了吸鼻子，"怎么一股猪粪味？"

"是哟，老土都熬完了，现在用的是他们从猪栏、牛栏的土墙上弄下来的土，怎么会不臭！"冯笔中当然知道那股味道的由来，但他不能说。

就连七里村的熬盐工人，也不知道那粪味的由来。他们只知道，没老土了，现在熬盐的土是从各地猪栏、牛栏的土墙上弄下来的，土在别处就浸泡了，只用船把卤水运来。

"这盐能吃？"曲长锋问。

"曲师傅，看你说的，那边把盐禁了，人总得想法子活命吧？就是这种盐，也很难得到，得按人头供给，每户人家都限量哩！眼下能吃到这种盐已经很不错了。"

"唉！"

"你'唉'什么？"

"我是说红的白的这么兵戎相见，何必呢？"曲长锋说。

"就是，人家好好地过自己的日子，白的大军竟把人围了，扼住人家的喉咙，盐呀什么的都禁了，苦了百姓。"

曲长锋说："他们说'匪患不平，国将不国'。"

"国，什么是国？唉！管它哩。"冯笔中说，"苏维埃给穷人分了田，老百姓还没过上几年好日子就打……"

"不说这了，说不清。"曲长锋说。

"就是，天下大势，合久必分，分久必合，一切都是注定的。"

"补锅！"

"补锅，补锅！"

曲长锋又在那株老樟树下架了炉子和家什。很快，那几口锅就补好了。

照旧是试锅，得先熬一锅卤水。曲长锋收了摊，坐在老樟树下和冯笔中抽烟、喝茶、扯闲篇。

熬一锅卤水差不多要一昼夜。第二天一大早，几口锅都现了白。

冯笔中来叫曲长锋，说："起床起床，帮我们看看去！"

曲长锋又去了祠堂前那个场坪，一股难闻的臭味扑鼻而来。他咳嗽了几声，掏出帕子捂住了鼻子。

曲长锋捂着鼻子，看着那几口补过的锅，说："你看你看，好好的哩！"

"你看你怪讲究。"冯笔中打趣地说。

"捂住鼻子也不影响我验锅嘛！"曲长锋逐一认真地把那几口才补过的锅看了一遍，点了点头，说，"很好，和新锅一样！"

"曲师傅手艺好！没人比得上！"冯笔中说着，把几块银圆塞给曲长锋。

曲长锋拿出一块递给冯笔中，说："给我弄点儿上次那种上好的叶子！"

冯笔中没收他的银圆，却从身后拿出一挂黑黄的叶子递给他，说："我早给你备着哩，自己种、自己加工的，送你抽几口，还能收你钱？"

"来而不往非礼也。"曲长锋把手上的腕串摘了下来，说，"小叶紫檀的，也不算好东西，但在东林寺开过光。"

冯笔中憨憨地笑着，收下了，然后掏出烟袋，说："再抽口烟？"

曲长锋摇了摇头，又点了点头。他摇头是因为实在受不了那股浊臭。那边，有人挑了一桶卤水倒进锅里，又往土灶里塞满柴火，没过一会儿，臭气熏天，烟再好也抽不出好味道了。他点头是觉得不能驳冯笔中的面子，觉得就算再臭也得抽，他们这些日子处成了朋友。

抽了那烟，曲长锋迫不及待地说："我走了哈！"

然后，他挑着补锅的挑子往码头走去。他要去瑞金。

瞒天过海

曲长锋上了船，往河边望去，那里停了三条大船。

那三条船昨夜卸了一整夜的货。

那正是南昌行营一直想要搞清楚的秘密。曲长锋离这个秘密十分近了，但他没发现，他怎么会往那方面想？

南昌行营的长官们曾不止一次问黄佳万："你们确定赤匪没有别的渠道往匪区运盐？"

黄佳万说："这是军队、民团、别动队等整齐划一的防控，'淡水鱼'小组只是前往检查过，确实没破绽。"

有位长官不依不饶，继续说："可是我们在匪区的内线送来的情报显示，依然有大量的盐经过封锁线进入匪区。"

"这怎么可能？"

"谁都觉得不可能，但匪区确实有盐，跟我们之前预料的不一样。"

"怪！"

"是怪！"长官说，"你得尽快查明内情，解开这个谜。"

"难道他们有遁地行天的本事？他们能隐身隐物？"

"不可能！"长官说。

"'格杀勿论'令和'杀无赦'令执行了，杀鸡给猴看也杀了好几个了，按说，没有人敢再私贩食盐。"

"按说是这样，但事实是，有人往匪区运盐，而且源源不断。"

黄佳万说："一定查个水落石出！"

其实，红军没遁地行天的本事，也不能隐身隐物，但他们智勇双全。

他们相信天无绝人之路，常常出其不意，在别人根本想不到的地方做文章，在光天化日之下瞒天过海。

其实，也没那么复杂。

那天，在那个叫"目睡冈"的镇子的码头，就有船在盘查的士兵眼皮底下运盐。当时，黄佳万和曲长锋都在，他们根本没有察觉。

那些船，不是运牛和猪等牲畜的吗？

是的，他们是运猪运牛。任天朋去盐场进货，但货不往南走，而是往北去。因为北去没禁令，做生意合法合规。从苏区过来的船，当然不只是红方的，也有赣州城里的，赣州城一直没被红军攻下，属于白区，赣江的水运，双方共用。商船之间互相做生意，赣县的江口就是大家共用的码头。

行营的暗探和"淡水鱼"小组的人都大惑不解。任天朋确实在北边有生意，且多是跟一些要人的商业代理。显然，他是故意的，那是他放的烟幕弹。其实，他大部分的货依然往南边苏区去，只是不在大埔一带的码头装船，而是在赣江下游的什么地方把盐装上船。船也不是一般的船，是运了货返程的船。船家说不能走空船，下游有什么货带什么货，冬天冻死了不少牛，春上耕牛吃紧，就买了牛运回去。

船家表面运牛、猪等牲畜，实际是在运盐。一条十五吨的船，船底能装半吨到一吨的水，那可不是一般的水，是溶化了盐的水。船经过刻意设计，盐水藏在船舱底部，上面架上竹子，竹子上面放木板、篾板，猪和牛就在木板、篾板上。途中牲畜拉屎拉尿，就顺着木板、篾板流下去。

经过哨卡检查，查来查去只是运牲畜。以往也有人通过盐水的形式偷运盐，检查的人会伸手蘸点儿水放嘴里尝尝。舌头感觉咸，那肯定有情况。但是牲畜的粪水，谁愿意蘸了往嘴里放？没人想到牲畜的一摊屎尿水，会是盐水。

一条船能运六七百斤盐。

那些船每天都堂而皇之地在江面上来来去去。船到了苏区，就停靠在指定的码头，有人来取那些"粪水"，过滤掉杂质，就成"从各地猪栏、牛栏的土墙上弄下来的土浸泡好的卤水"了。卤水再运去七里村等地熬，就还原成了盐。

乡人不知道那盐的来路。女人在灶间炒菜，尝了一口，嘟囔着："哎，不咸也不淡，盐放得正好，就是有股怪味，这盐……"

"不是盐的事吧？是菜，盐哪来的怪味？"男人说。

女人又炒了一盘菜，尝了一口，继续念叨："哎呀哎呀，还是有怪怪的味哩！"

男人也尝了口，怪味确实还有，不知道是何原因，问左邻右舍，都说："这盐是怪。"

"有猪屎味。"

"你看你说的，好好的盐怎么有猪屎味？"

大家也觉得不可能，盐和猪屎怎么能联系到一起？

红军战士吃的盐也是这样。

曲长锋当然不知道这些，很多人都不知道，那是秘密。

第

13

章

不虚此行

邓长官有些恼火，行营内部有共产党的卧底，甚至有可能就在自己的身边，这不是一般的严重。

复兴社的成员几乎都是黄埔军校的精英，他们把控了调查科。如果说CC系、政学系往调查科掺沙子，有这个可能，毕竟蒋介石也不想哪一派独大，总是想办法制衡。但那是内部的事。

可是现在说有共产党打入了行营内部，这让邓长官非常惊恐。行营调查科负责所有的情报工作，身边竟然有"毒蛇"，那还了得？

按说禁盐这方面配备的都是精英，不会掉链子的。

结果却事与愿违。

"毒盐"假戏真唱的内幕，其实是邓长官的内线偶然发现的。那天，调查科收到的情报说，红军内部发生中毒事件，毒死数百人。行营上下，喜出望外。各部门立即召开会议，部署了下一步的行动。谁知没过多久，"钉子"就冒险来电，否认了之前的情报，申明红方有诈，"毒盐"事件是个惊天阴谋。

这无疑让行营内部炸开了锅，尤其是在这关键时刻。四月底，国民党的军队已经敲开了"匪区"的北大门广昌。前些日子，蒋介石和他的幕僚也齐聚豫章故郡南昌，要有大动作——言入冬之前，有望"剿灭"赣境之"赤匪"，收回赣南闽西。

邓长官想，耳听为虚，眼见为实，他得趁这个机会出去走走。

那天，一辆小车突然开到临川白府大门前。

黄佳万和白庚有接到通报后，立即出门迎接。邓长官从车上下来，边走边说:"我到浒湾一带看看,顺便过来看看你们。"

白庚有有些惊讶。邓长官是黄埔军校一期的学员,算是他们的师哥。他还做过蒋介石的侍从秘书,老奸巨猾。邓长官一直坐镇行营调查科,很少出省城:一是确实忙;二是篡夺权力的事情,稍不留心,就可能发生在自己头上。

可是,他今天却突然出现在白家门口,不宣而至。

黄佳万说:"我知道邓长官放心不下。"

"佳万老弟,看你说的,我对你们'淡水鱼'小组能放心不下?"

黄佳万说:"您来得正是时候,我们正在梳理相关线索。"

白庚有觉得黄佳万跟邓长官的对话有些微妙,邓长官肯定是无事不登三宝殿的。无论如何,自己是主人,得表现出该有的尊重和热情,他跟他爷说:"行营邓长官来了。"

白清轩欣喜若狂,忍不住上前恭敬地说:"哎呀!邓长官光临寒舍,也不事先告诉白某一声,失敬!失敬!"

前些时候,白清轩已经大致知道二儿子和黄佳万几个人的行踪了,经营盐务只是幌子,他们借这个做掩护,行的是"剿共"之大业。对此,白清轩求之不得。既然已经是一体了,那还能赔钱吗?不可能的。何况白清轩骨子里仇恨共产党,一想到宁都县城才建成两年的豪宅被分了出去,落叶归根的想法也变成了未知,他就咬牙切齿。

白清轩设宴招待邓长官。黄佳万说:"邓长官,您酒量好,这我是知道的。到了这地方,可要尽兴。"

邓长官没喝酒,说:"过年后我就跟校长说了,匪患一日不除,我一日不沾烟酒。"

白清轩说:"那也是指日可待了。"

邓长官微微一笑,说:"你们喝你们喝,我来的时候,行营的长官们还叫我犒劳诸位呢……不管怎么样,你们没功劳也有苦劳,你们喝!"

然后就是巡察。从陆路到水路，邓长官都走了一遍，尤其是大埔的各个码头，邓长官重点盘查了一番，没发现什么破绽。白庚有想：邓长官亲自巡察，事情不简单，但各方协作，陆路、水路对盐的封禁确实无一疏漏，就是校长亲自来也查不出什么问题。

邓长官提出要去沙县。

白庚有愣了一下，看了看黄佳万，黄佳万淡定从容。他们在沙县囤的盐出了问题，但具体什么问题还没定论。白庚有想：是不是邓长官嗅到了什么？

一行人风尘仆仆地去了沙县，到了之后就直接去了那栋老屋。红军攻下沙县后，没几天就撤了。过完年，春天一到，一切又都回归平静。街上依然热闹繁华。

昨夜，谢柏年又在外面混了个通宵，这会儿日头已经挂檐角了，他还在呼呼大睡。隐约地，他听到有人敲门，边嘀咕着"谁这时候上门"，边粘眉糊眼地走去开门。门一开，谢柏年愣住了，他以为是在梦里哩。

"哦嗬哦嗬！长官……哎，长官，是你们？"

众人进了屋子。

谢柏年忙倒茶，从兜里掏着纸烟。他没想到邓长官会来这个地方，往黄佳万和白庚有的脸上瞄了几回，没看出异样。

果然，邓长官是为囤盐的事来的。

"赤匪去年腊月十一攻克沙县县城，掳走几百担食盐和其他辎重。"邓长官说。

黄佳万说："沙县自古就是大商埠，油盐米面等商品云集，年前囤积居奇是商人们惯用的伎俩。这年月不光要防赤匪，也要时刻提防山匪杀人越货。"

"匪部浴血攻下沙县，没几天就主动撤离，显然他们是另有目的……"说到这儿，邓长官话锋一转，"听说白家也囤了不少盐。"

行营内部几个派系的争斗日渐激烈，各自都在找对方的证据或者过失，以借题发挥。白庚有不想黄佳万因为这事被人抓了把柄，连忙说："邓长官，我爷一直这么经营，这是自古传下来的做法。"

白庚有把这事揽了，说是他爷白清轩出的主意。

邓长官笑着说："那是！在商言商，你们做就得做得像样点儿，不能让人看出破绽。"

"天衣无缝。"

"是吗？"

"邓长官放心，黄长官未雨绸缪，把一切安排得稳当、妥帖。"谢柏年说。

"哦？"

黄佳万说："邓长官看看去？"

"好！"

白庚有的心揪了起来，他想：盐不是叫人捞个精光了吗？马上就要露馅了呀！

黄佳万却很淡定，谢柏年也是一副从容不迫的样子。白庚有觉得有些奇怪，难道他们瞒着自己又运了盐来？

他们去了旁边的屋子。白庚有一路走来，看见地面平整光滑，依然是先前的样子。他知道那天黄佳万跟谢柏年耳语什么了，黄佳万肯定是让谢柏年悄悄地把这里收拾了。黄佳万没跟他说，是担心把他扯进去，连累他。白庚有想：怪不得谢柏年答应得那么痛快，这事最怕担责的是他，不光丢失了十几万斤盐，这些盐还可能落入赤匪手里，要是上面查起来，该当何罪？

屋子的门被打开，邓长官愣了一下。

"空的？"

黄佳万笑着说："长官，那么多盐真的不能让外人知道，别说赤匪了，就是一般贼人也会惦记的。不是有句老话吗？不怕贼偷，就怕贼惦记。"

"哦？"邓长官还云里雾里的。

黄佳万跟谢柏年说："拿家伙来！"

谢柏年弄了把铁锹来，刨开地面，露出了青石板。黄佳万和白庚有合力掀开石板，一口大缸里满满的盐。

白庚有说："囤肯定得囤得稳妥。谢柏年一直守在这儿，我们白家的盐库没出现异常。"

谢柏年说："确实是，黄长官早就让我们防患于未然了。没人知道白家囤在何处，我们没有丢一粒盐。"

"每间屋子里面都挖了坑，每个坑里都埋有几口缸。邓长官，您还要看看别的屋子吗？"黄佳万问。

"既然来了，那就都看看吧！"邓长官当然不能白跑一趟，他得不虚此行。

按图索骥

一行人去了另一间屋子，谢柏年又是一通忙碌，掀开青石板又是满满的一缸盐。

连看了几间屋子，缸缸都是满满的盐。他们回到客厅里喝茶。

邓长官说："我一直搞不清共匪为什么要演那场戏。"

黄佳万和白庚有都知道邓长官说的是什么，就是那桩谜案——"绝种"行动。红军为什么要弄一出假戏真唱？

黄佳万说："唯一的解释就是他们及时发现了毒盐，比如伙夫试吃刚出锅的食物，结果……"

邓长官说："也不是没有这种可能，但他们为什么要顺着竿子往上爬？"

"他们肯定有他们的目的。"黄佳万说。

"我想：他们是想用假象迷惑我们。"邓长官说。

白庚有说："想让我们觉得计划已经完成，由此放松警惕，不再开展其他计划了。"

黄佳万说："这只是一种可能，我觉得我们内部也未必完全可靠，是不是有人在'绝种'行动的某个环节做了手脚，这很难说。"

邓长官说："我的线人送来情报说，打那件事以后，他们往硝盐产地派了更多的保卫人员，加强了安全防范。"

黄佳万说："而且，他们很快就突袭了沙县，对盐商们在此地囤盐的事了解得清清楚楚，不排除有人给他们提供了相关情报。那次攻城军事行动，他们很大程度上是为了盐。"

邓长官说："盐商在沙县囤盐的情况查清楚了吗？"

黄佳万递上一张纸，说："谢柏年这些日子在沙县详尽摸查了一遍，囤盐量前二十的盐商，都在这份名单上。从他们囤盐的数量来看，赤匪撤离沙县时掳走数百担盐，不是传言。"

"一帮祸国殃民、见利忘义的败类！"邓长官愤怒不已。

眼看"围剿"总攻就要打响，"铁桶合围计划"也马上要实施，这些财迷心窍、利令智昏的家伙，总是在关键时刻掉链子，是可忍，孰不可忍！

邓长官回行营的第一件事就是把那份名单交给别动队，让他们按图索骥，把那二十名盐商以"通匪罪"抓了。

白清轩听到这个消息直摇头。其实，这些个弟兄都是帮里有点儿本事的，抢占了白家不少的生意份额。从生意角度看，他们出了事，明显有利于白家。白清轩心里偷着乐哩，但他不能表现在脸上，毕竟他是帮主，帮里的弟兄犯了事，他得出面。

他一脸焦急地找到黄佳万："我知道你上头有人，你看能不能找长官们给那帮弟兄说说情？"

黄佳万说："这件事，我一直在尽心帮。"

"你知道，那些弟兄都是被冤枉的，他们怎么可能通共哟，无非就是想多赚些钱。"

"我当然知道，但那边的人可能就是利用了他们贪财的心理。这年头……"

白清轩说："我也知道，兵荒马乱的，很多事难以预料，那只能听天由命了。"

"非常时期，听天由命吧！"黄佳万说。

"钉子"扎在红军医院

那天，曲长锋上了船，一路顺风顺水就到了瑞林镇。那个镇子在瑞金的西北部，从那里走陆路去朱坊，也就半天。

半路上，他竟然被人截下了——有人看见补锅的来了，欣喜若狂，说家里有破锅要补。他苦笑了一下，只好架起炉子，接上风箱。

曲长锋紧赶慢赶，在那个村子里补了两天锅，还锔了几只碗。他抹着额头问村人："还有没？还有没？"

村人摇头说："谢谢师傅了，破了的都补了。你手艺好，价钱便宜，还讲情义。"

曲长锋笑着收了摊子，心想：这才几个钱哟，耽误我的时间，我有苦说不出。再行路时，他就故意绕开村子走。

终于到了叶坪。

叶坪很热闹，曲长锋当然还只是在镇上。叶坪曾是"赤匪"苏维埃机关的所在地，后来他们把机关搬去了沙洲坝。这里依然警戒很严，不过，曲长锋没有别的任务，不必混到那核心地带。

曲长锋还是选了一株老樟树，在树下支起了那些家什。与别的地方一样，补锅的无论冬夏，似乎都爱选一株老樟树。这几乎成了这一带乡间补锅匠的固定搭配。他又架起炉子，接上风箱。

当然，那天唯一的不同，是曲长锋将那把火钳支在了三脚架上。

那是个暗号，别人不明就里，知道暗号的人一看就明白。

下午，三两个半大的伢吃了午饭，就又聚拢在补锅匠周边看热闹，他们都是镇子上那些开店的掌柜家的孩子。要搁平常，补锅摊早被伢们围得严严实实了，但现在正是农活儿忙的时候，农家的伢都去田里帮衬了，没去农田的也要砍柴、放牛、打猪草。这一带，男人大多加入了队伍，田里的活儿都是女人干，半大的伢也早早下田做起了重活儿。

曲长锋一直埋头补锅。有人往这边走来，是个四十来岁的男人，有些胖。如今这一带，鲜见这么胖的男人。

男人蹲了下来，问道："哦嗬，师傅，能补大勺吗？"

曲长锋很快抬起头，看了那个胖男人一眼。

"除了木勺葫瓢，铜的铁的大的小的都能补。"曲长锋说的是暗号。

"就一个小裂缝，两寸长的一条缝。"对方说。

"多长的缝也是漏。"曲长锋按照邓长官教他的暗号，一字不落地说。

"就是就是！"那个男人说。

"铜勺还是铁勺？"

"铜勺。"

"补铜勺钱要多点儿。"

"一口锅一只勺还有六只大碗，一共多少钱？"

曲长锋说："得看东西呀，看活儿多活儿少，看活儿起价。"

这么着，就算对上暗号了，男人笑笑，说："你这手头的活儿忙完了，就帮我把那锅碗勺补了吧！"

曲长锋说："明天就可以了。"

男人又说："你从叶坪往北面走，走八里路左右，到一个叫朱坊的村子，你说找谢厨子，没人不知。"

曲长锋说："好的，明天一早就去。一口锅一只勺几只碗，有半天就给你收拾了。"

第二天一早，曲长锋就往朱坊去，果然一说谢厨子，大家都知道。

他们给曲长锋指了指不远处的那间祠堂，曲长锋走近了，才知道是医院。他愣了一下，竟然来到红军的医院了，没想到行营的那枚"钉子"会在这里。"钉子"会现身吗？这很难说，曲长锋不能问。他执行的是邓长官直接指派的任务，行营里有严格的纪律，邓长官没叫他打听的事他决不打听。

曲长锋没有进祠堂的门，那里总有人出出进进，伤员的号叫声此起彼伏，声声刺耳。谢厨子似乎已经在那里等了很久，他指了指远处那株老樟树。曲长锋就跟着去了那里。老樟树下，号叫声小了点儿，但依然不时地传过来。

这回依然有看热闹的伢，当然不是闲伢，是几个放牛的伢。他们让牛在不远处吃草，然后就围拢在曲长锋的身边，看他补锅，可谓一举两得。牛吃着吃着就往远处走，伢们只好跟着牛走。

谢厨子的真名叫谷正强，但没几个人知道他的真名，他的代号叫"桑葚"。他背着口锅，手里拎了只大藤篮。不用说，篮里放着破碗和破勺。

已经吃过早饭了，做午饭还早，谷正强正好有些闲工夫。曲长锋已经开始干活儿，他麻利地弄着。几只鸟在树上叫着，没一会儿，几团鸟屎从枝叶缝隙里掉了下来。

"这里的鸟认生，你是生人，它们敢在你面前屙屎。"谷正强说。

"你看你，反正也屙不到头上。"

他们说着话，很快就进入了正题。没人知道他俩说了什么。

曲长锋没想到，"钉子"扎在红军医院。不能不说邓长官的确有精明独到之处。一个厨子，不显山不露水，没人会怀疑他是间谍。医院的厨子知道很多事情，比如：根据伤员的数量，就可推断出大致的兵力部署；从伤病官兵的嘴里，也能知道战损的情报；还有医院供给的变化、长官的伤病等；就连红军的墓地，也是一张晴雨表……

别看厨子只做饭做菜，关键是在哪里做，给什么人做。

两个人在那儿嘀咕了很久，远远看去，他们在聊补锅镴碗的琐事，其实谷正强给曲长锋透露了许多重要的消息。

一口锅一只勺六只碗，果然一上午就全修补妥帖了。

结了工钱，谷正强还塞给曲长锋一个纸包。

谷正强说："我看见你挑子里的黄金叶子了，知道你好这口。我送你一包，这是这一带最好的叶子。"

"哦！我哪敢占人之好哟！"

"抽抽呗。"谷正强说着捡出两撮烟丝，从那几张纸上撕下两片，卷了，递一根给曲长锋。两人点了，哒哒作响地抽了几口。

"好烟。"

"这纸既能包烟，也能做卷烟纸，是好东西哩！"

曲长锋当然知道那是好东西。他想：姓谢的真不愧是高手，那几张纸是医院前段时间的配菜表和伙食安排。厨房每隔一段时间就要根据伤员的情况，配备适合的主食和菜肴，也叫食疗。纸上记录的就是那些内容。

表面看那不过是些废纸，拿去包东西甚至用作卷烟纸，没人会怀疑。可上面的标记都是特定的密码。谷正强把他在医院直接或间接得来的红军的军事部署和战略方向的情报，转换成密码，在纸上做了标记和说明。

谷正强撕的是边角，上面没写文字，无关紧要，更像是用来卷烟的了。

但余下的，曲长锋就不再撕了。遇有哨卡盘查，无论红方白方，他都大大咧咧、毫无遮掩地任其检查，都没看出名堂。

曲长锋没有马上离开叶坪。他是个老练的特工，得时刻观察有没有被跟踪，为了防止别人起疑，他得像一个真正的补锅匠。

他在叶坪又补了几口锅，然后就上了船走水路，从瑞金绕道会昌，又从会昌到雩都，最后从赣州回省城。水路虽然远，但不会太鞍马劳顿。他坐着躺着睡着，喝茶抽烟赏风景，日夜兼程，十天八天就到了南昌。

人是铁，饭是钢

熬盐的灶日夜不停火，七里村依然充斥着粪臭味。冯笔中、柯连伟和工人以及乡人早已经习惯了。

裴根杰回来了。他的鼻子竟然有点儿不适应了。他还一直咳，可能因为烟比先前抽得多了，他以为抽烟能让那气味淡一点儿。

柯连伟跟冯笔中已经成了兄弟。这些日子，柯连伟为了除臭，没回兵工厂，整天埋头在七里村的那间实验室里。

那天，他举着两根玻璃管跑出屋子，笑着大喊："哈，有办法了！"他看见裴根杰和冯笔中都在，便向两人走去。

"来！尝尝！"

裴根杰和冯笔中睁大了眼睛看着柯连伟。

"掺入了某种元素，粪臭味就没了，你们尝尝！"

见两人没反应，柯连伟把手指伸进一根管里，用指尖蘸了一点儿盐放在舌尖，咂了几下。接着又从另一根管里蘸了点儿盐尝尝，他说："完全不一样的哟！"

裴根杰和冯笔中这才明白是怎么回事。他俩分别蘸了点儿盐放进嘴里尝了尝，确实不一样，经过柯连伟处理的那份没粪臭味了。

他们点点头。

柯连伟说："有办法中和粪臭味了，猪的粪便呈酸性嘛，以碱中和……"

冯笔中笑了笑，说："是不是又得给裴根杰一份购货单，交给上头找货了？"

柯连伟点了点头。他知道冯笔中话里的意思，自己常常沉浸其中，忽略了关键的问题——中和是可以中和，但那些化学原料没法弄来。他为自己"巧妇难为无米之炊"而沮丧，无精打采地走了。他又回了兵工厂。

"你不该那么说柯同志哟！"裴根杰说。

冯笔中也有些无奈："他确实有一腔热情，也想为苏维埃做贡献，但就是有时候不切实际。"

"毕竟他是喝过洋墨水的专家……"

冯笔中不说柯连伟了，他想起一件事："对了，我们借来熬盐的十几个弟兄接到命令，要回前线了。"

裴根杰看了冯笔中一眼，说："我听说了，前线吃紧。彭军团长跟那个红胡子洋人拍桌子了，广昌战役红军打保卫战，一改以往'敌进我退，敌驻我扰，敌疲我打，敌退我追'的十六字战略，以攻对攻，吃了大亏。而且，彭军团长难听的话都说出来了：'崽卖爷田心不疼！'"

"哦！那今天得请厨子加几个菜，怎么也得吃了饭再上路吧，肚里饿着，走路没力气。"冯笔中说。

裴根杰觉得这话在什么地方听人说过，坐在那儿想了半天，突然想起，是傅院长说的。他说那天那场戏演完后，战士们要归队，他就说再怎么也得吃饱了肚子再上路。于是，他们去破庙里给那些"死"去的人送饭。

裴根杰眼前一亮，猛拍了一下自己的膝盖，"啊呀"一声叫了出来。

冯笔中问："你怎么了？"

裴根杰说："我得再去一趟瑞金。"

冯笔中看着裴根杰，不知道他为什么突然说走就走，而且似乎事关重大。

裴根杰去粤赣苏维埃政府那儿借了匹马，风驰电掣般赶到了瑞金。他在一个名叫"云石山"的地方见到了首长。

"首长，我想起一个细节，不知道是不是那个地方出了问题。"

"什么细节？"

"我觉得问题十有八九出在这上面。"

"什么问题？你没头没脑地冒出这么一句，让我丈二和尚摸不着头脑哟！"

"'中毒'事件泄密的问题。"

首长来精神了。裴根杰便把自己的推理说了出来。

"那些扮演因中毒而亡的红军被'埋'了后，要回前线，但为了避免被人发现，选在了夜深人静时出发。傅院长说'人是铁，饭是钢'，那么远的路，得吃了饭再走。傅院长肯定吩咐医院的厨子多做了一些人的饭，多出那么多人的饭菜是怎么回事？厨子一想，就明白我们是在演戏了。那个鬼家伙一下就看穿了我们的计划，他也许夜里就偷偷到破庙附近……"

首长眼睛亮了，说："裴根杰呀！你提供的信息很及时哟。我们早就派人盯着那个补锅的敌探了，他一路上接触的人当中，就有这个厨子。我们把他列入了怀疑对象名单，但因为没找到他的破绽，差点儿排除他的嫌疑。"

"我看就是那个厨子，就是他。"裴根杰说。

首长说："不能光靠直觉。我们会抓住他的尾巴的。这事要严格保密。"

裴根杰点了点头，他当然知道这种事要讲证据。如果真能据此找出那条潜伏很深的"大鱼"，那就为苏维埃和红军除了一个大害。

一头乱絮

白清轩在外面一副伤感、悲戚的样子，回到家，脸和眉眼就全变了，甚至有点儿亢奋。

他找白庚有聊了一次："你这同学黄佳万是了不得的人哟，人中精怪。"

"爷，您怎么这么说？黄佳万是厚道人。"白庚有听了他爷的话，直打哈哈。

"厚道不厚道不好说，但他是精明人，会做生意。"

"黄佳万做什么都有自己的一套。"

"人才呀！之前我一直担心你们几个不是做生意的料，尤其在这种非常时期，没想到黄佳万这个人还真有经营头脑。"

"爷，您看您说的，我们就是为了白家好呀！"

"高手！"

白庚有说："自打我接手白家的生意，还没干过赔钱的买卖！"

白清轩说："我过去还怀疑，现在我信了。黄佳万和你玩的这一招，把我多年的心事都了了！"

白庚有知道他爷说的是什么，别动队把那二十个囤盐的盐商以"通匪罪"抓了，除了九个是广东和福建的，其余十一个全是盐帮里的弟兄。这些人明面上称兄道弟，实际上有几个财大气粗的风头正盛，眼里快容不下别人了。还有人对帮主的位置虎视眈眈，只是没找到合适的机会下手，没想到这回，摸到老虎的屁股上了。

白庚有知道他爷心里怎么想的——表面和盐商们杯来盏去，背后却钩心斗角，尔虞我诈，为了一些蝇头小利，恨不得让对方死无葬身之地。

白庚有对他爷口蜜腹剑的那一套，从小就厌烦。

白清轩说："先前我觉得，你们两个文弱书生怎么撑得起白家盐铺的大梁哟！"

"爷，您以貌取人了。"

"那是！没想到呀，一个'囤'字一举多得，说不定哪天全部变现，银圆水一样回流。"

白庚有笑了一下，没说话。

"孔明再世，智多星下凡，旷世奇才！"白清轩看儿子对这个话题兴致不是太高，就收了口。他满心欢喜，一手端着紫砂壶，一手扶着水烟壶，到花园僻静的一角呷茶品烟去了。

白庚有心里却因他爷的这些话，起了微波轻澜。

最近这段日子，没有什么跌宕起伏、惊心动魄的大事，倒是有一些念头在白庚有内心萌生。

先前他和曲长锋为了执行"绝种"行动，去了"匪区"七里村，但并没有看到报纸上说的那些"匪情"，比如杀人如麻、烧杀劫掠、赤地千里、饿殍遍野，也没有官方和军方说的民怨沸天、千夫所指……那些乡人似乎对红军带来的一切感到舒心满意。

如果不是红白两方在远方交火，白庚有感觉自己仿佛置身世外桃源。他们去时正值秋高气爽，风景自不必说，处处一片祥和，无论是农人、牧童、洗衣洗菜的妇人、妹子，还是河边的水手、排客，个个从容淡定，各忙各的活儿，有时兴致来了，还唱唱山歌，哼几句采茶调……

白庚有有点儿想不通，共产党在那些地方实行的政策与国父的三民主义有何区别？国民党内部打着国父三民主义的旗号行蝇营狗苟之事的不在少数，而七里村的那些共产党干部，完全不是万常本那种气质和模样。难道这就是人们常说的"物以类聚，人以群分"？白庚有在心底细细地将了一遍，国民党内部除了黄佳万等少数人，确实没几个是实心实意以党国大业为重的。

他还想着另一桩事。

"绝种"行动怎么会失手？他回忆了前前后后每个细节——氰化钠是在黄佳万的屋里由黄佳万亲自装入暗屉的，黄佳万还当着自己和曲长锋的面测试过，确实毒死了一只土狗。黄杨木整木压盘是自己一直用着的。暗屉上做了标记，没人动过。难道是曲长锋在最后一步动了手脚？也不可能，他看见曲长锋把那些有毒的晶状物放入烟盒，又看见他在那些锅里悄悄下毒。

那就只有两种可能：一是黄佳万从一开始装入暗屉的就不是氰化钠；二是下了毒的硝盐被另外处理了，也就是说，那些硝盐根本就没入库。

但不管是何种原因，"淡水鱼"小组或者行营高层有共产党的特工是显而易见的了。不然，这么机密的情报怎么外泄了？

当然，蹊跷的事情不止这一两桩，还有沙县囤盐的事。白家囤盐具有一定的导向性，一些盐商跟风的现象一直以来都有。沙县县城里有红军的暗探也不是没有可能，他们将囤盐的数量、来源摸得一清二楚也可以理解。可这次白家囤盐是慎之又慎，埋在地底下，怎么就让人半夜破门而入，掳了个精光？

红方攻城大半是为了盐，为什么来抢白家囤的盐的似乎不是红军，而是一群身份不明的人，还是半夜三更？当然，这也不排除谢柏年监守自盗。

白庚有又想了想，谢柏年监守自盗的可能性不大，他没这么大的胆子。他是CC系安插到"淡水鱼"小组的，各方面表现一直不错。上面把他弄到"淡水鱼"小组来，肯定对他有过交代。谢柏年知道自己的使命，断不敢也不会走这么荒唐的一步，不然，不仅丢了前程，连脑壳也保不住。

问题到底出在哪里呢？

调查科说行营有"内鬼"，这个"内鬼"该不会在"淡水鱼"小组吧？

白庚有想：不可能是黄佳万。黄佳万是杨七分身边的人，深得杨长官的信任、器重，是被行营上下寄予厚望的。况且，自己和黄佳万在一起的时间最长，如果是他，能看不出一点儿蛛丝马迹吗？

那是谢柏年或者曲长锋？显然，这两人的分量还不够，他们是不同派系掺进来的"沙子"，主要任务还是监视和牵制其他派系，不至于是那个层面的"内鬼"。就算是，凭他俩的本事，还不大可能做成那么大的事。

难道不是"淡水鱼"小组的人？也不可能。盐是"七分"中的七分，外人不可能涉足太多，所知也寥寥。

白庚有觉得脑壳被乱絮一样的东西塞满了。现实中，他能让丝丝缕缕的棉花听从他指尖的调动，把一堆乱絮弹出头绪，但他脑壳里或者说心里的那些乱絮，他却丝毫没有办法整理清楚。

黄佳万一回来，就来找白庚有。他去了省城几天，受白清轩之托，为帮里那十一个弟兄跑关系。

　　白庚有知道他爷就是这么个人，明知道那些人犯了"天条"，是死罪，却非要不惜重金为他们奔波，他爷就是做给别人看，让别人觉得自己仁义。白清轩要的就是这口碑。

　　实际上，却是另外一回事，白清轩让黄佳万去接手了那些盐商的地盘。他们每个人都打拼多年，实力不一般。白清轩让黄佳万去，就是要把他们在盐市场中的那些份额收归己有。

　　"我总不能让白家亏钱。"黄佳万笑着说。

　　白庚有也笑了笑。

　　"我答应过你爷，当账房先生总得有个账房先生的样子嘛！"

　　"我爷又没说什么，我爷不知道沙县那批盐被劫……"

　　"坏事变好事，邓长官沙县之行，把一切问题都解决了，我这次把那帮家伙的地盘全接了过来。"

　　白庚有说："我一直捏着一把汗，你之前没告诉我……我知道你怕连累我。我还想，缸里装的可能都是沙，只是表面铺了一层盐……"

　　"这么做或许可以瞒天过海……但可能会连累你。"黄佳万笑着说。

　　"如果实在瞒不了，也是谢柏年的事，是不？"白庚有问。

　　"那还有谁呀？监守自盗或者渎职都是重罪。"

　　"你觉得是谁泄露了秘密？"

　　"难说。谢柏年好酒，酒后胡言乱语也不是没有可能。"

　　"我爷要知道了，肯定心痛死了，十几万斤盐，都是白花花的银子。"

　　"放心，他不会知道的，谢柏年绝对不会跟人说的。"

　　"没想到我爷运气这么好，堤内损失堤外补。说实在的，白家赚大了，我爷这几天可开心了。"

　　白庚有就这么和黄佳万说着话，他旁敲侧击，说是说了，但感觉全没说到点子上，黄佳万的神情没有丝毫异样。

"曲长锋去那边，最近要回来了吧？"白庚有问。

黄佳万说："已经回了，他直接去了行营。"

"他……"

黄佳万笑了笑，说："他本来就是调查科的人，听命于邓长官很正常。"

"那是！"

白庚有云里雾里的，依然一头乱絮。

如虎添翼

马上就要进入六月，江南正是梅雨季节，哪儿哪儿都烟雨朦胧。

曲长锋在行营的办公室里等邓长官，副官说他来得不是时候，邓长官几分钟前才离开，去参加一个重要的会议。

曲长锋说："没关系，我等邓长官忙完。"

副官沏好茶，给他倒了一杯，就离开了。曲长锋端起来喝了一口，望着窗外的风景，感觉心旷神怡。

百花洲上已经花香四溢，岸边的柳树被树叶裹了，大团的绿拥在长堤上。一直下着雨，湖水有些混浊，有鱼在水底翻腾，拱涌起一串串气泡。再看赣江上空，阴云又压了过来。

不过，曲长锋心里此时却晴空万里。此次"匪区"之行，他与谢厨子，也就是代号"桑葚"的内线接上了头。南京方面曾通过各种办法往"匪区"安插"钉子"，也收买过对方的变节者，让其潜伏于共产党内部，不料红军一场肃反，"钉子"被清理得差不多了。只有少数暗探未参加相关行动，没有暴露，"桑葚"就是其中之一。现下，国民党当局调动百万大军压境，欲一鼓作气"剿灭"闽赣之"赤匪"，关键时刻，邓长官不得不动用这枚潜伏已久的"钉子"。

曲长锋隔窗观赏了一会儿风景，把那壶茶喝了个精光。他想：在邓长官的办公室，没经允许不好抽烟。他忍了很久，但到底没忍住，便点了烟抽起来。

曲长锋抽了九根烟，邓长官才出现，那时候已近中午。副官推开门，一股烟味扑面而来。邓长官说："啊哈，我以为雾也涌进我办公室了，原来是烟……"

曲长锋说："长官，失礼失礼！"

邓长官说："我知道你一定带好消息来了。"

曲长锋说："就是嘛，人一高兴烟瘾就犯了。"

"说说！"

曲长锋把他在七里村和瑞金的所见所闻跟邓长官详细汇报了。当然，最重要的是转述"桑葚"的相关报告。曲长锋说得很急，事关重大，他怕把"桑葚"说的那些细节给忘了，一路都在脑壳里反复地回忆着。他说完后就默默地等邓长官的回应，邓长官的脸一直绷着，但曲长锋知道邓长官非常满意。

果然，邓长官说："很好！"

曲长锋拿出那包烟叶，把烟丝抖在茶几上，将那几张包烟丝的纸展平整了，递给邓长官。

"'桑葚'让我把这东西交给您。"

邓长官接过后看了看，按下了桌上的铃。那位年轻的副官出现在门口，邓长官把那几张纸递给他，年轻副官很快走了出去。

那几张纸上的菜谱什么的，很快变成了地名和数字，被标记在一张大地图相应的位置上。

曲长锋突然想起"桑葚"一再跟他强调的事:"行营里共党的那枚'钉子','桑葚'很关注。"

邓长官问:"你觉得'淡水鱼'的'水'清吗?"

曲长锋愣了一下,难道长官怀疑"钉子"在行营别动队里,甚至可能在"淡水鱼"小组?"淡水鱼"小组就那么几个核心人物,但三个派系的人员都有。当然,不仅"淡水鱼"小组,就是别的部门,也大同小异。邓长官是黄埔系的人,杨七分是政学系的人,谢柏年则是CC系的人。

邓长官把自己安插在"淡水鱼"小组,主要目的就是监督,但监督的是内部不同派系的人。做他们这一行的,神经总是绷得紧紧的,时间久了,一有什么风吹草动,曲长锋总是能立刻感觉到。

这些日子以来,曲长锋一直用挑剔的目光注意着身边的几个人。他觉得黄佳万一切以大局为重,对"淡水鱼"小组要采取的措施或实施的计划没有一点儿懈怠,对党国的剿匪大业一直兢兢业业、任劳任怨,并没有内部争斗"你死我活"的那种做派。而且他待人处事平和亲切,年纪和自己不相上下,却像一位邻家大哥。这样一个人,会利欲熏心,出卖党国利益,牟取私利吗?

曲长锋把自己的看法跟邓长官如实说了。

邓长官说:"非常时期,大意不得。"

"属下明白!"

"我只是问问。调查科在全力侦办此事,已经有了一些线索,相信不久即可真相大白。你继续跟进我交办给你的事。"邓长官说。

曲长锋点了点头。他进来时,看到不少穿着空军制服的军官,当时他就感觉气氛与以往不同。他还在路上时就听闻了那个消息:为实施对闽赣"匪区"的合围总攻,国民党当局从意大利高价进口了十余架"霞飞"轰炸机,为此,还动用三万民工,用了三个月的时间,在市郊修了一座飞机场。前些日子,十余架崭新的意式"霞飞"轰炸机已经抵达新机场,只待一声令下，即可执行轰炸任务。

轰炸机让"剿共"大军如虎添翼。空军高层和飞行员的脸上都洋溢着自信和骄傲。

第

15

章

那晚还发生了一件大事

裴根杰送了一批硝盐去兵工厂。

实际上，苏区生产的硝盐不仅给人食用，还有一部分用来做火药。因为火药也在国民党当局的禁运之列，而硝盐是制造火药的主要原料。原先为了方便维修枪械，红军兵工厂分散在不同的地方。去年底，红军收缩战线，将官田兵工厂、银坑弹药厂、寨上杂械厂相继迁往瑞金，最后集中在沙洲坝一个叫岗面的小村庄。

裴根杰去岗面送硝盐，见到了柯连伟。柯连伟比在七里村时脸色好看了许多。裴根杰想：这家伙，一定是在兵工厂比在基地有用武之地的缘故。

柯连伟虽然在硝盐的食用问题上"巧妇难为无米之炊"，但在用硝盐做火药方面，他还是起了非常大的作用。一批硝盐熬出来，柯连伟就负责检验，硝含量高的不适合食用，就运去做火药。

柯连伟热情地邀请裴根杰："我请你下馆子！"

"我得立马走！"裴根杰说。

"你看你急得！"

与其说裴根杰是着急押运硝盐，不如说他是想趁机去瑞金。他心里还惦记着那个姓谢的厨子。

首长一见到裴根杰，就说："你提供的线索很及时，那家伙确实不一般，我们都搞清楚了。你的警惕性真高！你守口如瓶就是。相信保卫局的同志，我们有足够的能力对付反动派的明枪暗箭……"

裴根杰知道首长在暗示他，那枚潜伏在红军内部的"钉子"已经在掌控之中了。至于何时拔除，首长必定也有了具体的计划。或许他们还得和这枚"钉子"假戏真做,顺藤摸瓜,看看有没有更多的内鬼……

裴根杰一回到七里村,就把冯笔中他们几个召了来。

"打平伙打平伙!"裴根杰说。

冯笔中问:"有什么开心事呀?"

裴根杰说:"确实是开心事,今天我请客!"

一个男人说:"请客总得有个理由吧,是什么喜事吗?"

"我掏腰包,你们过嘴瘾就是,问那么多干吗?"

"好奇嘛!"一个男人说。

"是不是老家有消息了?"有人问道。

大家知道,裴根杰的女人被土豪杀了,儿子也没了下落。他托人去老家打听过,杳无音信。这回一说到开心事,大家第一时间想到的当然是裴根杰的儿子有消息了。

裴根杰没有告诉大家真相,"钉子"这事大意不得,真相大白之前,他必须守口如瓶。有人觉得是首长又表扬了硝盐生产,实际上,首长每次见着裴根杰都会表扬——硝盐的生产没有影响大局,没有拖大家的后腿。但首长表扬得太多,就不足为奇了,不至于打平伙。他们又猜是战场上的事,可眼下红军还处于逆境中,前线没有好消息传来……

七里村没馆子。裴根杰下河抓了几条鱼,还跟村里人买了一只鸡。国民党搞封锁,鸡鸭这些禽畜却是禁不了的。红军就动员乡人大力发展养殖业。那段时间,满山都听得到鸡叫,河里鸭子也多了起来,一赶,扑棱棱的一片。

还有就是乡间常见的好东西——蜂蛹。初夏时节,蜂巢里的蛹子是下酒的美味。不过,就算是懂行的人,动手之前也得先看看风向,弄一堆松毛,再找来蓼草、臭椿放在松毛上面点着。火不能是明火,只起烟就行。蓼草和臭椿点燃了,有异味,风带着烟往蜂巢吹去,蜂就受不了,往四下里飞。烟不断,蜂就一直飞,不一会儿飞得无影无踪了。人就趁机拿只口袋上树,将那提桶一般大小的蜂巢给兜了；下了树，把口袋按在水里，浸上几分钟；然后再把蜂巢拎起来，水淋淋的。等在旁边的人赶紧从蜂巢里抠出白白的蜂蛹，用细竹签穿了，放在火上烧烤，逐渐烤成黄色，放进嘴里一嚼，满嘴的香。

几个男人在七里村靠南的一个角落里打平伙。风往北吹，大锅熬盐时那股浓浓的臭气到不了那里。那天晚上，他们都很尽兴。

但他们不知道，在两百多公里外的省城南昌，百花洲边上的那座小楼里，灯彻夜未熄。调查科的几名专家正在研究根据曲长锋带回的那几张纸标注到地图上的信息。第二天行营要召开重要军事会议，这些重要的情报就是给这次"铁桶合围计划"提供参考的。

那晚还发生了一件大事。

调查科的人正在办公室里加班加点，忽然听到轰隆一阵声响。

从窗户望去，西面一大片亮光。

外面有人喊了起来："是飞机场哟！"

黑暗中，响起了"咿咿呀呀"杂乱而惊恐的叫骂声。

行营的长官们即刻去了现场，但已经无济于事。连着几天都是暴晒的响晴天，板房、油车、飞机、干枯的草木，一瞬间全都没入了火海。

远水解不了近渴，一行人只能眼睁睁地看着大火烧到天亮。

这个节骨眼上怎么会发生这种事？前些日子，蒋介石多次在不同场合提及这批世界顶尖的进口轰炸机，还有众人齐心协力、争分夺秒赶建的飞机场。报纸连篇累牍地报道，行营上下更是对此寄予厚望，似乎已经看见了国民党空军驾驶着新式轰炸机，携弹而飞，在"匪区"上空旗开得胜、一锤定音的画面。

没想到一场突如其来的大火，让一切化为灰烬。

对于邓长官来说，那个夜晚可谓欢喜和悲哀冰火两重天。也就在那一刻，局势发生了翻天覆地的变化。

本来按照计划，行营第二天要召开重要会议，邓长官要做详细的情报分析，东西南北四路大军的大员都将到会。这次会议也是对闽赣发动"铁桶合围计划"的前奏。邓长官有点儿亢奋，他苦心经营多年，调查科一千多人散布在全国各地，现在到了关键时刻，众人齐心协力将各路情报汇总在行营，场面蔚为壮观，等待着蒋介石的将是一份"大礼"。

邓长官对副官说："资料务必今晚汇总备齐，明天一早要上会。"

副官说："长官放心！"

"我得睡了，实在有些乏累，明早调查科唱主角。"

"长官辛苦，您早点儿歇息，这里有我。"

邓长官没回家，他就在行营休息室的那张床上睡了。不知什么时候，他被一番动静吵醒了，一睁眼，耳朵里已经不是动静了，而是嘈杂。他翻身起床，就看见机场那片天，一片光亮。

邓长官和其他长官都是第一时间到达失火现场的，机场离行营并不远，但为时已晚。

第二天一早，邓长官去了办公室，副官已经将收集来的各种早报放在他的办公桌上了。机场大火的消息成为众多独立报纸的头条，不少报纸还发表了评论，南昌机场迅速成为全国关注的焦点。

蒋介石的电令也在那个早上传至邓长官本人："速建密查组予以彻查，涉案人等严惩不贷！"

关键时刻和关键地方

很快，调查科的精英悉数被召集到邓长官身边。

行营的那间会议室里，当天的议题变了，变成了蹊跷的机场大火。

"肯定是共产党干的，八九不离十。"有人说。

"看来那些情报属实，我方关键部门有内鬼。这不，在关键时刻和关键地方给咱捅了一刀。"

"共产党有这个本事吗？"

"不是共产党又会是谁？"

大家七嘴八舌，议论纷纷，但口说无凭，得有证据。

会上没议出什么名堂，邓长官又亲自带顶尖的刑侦专家和消防员赶赴现场，勘察得无比细致。他们排查起火点，追本溯源，最后找到那几间老房子上。

机场位于市郊，三十多年前，那里驻扎过军队，修有一排营房。起火点就在其中一间营房内。老营房是木制的，尤其是木地板，霉腐严重，就叫了工人来修葺。一间营房里到处都是木屑刨花。天燥地热，为了避免引发火灾，白天木工作业，严禁烟火，收工时也要经过严格盘查，不能有火种遗留。

深更半夜，出现在那间老营房里的就只有哨兵了。

调查科把那晚值岗的哨兵抓来，一盘问，哨兵就如实招了："我就抽了根烟，就抽了一根。"

"怎么偏偏到老营房里抽？"调查科的人问。

"烟瘾犯了。哨岗里不准抽烟，我寻思着躲在老营房里抽没人看见……"

"你把烟头丢哪儿了？"

"我随手扔了。"

"你没弄灭？没彻底弄灭？"

"我不记得了。我是掐了，也用脚踩了，但我不记得彻底熄灭没……我不记得了。我怕人看见，重重地吸了几口，就慌忙跑回岗位上了。"

"你犯事了，犯大事了！"

"长官饶命啊……"

调查科的人向邓长官汇报了此事。

邓长官有些纠结，当然不信这场大火的起因就这么简单。一个哨兵偶然抽烟竟然烧了整个飞机场？背后有没有重大隐情？他不愿意轻易下结论。

他想到同僚说过的话："我方关键部门有内鬼。这不，在关键时刻和关键地方给咱捅了一刀。"这话不是没有道理，"关键时刻和关键地方"几个字说到点子上了。

"铁桶合围计划"已经准备了很长时间，眼看马上就要展开决战，这批轰炸机和专门抢修的飞机场也是为了稳操胜券而下的血本。

可一场火，让一切成了水中月、镜中花。

邓长官知道，其他派系一定会借这场大火生事。万一被他们钻了空子，整个黄埔系都将受到打压，自己也极有可能被置于死地。总之，因为这件事而被搅入这片浊水里，得不偿失。至于"内鬼"，如果真的存在，且这件事是其所为，那就顺藤摸瓜地查嘛，蒋介石也强调了"彻查"。可邓长官也知道，要拿出证据，很难。

邓长官叫副官给曲长锋发了一封电报。

曲长锋在临川，前些时候，黄佳万出面帮白家接管了在沙县犯事的那些盐商的家当，几个人有些忙不开。当然，"淡水鱼"小组背后依然负责先前的特别任务，一切按部就班。曲长锋也没忘了邓长官交代的事——监视黄佳万的动向。

那天，东街钟表店的掌柜又来白府串门。钟表店是邓长官为曲长锋设的联络点。行营的电报发往钟表店，由钟表店掌柜转给曲长锋。曲长锋有什么情报，也由钟表店掌柜转发。

那个戴眼镜的长脸掌柜和白清轩关系也不错，常来白家喝茶。

曲长锋从报纸上得知了省城机场的大火。他和大家一样，十分震惊。

曲长锋当然明白邓长官的意思。既然要怀疑一切可疑之人，那凡是可能涉及的人都得逐个排除嫌疑。黄佳万是政学系的人，本来就和邓长官他们不是一条船上的。但在曲长锋看来，邓长官还是多疑了。他即刻回复：一切正常。

事实上，邓长官也很快撤销了调查，一是蒋介石要求迅速破案，二是要应对舆论。

一时间，南洋、欧洲乃至大洋彼岸的美国，众多华人报纸都刊登了南昌机场大火的报道。

杨七分说："国内国外都沸沸扬扬，怎么得了哟！"

蒋介石则用他老家的土话连骂了几声娘。大家都知道，他不到焦头烂额的地步不会骂出那些字眼。

国民党当局得迅速给众人一个交代。

邓长官不得不中止后续的调查，他急于将机场失火案结案，一方面要平复民愤，更重要的一方面是要斩断其他派系利用此事做文章的念想。他在蒋介石身边已久，知道蒋介石处事的方法。眼下，一切以"剿匪"大业为重，千万不能让别的事把大家带偏到沟里去。

邓长官迅速整理了《密报纪要》，呈报蒋介石。"事由查明，因值岗哨兵违禁抽烟，为避人耳目，于老营房里点火。事毕，弃烟头于屋内。其处正事修葺，有刨皮木屑杂物，由烟头余火引燃。其时月黑风高，连日暴晒，草枯地干，火势猖獗，扑救已杯水车薪，火势迅速遍燃机库及停机坪，机场房屋、飞机，顷刻间一片火海……"《密报纪要》提出四条处理意见："公审枪毙肇事哨兵并追究其长官责任；向海内外公布调查结果；邀请民众代表前来南昌听审，以正视听；最后，迅速调拨专项资金，修复机场，以平息民间之舆论声浪。"

蒋介石迅即做出批示："如此结案，甚好。"

邓长官看见这六个字，长舒了一口气。虽然他依然怀疑那场大火的起因没这么简单，有可能是潜伏在党国军政高层的人所为，他也真想顺藤摸瓜，抓住那只黑手，但他更深知蒋介石所想：大局！大局！大局！

再不平息这场机场大火，可能会带来意想不到的结果，甚至搅得惊天动地。

地方小报

从临川上船，船在抚河上漂行，顺风顺水。不到一天，船就泊在了滕王阁附近的码头。

杨七分命黄佳万火速赶回省城。黄佳万知道，这是因为另一场"大火"——南昌机场的大火不仅烧毁了高价进口的轰炸机，还可能燃起另外的"火"。

黄佳万刚踏上码头，就看见一辆车停在场坪的一角。他认出了那是杨七分的车。

司机朝黄佳万行了个礼，毕恭毕敬地说："长官，杨长官叫我来接您！"

黄佳万有些诧异，忙问："杨长官怎么知道这条船此时到？"

司机说："他可是孔明先生哟！"

车径直开去了飞机场，那里一片狼藉，热风搅起大片的灰烬。

杨七分就站在那片废墟上。

"先生，什么事这么急？"黄佳万问。

杨七分说："就是你眼前看到的这些。"

"这几天的报纸做了详尽的报道，世人皆知。"黄佳万说着，朝那边望去。不远处，黑黑的焦土上，十几架轰炸机的残骸依然整齐地排列着。大火让轰炸机失去了往日炫目的风采，也失去了先前的威武和壮观。没了生气和英姿，它们成了钢铁骷髅，看起来沮丧、败落、凄惨。

"原因呢？"杨七分突然问黄佳万，"你觉得原因会是什么？"

黄佳万问："火灾勘察有无着落？"

杨七分没吭声。

"听说是哨兵违禁抽烟所致，调查科的思路和方向也皆以此为据？"黄佳万又问。

杨七分依然没吭声。

"您怀疑……有人纵火？"

杨七分说："现在大火的起因已不重要。"

"哦？"

"邓长官已奉命迅速结案，《密报纪要》也已呈报委员长。"

"哦！"

"不会这么简单，我感觉有人会利用这件事……他们不会善罢甘休。"

黄佳万知道杨七分叫他速来省城的目的。党国内部派系间的争斗愈演愈烈，南昌机场大火不仅烧毁了十几架轰炸机，还可能引爆一颗大雷。

"你来了就好了。"杨七分说，"有你在，我淡定些。再有突发情况，我能有助手。我们得想委员长之所想、急委员长之所急。"

"你早点儿回去休息吧，明天一早我们行营见！"杨七分叮嘱道。

第二天，杨七分很早就去了行营办公室。他睡不着，总感觉这几天会发生什么大事。原定于本月在庐山召开重要会议，蒋介石召集各路大军总指挥、赣境地方专员和保安司令参加，部署实施"铁桶合围计划"。可没想到一场突如其来的大火把局面搅得乱七八糟。

杨七分跟副官特别交代过，委员长的批示到了，要第一时间送到他的办公桌上。过了一会儿，副官来了，一身笔挺的军装衬着白净的脸，稍显文弱。他在门外高声喊了一句："报告！"

杨七分挺直了身板，喊道："进来！"他以为是批示到了。副官进门，手上托着一个绿色的公文夹。他走到办公桌前，规规矩矩地打开夹子，拈出一份文件递上。

杨七分接过来一看，是一张报纸，南昌的地方小报。这种报纸经常刊登一些八卦新闻、小道消息，在街头巷尾传阅。杨七分没想到，副官一早给自己呈送的竟是这个。他注意到小报的头版头条，副官用红笔圈了，并在相关段落处画了红线。

是行营调查科呈报给蒋介石的《密报纪要》全文。

杨七分愣住了：这么绝密的东西，竟然堂而皇之地出现在这么一张小报上？

报上还刊登了一篇评论文章，标题极其醒目：机场大火黑手何在？

文中连连发问：南昌机场火势之大，罪魁祸首岂是一个烟头？民国官场黑幕之深，始作俑者就是那个哨兵？

文章笔锋尖利，看得出，应该出自不凡之手。文章指出，南昌机场大火系人为纵火，并得出结论："纵火意在消弭贪污罪证。该官员地位甚高，且与调查主官勾结甚深，官官相护，不仅贪污前案，即此滔天巨案亦将石沉大海……"

杨七分对副官说："叫黄佳万速到我办公室来！"

杨七分才收了声，黄佳万就已经出现在门口。他早早就来了，在湖边吸了好长时间的烟。

"没想到我的预感这么快就成真了！"杨七分对黄佳万说，"你看看。"

黄佳万接过那份小报，认真地看了一会儿。

"果真有人搅屎。"黄佳万说。

"是的，没想到这么快，这么老辣阴险，这么不留后路，想置人于死地！"

"没想到是这么一张小报。"黄佳万说。

"别有用心，老谋深算呀！"

"这小报记者是怎么弄到这种绝密材料的？"

"报虽小，但受众面广，街头巷尾的人都是它的读者。报是普通小报，意味着并无后台，也说明代表的是底层民众的看法。这不是一般人所能设计和运作的，不是一般的人……"

"果不其然，看来躲在黑暗中的手不止一只啊！"

"我们得慎而又慎，委员长很快就会找我，我们得审时度势，商议对策。"

接下来的情形都在杨七分和黄佳万意料之中。这份不起眼的小报当日成了省城南昌的"宠儿"，街头几乎人手一份。南京、上海、汉口、西安、广州等地的上百家报纸，纷纷增发号外。有的号外甚至将矛头直指航空总署署长徐长官和行营调查科科长邓长官，宣称徐长官系纵火案的罪魁祸首，邓长官则有意包庇祸首。随即一片哗然。

此后一周，舆论持续升温，民意沸腾。各地华侨、民众无比愤慨，口诛笔伐。各地电报局天天爆满，不少此前漠视国事的学者、团体也纷纷谴责官场黑幕，强烈要求严惩徐、邓二人。

行营已经被推到风口浪尖，黄佳万觉得得有人出面平定风波了。

杨七分却说："我们不要轻举妄动，一切得听委员长的指令。"

黄佳万问："委员长有什么指令？"

"有人给委员长递了一份报告，实际上是一封检举信……出了一个神秘的告密者。"

"谁？"其实，行营上下都猜得出那个告发者是谁，黄佳万当然也猜得到。

"那人不仅给委员长呈送了密告，还在坊间放出风声，想造成既定事实，借民众之舆论倒逼委员长。"

"阴险狠毒。"

"随着'铁桶合围计划'的深入，眼看胜利在望，越是到了关键时刻，偏偏越有人施展权术，搅浑水。"在行营大多数人看来，机场大火确实纯属偶然。邓长官怀疑是共产党所为，提出过改变勘察方向。谁知有人却一口咬定不是共产党纵火。

黄佳万说:"我也听说了,现在舆论风暴指向徐长官和邓长官,这怎么可能嘛?徐长官一直以引入'霞飞'为傲,为此满世界地奔波辛劳……"

杨七分笑了笑,随即说:"有人说他'奔波辛劳皆为一己私利',他徐某人位高权重,领着高薪不说,还有人拱手送大笔外快。有重要证据表明:他还介入了股市,炒股炒期货,亏损了两三百万。这么多钱从哪里来的?人家就怀疑他挪用了购买轰炸机的公款,或者收受了购买轰炸机的回扣。事发前,徐长官即将调离航空总署,倘若不销毁收支账目,贪污挪用之事迟早会被发现。为此他指使亲信,纵了这把火。人家说得有鼻子有眼。"

"这……"黄佳万欲言又止。

"我知道你想说什么。"杨七分说,"这样的人这样的事,党国能容忍?蒋委员长能容忍?当然不能!委员长拟下达枪毙手令,将肇事哨兵和责任长官统统枪毙。"

"责任长官?"

杨七分说:"当然是徐长官。"

精心运作

"委员长说想听我的意见。"杨七分本可以"事不关己,高高挂起",可他明白:一旦真的下达了枪毙手令,势必会引发一场大内乱,这几年"七分政治,三分军事"的努力和作为就前功尽弃了;一旦枪毙航空总署署长,调查科"遮掩事实"的罪名也就成立了,邓长官势必被连累。这一切,对黄埔系来说是个沉重的打击。

"哦。"黄佳万知道杨七分还有话没说完。

"事关大局，我知道我回避不掉。我跟委员长说，事已至此，解铃还须系铃人，这场纷乱还得航空总署和调查科出面解决。"

杨七分没跟黄佳万说太多，但黄佳万知道，蒋介石的枪毙手令如果未及时下达，那应该是被杨七分劝阻住了。只有杨七分的话，对蒋介石还有些作用。

杨七分老谋深算，知道无论南昌大火是不是人为纵火、是何人纵火，都要将它定性为过失事件。此时枪毙徐长官，那他贪污腐败、人为纵火即成铁案，必将影响国民党上下的形象。如果定性为行营"内鬼"所为，势必打草惊蛇，引发各派系更加激烈的内斗。

黄佳万问："如何处置？"

"我建议可先软禁徐长官，同时，暂停邓长官的一切职务。这样收放皆可。"杨七分说。

黄佳万随即说："先生英明，真是高于我等。"

黄佳万心里很清楚，《密报纪要》不是谁都能看到的，就是看到了，也不是谁都敢给记者的。杨七分、黄佳万及行营上下，都猜出了背后的黑手是谁，但没人敢说，说了也于事无补。这只黑手既然斩不了，就只好尽可能别让其伸得过长，毁了"铁桶合围计划"。

接下来，黄佳万看到了杨七分的精心运作——他不让CC系势力复查此案，以防有人因一己私愤，对黄埔系落井下石，甚至借机痛下杀手。

杨七分还建议，当务之急是立即派遣干员前往意大利，查访飞机制造商，查清航空总署署长是否收取回扣，"以正视听，挽回影响"。接下来，继续负责大火案的干员也不能从调查科抽选。杨七分考虑再三，推荐了黄埔系行营特务科的戴长官。

自此，戴长官取代邓长官，掌管了行营调查科。

第
16
章

那些蛛丝马迹逐渐形成一根绳

黄佳万回到了临川，机场大火引发的一场暴风骤雨，没有在他的脸上留下任何异样。

这让白庚有有些奇怪，此前杨长官可是紧急把黄佳万调回行营，让他协助处理这件棘手的事情。白庚有一直关注着。据说，过程一波三折、险象环生，不过机场大火可能引发的另一场更可怕的"大火"，终究没有烧起来。

杨七分坏了某些人的大好事，有人在后面恨得咬牙切齿。

黄佳万还是一如既往地忙进忙出。倒是曲长锋整天愁眉苦脸，唉声叹气。

"白庚有，我们去喝一杯？"曲长锋说。

"你有什么喜事？"

"正相反，是倒霉事，倒霉事喝不得酒？"

"借酒消愁愁更愁……"

"你白庚有是我的好兄弟，拉你去喝酒，说说话，心里好过点儿。"

听曲长锋这么说，白庚有觉得推辞不了，就应允了："还是我请长锋兄弟你吧！"

白庚有知道曲长锋的烦恼。一千多人的调查科被一百来人的特务科轻易吞并了。曲长锋跟了邓长官好几年，鞍前马后、兢兢业业，突然之间就换了一个长官，心里当然不服。虽然戴长官也是黄埔系的，也是复兴社"十三太保"之一，但曲长锋猜想，那家伙肯定会给自己穿小鞋。

曲长锋扯着白庚有去了街上的一家馆子，找了个临水的僻静地方，烫了一壶酒，叫了四荤两素，其中就有一盘花生米和一盘烤蜂蛹。

"还是你白庚有好啊，不卑不亢，堂堂正正做人。你白庚有是这个……"曲长锋说着竖起了大拇指。三碗酒下肚，他已经现出了醉态。

白庚有知道，曲长锋平常酒量奇好，看来，这段时间他的心情确实很糟糕。

"你少喝点儿！"白庚有说。

"心里堵了东西，一大堆的脏烂稀泥……酒是好东西，酒是水，水冲烂泥……"

"你想开点儿……"

"你出身好呀，不必求人。你白家家大业大，你连你爷都不求。我们穷苦人家的崽，处处得求人……"

"你已经很努力了。"

"努力有个屁用，你知道的，党国党国，蛇鼠一窝……"

"你看你都说的什么胡话……"

"人家说得没错，国民党就是刮民党……"

"你醉了哟，曲长锋……"

"你让我说！我不说我堵得慌！这么多年，民脂民膏刮得还少？"

白庚有担心隔墙有耳，这些话让人听去，他曲长锋自己死罪不说，"淡水鱼"小组中的另外几个人也必受牵连，何况在这么个微妙时期。戴长官是出了名的阴险毒辣，正愁找不到借口排除异己哩！

"一场机场大火，丑态百出……让多少人明白蛇鼠一窝的内幕，全国上下，谁人不知？轩然大波呀！"

这让白庚有很震惊，平常口口声声说"忠于党国、忠于委员长"，表面跟黄佳万和自己客气，实际上却从来没把他们二人当朋友的曲长锋，眼下竟然如此失态。难道这就是常人所说的"酒后吐真言"？

"白庚有兄弟……你是好人，我才跟你说这件事……这是一件天大的事……"

"你说你说！"

"邓长官一直在排查……那个内鬼，邓长官说有点儿眉目了……证据也捏在手里了，只等最后印证……"

"啊？"

"组长黄佳万也是邓长官他们的排查对象……"

"你看你，说醉话。"

"我没醉，说了我没醉……记得我第二次去匪区补锅的事不？"

"记得。"

"是邓长官派我去的……"

白庚有意识到不能再让曲长锋胡言乱语下去了，赶紧说："喝酒！咱喝酒！"他频频与曲长锋碰碗。两人又要了一壶，喝得滴酒不剩……

曲长锋被灌成了一摊烂泥。白庚有叫店小二速去白家，叫来几个伙计，费了好大的劲儿才把这摊"烂泥"弄回了家。

"从没见他喝成这样！"黄佳万对白庚有说。

"是呀是呀！没见过，我劝他别喝，拉都拉不住。"

白庚有把黄佳万拉到屋子里，关上门，把曲长锋说的话说给黄佳万听。

黄佳万没有太意外，只是说："现在民心、军心皆受影响呀！为了'七分政治，三分军事'，大家付出了多少心血！一场意外，就被他们利用，互相攻击。"

"如果真是这样，确实有些过分。"

"你忘了？那年，不就有人利用'清党'诬陷栽赃你吗！"

"有人说机场大火是共党打入行营或航空总署的潜伏人员放的。"

"当然有这种可能！"黄佳万说。

"但上面放弃了这个方向，草草结案，岂不是……"

"唉！难怪曲长锋都说出那种话。"

"什么话？"白庚有抬头看着黄佳万。

"祸国殃民。"

"本来好好的，几个小人为一己之私把大事给毁了。"白庚有摇了摇头说。

"唉！"黄佳万长叹了一口气，脸上却平静如水——似乎这一切正合他意。白庚有一直注意着黄佳万的表情，突然觉得，邓长官的怀疑可能并不是毫无依据。现在再把这一年来的诸多蹊跷事情联系在一起，黄佳万似乎脱不了干系。

白庚有这么一想，那些蛛丝马迹逐渐形成一根绳，往黄佳万身上牵连。

比如"绝种"计划，是不是一开始黄佳万掺入点心里的那撮白色晶状物与暗屉里的就不一样呢？也就是说，暗屉中的东西很可能就是普通的盐。

再比如，黄佳万一直鼓捣白家囤盐，还往沙县运。一般人囤都瞒着同行，悄悄吃独食，黄佳万却似乎有意无意地给盐商透露些消息，在那些精明的盐商面前，商业机密暴露无遗。当初白庚有对盐生意心不在焉，也没往深里想，只当这是对"淡水鱼"小组的一种掩护。可沙县被"赤匪"突袭，几百担食盐尽落对方之手，这事要说偶然，也是千载难逢了。白家囤的盐怎么就被外人知晓了？另外，作为同学和多年的好友，白庚有对黄佳万非常了解，他做事严谨、一丝不苟，谢柏年出的这等事，可不是一般的事，黄佳万为什么要冒险为他开脱？要知道，这很可能连累到整个"淡水鱼"小组，甚至惹上更大的麻烦。

白庚有突然想：曲长锋第二次去匪区，是邓长官安排的。他去干吗？是不是和邓长官安插在共产党内部的"钉子"有关？

其实，刚才和曲长锋杯来盏去的时候，白庚有脑壳里就曾掠过这个猜想。他想：也许曲长锋知道什么内幕，看看能否套出些话来。他又回忆起喝酒时的情形——

那会儿，他连着跟曲长锋喝了两碗。他抹了抹嘴边的酒渍，两眼茫然地盯着曲长锋看了好一会儿，似乎有少许醉态："就是……唉！就是怕把咱兄弟……牵连了！"

"谁？你说谁？"

"还能有谁，咱兄弟……咱们的头儿，黄佳万呀……"白庚有故意那么说。

"你以为呢？"曲长锋接道。

"以为什么？"

"黄佳万早就被……被上头盯上了。"

"哦？怎么可能嘛！"

"邓长官秉公办事，一心为党国，不是也被人无中生有，撤了官职？"曲长锋管不住嘴了。

按说，别动队有严格的纪律，外出执行任务时绝对不能饮酒，以防喝多了泄密。但今天曲长锋好像有点儿不管三七二十一，就是想发泄，竹筒倒豆子似的倒了个干净。

"'桑葚'说，匪区从未彻底断绝过盐。'桑葚'就是那枚'钉子'的代号，邓长官没告诉我他真实的名字，我也没问。'桑葚'说，掐断匪区盐的供给虽然是一计良策，但'淡水鱼'小组根本没起到预期的作用——仍有盐流入匪区。"

"那是怎么回事？"

"对对，我也是这么问他的哟！'桑葚'一口咬定我们有内鬼，可能不仅仅是在行营，甚至在'淡水鱼'小组中间。"

"鬼话！胡扯！"

"'桑葚'说得有鼻子有眼，他亲口对我说的。'桑葚'说他有一次去供给部要盐，故意套那人的话，供给部的人不经意间说：'这不是多大的事嘛，绝对能保证你们的盐，不仅你们，队伍和百姓的用盐也要设法保证。''桑葚'又问：'不是说国民党的封锁滴水不漏、固若金汤吗？'供给部的人神秘地笑笑，说：'你以为真能滴水不漏呀？''桑葚'仍然装出一副大惑不解的样子。供给部的人说：'道高一尺，魔高一丈。''桑葚'说：'我们的人就是了不起。'供给部的人说：'有什么能难倒红军和苏维埃的？''桑葚'说：'是呀是呀！难怪他们的'铁桶'成了'漏桶'，据说那边派了精兵强将来阻止运盐哟，私卖五斤盐都要杀头。'供给部的人说：'没用没用。'"

白庚有说："我还是不相信。"他觉得曲长锋是真的醉了，胡言乱语。

"信不信……由不得你我……"曲长锋这么说。

行营里有"内鬼"

白庚有把从曲长锋那里听说的"桑葚"的事跟黄佳万说了。

"今后你们绝对不能喝酒。"

"曲长锋死活要喝，拉都拉不住。"

"无论曲长锋说的'桑葚'有还是没有，若让行营长官们知道了，他就没命了，'淡水鱼'小组所有的人都要受到牵连。"

"我当然知道。我没跟别人说。"白庚有觉得黄佳万说得有道理，这事无论真假，让别人知道了，曲长锋都没好果子吃，还会连累"淡水鱼"小组。现在诸事繁杂，不能没事找事。他想：还是说点儿别的吧。

"最后停了邓长官的职，徐署长只关了那么几天？"白庚有问。

"杨长官的主意！"

"戴长官真的接管了调查科？"

"也是杨长官的主意。"

"戴长官这下要一手遮天哟，现在调查科、特务科——行营两大科都在他手上了。"

"杨长官也是迫不得已。调查科绝对不能放到CC系手里，不然会弄得无法收场。陈氏兄弟想要利用南昌机场大火彻底灭了复兴社，就算灭不了也要让它损兵折将。让政学系的人接管也一样。无论哪方，都不会给徐署长和邓长官留活路，都会置他们于死地。"

"这是何必呢！"

白庚有本不想说的，但曲长锋说有人想借刀杀人，利用盐的事做文章，戴长官接管了调查科后会对黄佳万不利。他就把曲长锋酒后失言说的话原封不动地说了出来。

黄佳万笑了笑，问："你觉得呢？"

"我当然相信你黄佳万。你怎么会是共产党！"

黄佳万还是笑着说："我不是说这个，我是说戴长官会那么蠢吗？没有杨长官，他能有这地位、这平台？戴长官比姓邓的奸猾得多。"

见黄佳万的表情很自然，没有什么不对头，白庚有便没有再说什么。他总觉得自己这位同学与杨七分、徐署长、邓长官等人有些不一样，但到底有何差异，他也说不出来。他知道，这些日子，南昌机场那场突如其来的大火，引燃了党国内部不同派系间你死我活的争斗，以前汹涌的暗流一下子全摆上了台面。这么一来，依然是"攘外必先安内"，内乱不治，怎么攘外？机场大火可能要将"七分政治，三分军事"的"剿共"大业推迟数月。

曲长锋醒来后惶惶不安，后悔喝了酒，还把隐藏在内心深处的"豆子"一粒不剩地倒了出来。

戴长官接管调查科后，对邓长官苦心经营的调查科来了个彻底的"清洗"。上千名骨干都被拉去南京轮训，说是轮训，其实就是"洗脑"，要让他们以后忠于自己。

戴长官派人通知黄佳万，他要来临川。那天，黄佳万带着白庚有去码头迎候。

"这时候他来临川干什么？"白庚有有点儿摸不着头脑。

黄佳万说："北路军陈长官是这位戴长官的拥趸。再说，北路军是中央军，属于嫡系部队，眼下都在这里。看来戴很精通人情哟！"

"怪不得哟！"

不过，黄佳万和白庚有都没想到，戴长官这次是来找黄佳万的。来之前，他竟然没通报驻军。

"我来看看你，黄佳万，杨长官对你夸赞有加！"戴长官说。

"杨长官慧眼识珠。他对戴长官您更是高看一筹哇！"

"杨长官有恩于我！"

"伯乐识好马！"

戴长官笑着说："那是，杨长官是校长的诸葛辅臣，高瞻远瞩。他早些年就看准了老弟的才能，不是吗？"

"不敢当，不敢当！应该是小弟前往省城为戴兄庆贺的！"黄佳万连忙客气地推辞。

戴长官抿了抿嘴，似笑非笑地说："戴某得杨长官高看，在校长面前力荐。你也知道，这时候搅入深局，不拼尽全力不行。若不是看在杨长官的面子上，党国剿匪大业当前，谁愿意去蹚这潭浑水？你看邓长官，兢兢业业、忠心耿耿，不还是有人在他背后下黑手？"

黄佳万没接话。

戴长官忙说："不说这个，不说这个……"

"那我们找个地方好好聊一聊，已吩咐伙计定好了。"

"你看，该我请你们。"

"戴长官这就见外了哟！在这里，'淡水鱼'小组是地主，理应我们尽地主之谊。"

"饭桌上诸事不谈！饭后我向老弟请教些事……"

一切自有公道

戴长官没去住客栈，问："白府这么大个宅子，有客房吧？"

白清轩说："当然有，当然有。"

"不知道方不方便。"

"方便方便，就是比起外头的客栈，条件差了些。"

戴长官说："我又不是来度假的，是来看望黄佳万和诸位的。我有事请教黄老弟哩。"

白清轩"哦哦"了几声，把事情吩咐了下去。

晚宴后，已是夜里十点了，满城的灯都熄了，戴长官和黄佳万两个人在白府的一间厢房里，关着门谈了好久。

白庚有莫名地睡不着，侧着脸往客房那边看。那间客房门窗紧闭，昏黄的灯光从门缝、窗户缝里透出来，天井里映出一大团模糊不清的光影。

戴长官嘴上说"有事请教黄老弟"，实际上却把一沓材料递给黄佳万。

"你看看，你看看！"

黄佳万翻了翻，是调查科整理的有关自己的材料。他内心咯噔一下，但脸上无动于衷。

戴长官说："冰冻三尺哟……总有人暗中搞这种名堂，不是一天两天了。"

黄佳万笑了笑，说："司空见惯，也并不是针对我一个人。"

戴长官从中抽出几张纸，说："你看看这个，这一招狠不狠？"

"管他呢！"

"那可不行！总不能让小人得志。"戴长官说，"这场大火，党国内部拼得刀光剑影，CC系差点儿得手。"

"身正不怕影子斜。"黄佳万说。

"话是这么说哟！"戴长官说，"也有老话说'明枪易躲，暗箭难防'。还有'害人之心不可有，防人之心不可无'。"

"只怕防不胜防。"这些材料都是针对黄佳万的，陈年旧账连同当下的汇合在一起，哪一条都能让他陷入万劫不复的境地，他说，"欲加之罪，何患无辞？"

"那是！"

"皓皓穹宇，明镜高悬，苍天在上，一切自有公道。"黄佳万坦然地说。

"看来，他们安插了一条蛇在你身边。"

"我早就知道。"

"是曲长锋。"

黄佳万明白戴长官的用意，曲长锋是邓长官的心腹，戴长官欲除之而后快，却苦于不能亲自对调查科的人下手。戴长官将材料交给自己，是想借刀杀人——既排除异己，又做了顺水人情。

黄佳万说："我知道怎么办。"

戴长官欣然点头道："你是明白人。"

黄佳万又说："曲长锋很多事只听命于邓长官，你将调动曲长锋的权力交给我。"

戴长官点了点头。

第二天一早，黄佳万起床，一开门就看见白庚有站在门口。

白庚有对黄佳万说："你们似乎聊得很投机。"

黄佳万说："戴长官不放心我。"

"此话怎讲？"

"也没什么大事，他不放心，我才安全。"

白庚有没有继续问下去。他知道，既然戴长官亲自来找黄佳万，那黄佳万肯定会安然无恙。

第

17

章

有盐同咸，无盐同淡

黄佳万找到曲长锋，问他："你有一年没回老家团聚了吧？"

"是一年零两个月。"

黄佳万说："准你半月假，带妻小回去和爷娘团聚下。"

曲长锋心想：不临节、不靠年的，黄佳万怎么突然这么安排？为什么要把我支开？

他悄悄地找到白庚有，问："那天我喝醉酒，说了什么得罪黄佳万的话吗？"

白庚有说："哪有？你说的话都是为他好。"

"那他干吗把我支走？不临节、不靠年的，他叫我回老家省亲。"

白庚有说："也许黄佳万是为你好，才这么安排的。"

"邓长官交代的事我还没完成，他要求我半个月去那边补一回锅。"

"邓长官早不在调查科了。"

"不在就不在嘛，但任务是邓长官下达的，是调查科下达的，又没人收回命令，我得继续执行是不是？"

白庚有说："黄佳万叫你回老家，总归有他的道理哟！"

"你把我跟你说的事说给黄佳万听了？"曲长锋看着白庚有问。

"怎么会？不可能！我为什么要说给他听？我为什么要搅进是非里？"

白庚有说的是心里话，虽然黄佳万拉他入了别动队，但他始终不能和其他人一样融入这个团体。黄佳万说，一切为了党国社稷。可他总觉得哪里不对劲儿，怪怪的。

白庚有依然对七里村之行记忆犹新。那些天，他与当地乡人来往，并未见到如上海、南京等地报刊上渲染的"赤匪"的种种恶行劣迹。白庚有也见过那些"匪酋"和"州官",他们与乡间民众并无区别,朴素务实,一心为公,不计较个人得失。

弹棉花的时候,白庚有和他们聊天。

"苏维埃是个国家?"

"是一种政权。"那个干部跟他说。

"你是个大官?"白庚有又问。

"苏维埃没有官,大家叫我们干部,但我们只是为工农服务的,为苏维埃政权服务。"

"中国历朝历代,官宦谁不为自己牟私利?清官也是屈指可数的嘛!"白庚有说。

"苏维埃不一样。"

红军扩编,常常编新戏做宣传,走村串户地演出。

一天晚上,祠堂里唱戏。七里村刘家公祠前的老戏台上挂了一盏汽灯。演戏的是蓝衫剧社。蓝衫剧社是红军的剧社,一般演文明戏,因成员都穿蓝衫,故称蓝衫剧社。村上男女老少都往光照处聚集,很快,戏台前人头攒动,喧嚣一片。白庚有和曲长锋也被人扯着去看戏。当然,就算没人扯他们,他们也会主动往那地方去。醉翁之意不在酒,他们要收集情报,就必须"眼观六路,耳听八方",从细细碎碎的只言片语里,拼凑出可能有价值的东西。

干活儿的日子里,他们在七里村交了几位朋友,有乡人,也有熬硝盐的师傅。他们在昏暗中吸烟、聊天,话题和黑暗里的烟一样,忽东忽西,飘忽不定。

"老刘也来看戏了哩!"有人说。

"老刘是谁?"曲长锋问。

"粤赣省苏主席哟!"

“在哪儿？”白庚有问了句。

“那儿呢！”有人往戏台那边指了指。

“走到人堆里了，我也看见了，他搬了张木凳。”又有人说。

“哦！是个大官！”曲长锋说。

“我们不叫官，叫干部。”

“哦！那也是市级干部，过去叫州官，白的那边叫省主席，是一方诸侯，大官。你指给我看看！”曲长锋说。

“那儿嘛！”有人指了指不远处的一个男人。

白庚有说：“看不出嘛，坐在大家中间和普通百姓没什么区别。”

“还能有什么区别？就是和大家一样。”一个男人说。

“没官样，更没官架子。”曲长锋说。

男人们都笑了起来，笑得白庚有和曲长锋不明就里。

有人说：“说了不是官，你看你，还说什么官架子……”

曲长锋说：“那薪水呢？”

“什么薪水？”

“就是这官一个月挣多少大洋。”

男人们又笑了起来。

“有啥好笑的？”

“你问的事好笑嘛！哪有大洋？没薪水的。”

“那靠什么养家糊口？”

“给米谷呀，上头发些米谷，其实也就是大家凑些米谷，他们背回去给妻儿……”

“这也行？”

“就这现在也保证不了啦！被封锁以后，大家的粮米都不够吃，没米谷发给他们了，他们倒要背了米来办公……”

“不会吧？倒贴？”

"就是倒贴。你看七里村一直在熬盐，可没有一个干部到盐场来讨盐。没盐吃，家里妻小都面黄肌瘦没精神，但公家的盐，他们一粒也不动。"

"头一次听说世上有这种官。"

"说了不是官嘛！"

白庚有一开始不相信那些男人的话，不过他留心那些干部了，他们确实是那样的人——自带干粮去办公，不拿乡民一针一线。有盐同咸，无盐同淡……

白庚有觉得不可思议。共产党里怎么尽是这种人？与国民党那些官吏形成鲜明对比。孙中山先生不是倡导三民主义吗？国民党大小官吏不都口口声声说以孙先生的遗愿为奋斗目标吗？为什么只有屈指可数的人在践行他的遗志，却还被人忌恨，背后遭黑手？比如黄佳万。

不对，白庚有想了想，黄佳万也有疑点。

难道黄佳万真的是共产党？

白庚有问自己：黄佳万要真是那边的人，自己该怎么做？他问过自己好多回，内心一直没有明确的答案。

自投罗网

白庚有问黄佳万："那天戴长官是不是说到了曲长锋？"

黄佳万说："戴长官要清理门户。"

"要借我们的手除了曲长锋？"白庚有从那天戴长官和黄佳万的神态上多少看出了点儿端倪。

黄佳万说："戴长官让我看了一些东西，曲长锋一直奉命在我们背后盯梢，找我们的把柄。有些无中生有是致命的。"

"你该顺了戴长官的意……"白庚有本想说"你该就着这个机会，灭了这个祸根"。

"我跟曲长锋说，他该回家看看爷娘……"

"我知道你是想放他一条生路，让他回老家。回头他看见戴长官清理门户的结果，自然明白自己的处境，就不会回来了。"

"我是这么想的。"

"但曲长锋不明白你的苦心，他说他得去苏区和'桑葚'接头。"

白庚有明白曲长锋这么做的目的。"桑葚"是邓长官苦心经营的暗线，一直与邓长官单线联系，邓长官肯定没把"桑葚"交代给戴长官。曲长锋想以执行任务为借口，与"桑葚"接上头，拿到重要情报和戴长官讨价还价。

黄佳万说："'天要下雨，娘要嫁人'，他执意要去，就由他去吧！"

曲长锋确实是这么想的：只有让戴长官对自己另眼相看，他之前的努力才不会前功尽弃。邓长官虽然大权旁落，但在重要的线人方面，一定有所保留。"桑葚"这条线只有邓长官和自己知道，他得去一趟"桑葚"那儿，拿到好"货"。如此一来，自己不仅不会遭冷落，还可能鱼跃龙门。

尽管他很清楚，这时候去，肯定得吃些苦、受几分罪。那地方吃穿用度已经是个大问题了。运气好，那里的菜还有点儿咸味，不过也发苦，还可能散发出一股粪臭味。当然，有盐吃就不错了，也极有可能一口盐也吃不上。曲长锋口味重，无盐就觉得根本无味，无味就无法进食。但眼下，他也顾不得这么多了。

没几天，他就到了瑞金。然后，他找到了那个叫朱坊的村子。

他架起了补锅锔碗的家什，有人找了上来。那人竟然认识他，说："曲师傅，你又来了。"

他笑了笑，忙开了。他知道很快会有人把他到来的消息传遍村子的每个角落。"桑葚"会来找他的。

可"桑葚"没来找他。曲长锋刚锔好一个瓷盘、几只碗，就被人按住了。

"哎！哎！"他"哎"了两声，脸就被人按得贴在伏天的地上。地面很干燥，稍有动作，就会拂起一层粉尘。曲长锋口鼻吸气，一大团灰尘便吸进了喉咙。他不住地咳。

两个人拽着他的胳膊，又把他拉了起来。他满头满脸的土。

"做什么？我锔碗哩，我才把几只碗锔好。"

"我们守了很久了，就等你把碗锔好。"

"你们抓我做什么？"

"你手艺不错，该老老实实地做个手艺人的。"

"我本来就是个补锅锔碗的嘛，我就是个手艺人。"

几个男人咧嘴笑了笑。

"你在等医院的谢厨子吧？"

曲长锋愣了一下，但很快镇定下来，说："就是，他说有锅要补。"

"那我们带你去找他吧！"

曲长锋要收那补锅摊子，那些男人没让他收，说："我们收拾。"他们把曲长锋带到一个地方，那儿有间屋子，门边有持枪的岗哨。

曲长锋被推进了屋子。

屋里很黑，曲长锋缓了好一会儿，才模糊地看到角落里蜷着个人，昏暗中他辨不清那人的脸。

"这是什么地方？"曲长锋嘟哝着。

"你还好意思问？"角落里传来一个男人的声音。

听起来有些耳熟，曲长锋连忙问："你是谢厨子？"

"你还真听出了我的声音，我知道你是那个补锅的。告诉你，我不姓谢！"

"你是谁？"

"我真名叫谷正强，再不跟人说，我连自己的真名都要忘了。"

这下，曲长锋知道完了，"桑葚"暴露了，邓长官多年经营的"钉子"

被人撬了。他想不出隐藏那么多年没被发现的"桑葚"，怎么在这关键时刻暴露了。补不成谢厨子的锅了，也锔不成所有人的碗了，曲长锋再也不能做补锅锔碗的活儿了。

"你把我出卖了？"曲长锋问。

"鬼打你脑壳，你这么说！我还怀疑是你把我出卖的哩！你要不来朱坊村，他们要不把你弄进来，我铁定觉得是你出卖了我！我再蠢也不会自投罗网。"

"我没有出卖任何人！"

"你进来也与我无关，我怎么知道你又来了这儿？"

曲长锋想想，也是，没人知道他来了这个地方，就是黄佳万和戴长官也不知道。黄佳万只知道他到红方的地盘来了，并不知道他具体去了哪儿。

"怪了！"曲长锋说。

"是怪！我一直觉得怪。""桑葚"说。

曲长锋问："他们怎么知道我要来朱坊村？他们怎么知道的？他们好像守了很久，知道我要来找你。"

"就是呀！他们怎么知道的？你来，连我都不知道。""桑葚"说。

两个人都沉默了，各自在那儿苦思冥想，还是百思不得其解，眼前和心里都是一摊糨糊，混沌不清。

"桑葚"说："我都潜伏好多年了，一直无事，你一来，我就完了。我还在想是不是你出卖了我……"

"我出卖你，我能得很多银子。你价钱叮小低哟！"

"那是！"

"那我还来这地方？我早带着那些银子远走高飞了。"曲长锋哭笑不得。

此时的曲长锋万念俱灰，他想，说不定天一亮他的死期就到了。想到死，他就浑身发麻。他还从来没想过这事，就是以往到红方的地盘上执行任务，对自己也是信心满满的，压根儿没想到自己会这么快就暴露。

他猛地起身，踢打那扇门。

警卫走了过来，隔着门问："什么事？"

"你把你们主事的叫来，我有要事问他。"

很快，一个男人走到屋子跟前，把门打开了。

"你有什么事？"

"你是主事的？你说话算数？"曲长锋问。

那男人说："这里我说了算。"

曲长锋说："我要是都说了，你能保我一条命吗？"

那个男人看了曲长锋一眼，嘴角咧出一丝笑，说："你要说的，我们早就一清二楚了。"

曲长锋如遭五雷轰顶，彻底绝望了。他心里猛然掠过什么。是他，一定是他！曲长锋如梦初醒，所有的事都像珠子似的被一根线穿了起来。他想到一个人，就是黄佳万，他终于明白黄佳万为什么叫他还乡了。他本可以不来这里，黄佳万确实是为自己好，他黄佳万就是行营里隐藏的"内鬼"。要不然，眼前这个男人怎么会跟自己说"你要说的，我们早就一清二楚了"？他之前没想到，黄佳万给他放假，让他回去省亲，那是想救他的命呀，可他没听，执意要来。黄佳万肯定知道，邓长官安排自己进"淡水鱼"小组就是为了监督他，但他竟然对自己心存善意。曲长锋无比懊悔，为什么没有听黄佳万的话？现在一切都晚了，不可挽回了……

白庚有感觉到风雨欲来

自沙县变故后，白家盐铺的生意越来越好了。这一切，黄佳万功不可没。沙县囤盐不管是刻意还是无心插柳，都不重要了。反正大大小小的盐商陆续败落了，白家不仅屹立不倒，还赚得盆满钵满，白清轩眉开眼笑，乐得合不拢嘴。

"啧啧！黄佳万，高手高手。逆风飞扬，了不得了不得！"白清轩见人就叨叨。

那天，黄佳万接到杨七分的电话，说行营诸长官都要去庐山开重要会议。黄佳万知道，应该是被大火烧得延期的"铁桶合围计划"的部署会议要召开了。南昌机场大火烧得"铁桶合围计划"往后推了几个月。

黄佳万也跟白庚有说了这事："军政要员都被叫到庐山上去了。"

白庚有心想：要员上山就上山呗，合围匪区嚷嚷了有大半年了，也没见动静，这回算是动真格的了。他记得前些日子临川地界上不断过兵，都是从各地调来的精兵，还有军车，一辆一辆卡车开过去，当然还有装甲车、大炮……

白庚有感觉到风雨欲来。他突然想起七里村的乡人和苏维埃的干部，那些人的欢颜笑语很快将不复存在。他的心头涌上一股悲戚，心里五味杂陈。他知道自己不该这样，毕竟是党国的人，不该对赤匪抱有同情之心。可他心里又确实难过。他往脸上抹了一把，什么也没抹去。

没过多久，白庚有就得知了曲长锋的死讯，他脑海里蹦出四个字：借刀杀人。黄佳万分明让曲长锋远走高飞的，曲长锋自己偏要往火坑里跳。白庚有又一想：是谁跟那边的人透露了曲长锋的身份呢？很快，白庚有就想通了。因为黄佳万告诉他，邓长官嵌在"匪区"的那枚"钉子"也被拔除了。

几乎同时，戴长官接到手下的汇报："曲长锋被除了！"

"是黄佳万杀人灭口？"

"人不是黄佳万或'淡水鱼'的其他人杀的！"

"那是谁干的？"

"据说是共匪。黄佳万让曲长锋回老家省亲，可曲长锋不肯，他执意要去匪区。"

戴长官有片刻的疑惑，以为自己一离开临川，黄佳万就会对曲长锋下手。可黄佳万竟然让曲长锋回乡，很明显，这是要放曲长锋一条生路。很快，戴长官就释然了——那些材料可能又是姓邓的玩的名堂，无中生有，栽赃陷害。

戴长官没再多想。他手里的情报显示，姓邓的经营了很久的一枚打入红方内部的"钉子"暴露了。

这个人，姓邓的移交工作时，竟然没跟自己说。这会儿，这枚"钉子"没了，真是自作自受！

后来，戴长官就忙自己的事情了。他手下的队伍说扩大就扩大了，且都是些老练精干、经验丰富的特工和职业侦探，他们每个人都有一身真本事，手里都掌握着一个小型情报处，他若运用好了，真就有"通天的本事"了。

戴长官知道，笼络人心很重要，他得在这方面下点儿功夫、费些心思——这不是一般的工作，得视作一项大工程。

戴长官心里清楚，邓长官苦心经营了这么多年，千余之众，都是从刀光剑影中走过来的。

若这些历经千锤百炼的人都能成为自己的拥趸，那他将所向无敌。但若不是一条心，这些人就是双刃剑，既可伤人，也可伤己。伤人，当然能克敌制胜；伤己，则后患无穷。

所以，那些日子他一直为此奔波忙碌。他召集邓长官的旧部轮训，每一批来参加轮训的人，他都率领特务科全员一百多人到车站、码头迎接。说是轮训，其实是让他们吃好喝好，纸醉金迷……

很快，戴长官也接到了上庐山的指令。

他叫人备了顶轿子，准备从好汉坡上山。到了山脚下，他看见好汉坡的石阶上有条"龙"在缓慢爬动。再细看，原来是一顶顶轿子正沿着石阶往上爬，远远望去，如长龙一般。

戴长官明白，这一回党国下足了赌注，势必要给闽赣"匪众"致命一击，置其于死地了。

"铁桶合围计划"

　　这次秘密军事会议在庐山上的一座礼堂里召开，与会者两百多人，包括赣鄂湘豫鲁五省的省主席及驻地部队司令等高级军官。

　　戴长官奉命担负警戒工作。他知道此次会议的重要性，凡事都亲力亲为，毕竟这次秘密军事会议是他接管调查科后的首个重要任务。此外，他还要亲自护送要员们上山，那才是重中之重。

　　在牯岭，有人跟他打招呼。他认出那是赫赫有名的粤军将领——莫长官。莫长官只比自己大五六岁，却是老资格的同盟会成员，毕业于陆军讲武堂，早年追随孙中山先生，担任孙先生的警卫，曾参加过黄花岗起义、护国战争、讨伐陈炯明、北伐战争等诸多战役。他现在是赣北第四行政专署专员兼保安司令，也是杨七分的好友，这么重要的会议他能缺席？

　　戴长官赶紧上前打招呼："莫长官，您也来了！"

　　莫长官说："委员长有命，莫某唯命是从呀！"

　　戴长官笑意盈盈。

　　"雨农老弟，你的事，畅卿兄已经跟我说了，可喜可贺呀！"莫长官不叫他戴长官，也不叫杨七分杨长官，而是叫了他们的字，称呼他们为兄弟。

　　"党国关键时刻，戴某临危受命，不敢不从呀！也感谢杨长官和莫长官等前辈举荐，戴某哪敢怠慢丝毫？只能为党国尽心竭力、鞠躬尽瘁。"

　　莫长官也微微笑着。

　　戴长官注意到了莫长官笑里的含意，但他顾不得那么多，他很忙。既然是事关重大决策部署的秘密会议，安保当然是头等大事。庐山北枕长江，东偎鄱阳湖，耸峙在长江中下游平原与鄱阳湖畔，据险而立，只要封锁几条主要的上山道路，就可高枕无忧。他对此做了具体的安排，自认为天衣无缝。

会议如期举行，蒋介石发表了重要讲话，实际上是发布动员令："闽赣赤匪之末日，尽在诸位的努力之中。此次进剿，只能成功，不能失败！"

随后，杨七分代表行营做具体的部署："此次围剿计划名曰'铁桶合围'，由德国顾问提出，经众多军事专家论证而制订。计划周密，切实可行……具体如下：计划派出五十万大军，对匪区仅存的几个县，在指定的一日从四面八方同时合拢包围。以瑞金为中心，包围半径一百五十公里。这个包围半径是经过严格计算后确定的，各位手里都有地图和相关文件，相信大家都仔细研读过了。"

大家确实认真地看过，文件包里厚厚的一沓材料，有一二公斤。与会者每人拿到了一张地图，地图上面按区域划分好了格子，格子里标明了军队的编号。合围实施之初，各队伍或是单位，务必到达地图上指定的位置。不仅要到位，还要立即展开下一步的行动——在阵地布上铁丝网，预留缺口，装以鹿寨、拒马，构筑火力网及碉堡，并分段建立粮仓、弹药库、医院、绑带所，以及有线电话网、中继站，等等。

"一旦包围圈形成，各部队便依照命令，向合围中心瑞金每推进零点五公里，就布上一重铁丝网；每五公里筑一道碉堡线。

"不必急于进攻，要稳扎稳打。既然是'铁桶'，料共匪插翅也难逃。五十万大军，四面合围，滴水不漏。计划每月推进二十五公里，这样六个月便能把共匪进逼到一个狭小地域。而瑞金四周，届时将竖起三百重铁丝网、三十重碉堡线，以及难以计数的障碍物。

"为了防止共匪突围，每重铁丝网之间的防守要保证绝对无疏漏，不但要设置大量的碉堡，布置地雷阵，还要修桥筑路，步步为营。军用卡车随时待命，以备出现突发情况时能迅速调拨军队所需，甚至连运行线路都要事先布置好。

"作为'铁桶合围'的前奏，在包围圈形成之前，计划派出十二个师的兵力与共匪纠缠，迷惑共匪，争取包围部署的时间。包围圈一旦形成，这十二个师随即撤离，同时立即斩断除军事需要以外的一切交通，以封锁匪区的消息，断绝共匪的一切物资来源……

"各部及每个将士，各尽其能，各负其责，不惜牺牲，英勇奋战，务必全歼闽赣之赤匪，平定江西之匪祸。"

这个会，开了整整七天。

最后，蒋介石致闭幕词。他兴致勃勃地说："现在剿共大业已稳操胜券，望各方负责人积极执行会议的决策，毕其功于一役！"

台下掌声一片，经久不息；人声鼎沸，个个斗志昂扬。

会议圆满落幕，戴长官那颗悬着的心也终于落地。

螳螂捕蝉，黄雀在后

街东锦源绸布店的宋掌柜来找黄佳万，可黄佳万恰巧去了孝桥。

白庚有知道，黄佳万是去催别人还欠白家的债。生意做久了，难免有些陈年旧账，人家欠的钱，白清轩分分毫毫都记在心里，时时惦记着。黄佳万是账房先生，白清轩便叫黄佳万四处催债。黄佳万晓之以理，动之以情，常常能要回一些钱，了了白清轩的心结。

"黄佳万几时回？"绸布店的宋掌柜心急火燎。

"难说哟！"白庚有确实不知道黄佳万什么时候回来。

"哦！那我去孝桥找他，在这儿等不是个事。"

"什么事这么急？"

"以后再跟你说吧，我得先去找黄佳万。"

白庚有觉得很奇怪，白家盐铺与锦源绸布店并无多少生意来往，就是要扯布，那也是白家女人们的事。但有一点，宋掌柜爱下棋，常来白家盐铺找黄佳万下棋，有时下到深更半夜。白庚有偶尔会在一旁观战。宋掌柜棋下得有点儿臭，输多胜少。即便是这样，宋掌柜还是常来，这让白庚有多少有些疑惑：难道城里就没别人会下棋了？还是宋掌柜跟黄佳万杠上了，非得彻底打败他不可？

这屡战屡败、屡败屡战的赌徒是有，但像宋掌柜这么执着于下棋的，倒是一度让白庚有觉得不可理喻。白庚有一时想不出个所以然来。反正他觉得宋掌柜和黄佳万的来往有些蹊跷。白庚有还萌生过一个想法：宋掌柜也许是杨七分另一条线上的人，为安全起见，防着自己及"淡水鱼"小组的其他人，跟黄佳万单线联系。

宋掌柜当即去了孝桥。他不是一个人去的，他把绸布店里的伙计都发动了起来。他们很快就找到了黄佳万。

宋掌柜吩咐绸布店的几个伙计："你们在船上等我和黄先生。"随后，他和黄佳万站在远处的树下说起话来。树离河边有段距离，要是离得近，几个伙计可能会看到黄佳万听了宋掌柜的话后面色逐渐凝重。

很快，宋掌柜和黄佳万也上了船。

黄佳万回了白府，匆匆跟白庚有说："我得出趟任务，很紧急。"

白庚有知道应该是绸布店的宋掌柜找到他了，问："宋掌柜找到你了？"

黄佳万点了点头说："杨长官说'铁桶合围'得各方协同行动，现在有件紧急的事要我去办。"

白庚有知道大战在即，各路人马都忙碌了起来。平时，黄佳万都会让白庚有跟着去，或者带上别人。但这一回，黄佳万说他单独行动。

黄佳万说："你在家好好守着，现在是非常时期，务必一切小心！"

不知道从什么时候起，白庚有心里那个念头又冒了出来。有好奇，还有一直徘徊在自己心头那似雾非雾的谜团。白庚有觉得自己不该这样想的，但那个念头先是像豆芽一样冒出来，接着慢慢地长成了一棵坚定的树。

白庚有决定跟踪黄佳万。他在特训班学过这项技能，也曾经跟着黄佳万实践过，但自己单独盯梢还从未有过。他的心里盘踞着一种渴望，他知道，自己并不是单纯地觉得盯梢好玩，或者说为了刺激，而是潜意识里的那个谜团在作祟。

他决定实施自己的行动。

他暗中跟踪黄佳万并不难，不是他的技术有多到位，而是因为他对黄佳万的生活习惯以及思维方式太了解了。

黄佳万先去了省城南昌，到了南昌，却没有去行营，也没有回自己家里，而是马不停蹄地往北奔，去了永修。他去永修干什么？白庚有盯着盯着，发现黄佳万似乎也在跟踪什么人。

难道黄佳万也在盯谁的梢？

白庚有想起了那句话："螳螂捕蝉，黄雀在后。"他亢奋起来，竟然还有点儿热血沸腾。人有时候就是耐不住那份好奇心，好奇心让人固执己见。白庚有就是这样，他的内心翻腾着。

白庚有想：我得弄个水落石出，不然真的会得病。

瘸腿叫花子

白庚有开始留意黄佳万身边的那些人，他得梳理出黄佳万跟踪的目标。

永修河边的码头，人头攒动，有穿长袍马褂的，有穿中山装的，也有穿学生服的，当然更多的是衣着普通的人。白庚有放眼望去，半天也没理出个头绪。

黄佳万迈开步子，往一条大船走去。

白庚有到河边找了一个年轻的打鱼人，指着快要起锚的那条大船，问："你这小船能跟上那条船吗？"

"当然！别看我船小，不比那大船慢。"那年轻人答道。

白庚有说："我给你二十块银圆，雇你这条小船七天。如果用不了七天，不用你退钱；如果超时，再按天计价。"

那年轻人眼睛一亮，忙说："好！不会误您的事！"他心里高兴，还真有天上掉馅饼的时候哩！

白庚有上了年轻人的小船，一直蜷身藏在篾棚的后面。那里有个小洞，他的眼睛紧贴着那个洞，极力往大船的方向望。

开船的年轻人很卖力，船速果然不比大船慢。两船并行时，白庚有努力地透过篾棚的洞眼往大船上望。深秋的天气有些冷，河面上的风更是刺骨地凉。大船上的人都蜷在舱里。白庚有什么也看不到，但还是一动不动地望着那条大船。

他没看见黄佳万，更没找到黄佳万跟踪的那个人。

"那条大船要在哪个码头停？"

"几个大码头哩！"

"哦！"

"我看都是去省城的。"

"我睡一会儿，大船一靠岸，你就叫醒我。"白庚有真的有些困了，一歪身，就睡熟了。

白庚有被推醒时，发现大船停靠在赣江边上。码头很大，边上曾有一座很有名的建筑，叫滕王阁。唐代诗人王勃在这儿留下了"落霞与孤鹜齐飞，秋水共长天一色"的千古名句。可惜，八年前，滕王阁被北洋军阀邓如琢一行纵火烧毁了。

白庚有看见黄佳万上了码头，站在一个街口。一个看着像教书先生的人走近他，那人肩上搭了条长巾，这样的搭配有些怪。他们说了几句话。随后，那男人就把长巾收了。

白庚有觉得自己的推断没错，黄佳万是来和人接头的。长巾搭肩是个特殊信号，白庚有熟悉这一套。

那个"教书先生"是何许人？是国民党还是共产党？若是共产党，那么黄佳万就真是那个"内鬼"了。白庚有还是不敢相信。

若他是国民党，又是哪一个派系的？

国民党内部关系复杂，难以评断。按说黄佳万和白庚有都是黄埔出身，本应是黄埔系的，但黄佳万是杨七分的人，杨七分是政学系的。黄佳万和复兴社的人来往也密切。这次南昌机场大火，杨七分明显袒护复兴社，当然，杨七分老奸巨猾，可能是为了制衡CC系才那么做。

黄佳万当然不知道白庚有在附近，他根本想不到白庚有会跟踪自己。

很快，白庚有又有了新的疑问：黄佳万不是已经和那个"教书先生"接上头了吗？为什么还跟着他？

他们一直往南面走。

白庚有也一直跟着，那个"教书先生"看样子是要往"匪区"去。白庚有越跟越觉得不对劲儿。他原以为到了南昌，黄佳万跟那个"教书先生"接上头，就会去行营，或者回家见妻小。出了省城南昌，"教书先生"还往南边走。到了丰城，依然没有停下来的迹象，继续往南，走过崇仁到乐安。过了乐安，岗哨明显多了起来。五里一岗，十里一哨，还有民团什么的。

这时候，白庚有才发现，黄佳万不是在跟踪，而是在护送。那个"教书先生"每到一个哨卡被拦截时，黄佳万总是会及时出现，他有行营的证件，只要说执行特殊任务，哨兵就会放行。只是每过一个关卡，那个男人就换一套装束，他看上去一会儿是商贩，一会儿是算命先生……

那个男人身上藏着秘密，他的真实身份是什么？白庚有越来越亢奋，显然，他正在一步步接近真相。

白庚有知道黄佳万的生活规律，所以他总能将黄佳万盯得死死的。

那天一早，白庚有远远地看见黄佳万往一个哨卡走去。他们已经到了宁都。广昌被攻陷后，石城和宁都很快就被"围剿"大军攻占了。如果说广昌是苏区的门户，那宁都就是红方的桥头堡。这两个地方如被占领，"大门"就会被关死，桥头堡就成了国民党的要塞，再往前就是瑞金、兴国、雩都、会昌了，红方就只余弹丸之地了。

显然，宁都的哨卡盘查比别处严格许多。

黄佳万朝哨兵亮了亮手里的证件，哨兵接过去认真地看了看，然后摇了摇头。他被哨兵拦住了。他似乎也意识到宁都的哨卡与别处有异，所以才独自先去试一试。

"我知道现在是非常时期，得有特别通行证……我马上回省城，想办法弄到特别通行证。"黄佳万大声和哨兵理论了一番，但似乎没多大用。

黄佳万走了回来。他和那个男人到离哨卡不远的一处矮林里隐蔽了起来。

白庚有躲在不远的地方。他知道，连黄佳万的行营证件都不管用了，那个男人肯定过不去了。但他对黄佳万和那个男人的举止疑惑不解。既然如此，他们还趴在林子里望什么呢？

突然，哨卡那边传来一声嘶喊，原来是一个衣衫褴褛的人被哨兵拦住了。那人看上去像个叫花子，但实际上更像一个癫子。他可能想过哨卡，哨兵不让，还给了他一枪托。他胡搅蛮缠，一副天不怕地不怕的样子，竟然号哭了起来。有句话叫"秀才遇到兵，有理说不清"，现在这种情形就有点儿像。哨兵有些不耐烦了，大喊："赶快滚过去，有多远滚多远！"

黄佳万和那个男人对视了一下，两个人心领神会，谁也没说话。

白庚有看见他们离开那片矮林，去了不远的镇子上。

第二天，白庚有没看见那个男人。下午夕阳微微往西偏那会儿，他看见黄佳万一个人出了镇子，往回走。

白庚有有些诧异。他不知道那个晚上发生了很多事——

黄佳万说出去走走，准备准备，镇子客栈的那间小屋里只剩下那个男人。

在永修，那个男人收到了从庐山上得来的重要情报，水路、陆路不停换乘，风雨兼程地走过了赣境内的多个县市，足迹几乎纵贯大半个江西，身份也从"教书先生"变换成"商贩""算命先生""农人"……好不容易走到这里，离瑞金只有咫尺之遥，却被拦住了。

男人从布袋里摸出了四本字典，从其中一本中间取出一张纸。那是一张专门用来抄写秘密文件的薄纱纸。接头后，男人和黄佳万商量过第二套方案，若不能保证将文件的全部内容交给瑞金方面，就只把主要内容抄到薄纱纸上，然后将四本字典扔掉。

男人掏出一支装有特殊药水的短短的笔，飞快地在薄纱纸上抄录下文件的主要内容。接着，他将薄纱纸叠成一寸大小，藏在自己的鞋底。

黄佳万很快回来了，他弄了套破烂衣衫来。

他们在那间小屋子里忙碌了好一阵，那个男人彻底变成了一个乞丐。易容术是黄佳万的强项，是特训班必学的功课。

男人举着镜子看了一会儿，问："像不像？"

黄佳万说："很像哟，是那么回事。"

男人摇了摇头，突然抓起门边那块顶门的石头，狠狠地砸向自己的面门！霎时，鲜血迸溅。他吐了一口血水，四颗门牙掉到了地上。

黄佳万大惊失色，没想到男人会做出这样的举动。

"你快清理下，我弄药去！"黄佳万说。

男人扯住了黄佳万，摇着头，他已经痛得说不出话来。

黄佳万明白男人的意思，也摇了摇头。他的内心似乎被一把利刃搅了，撕心裂肺地痛了起来。他知道男人为什么不用药，眼下要的就是一张肿胀变形的脸，要的就是一身血污邋遢。

第二天一早，男人的脸已经肿得不成人样了。一个蓬头垢面、嘴歪脸肿、浑身馊臭和血腥味的瘸腿叫花子朝白庚有迎面走来，白庚有没认出来，怎么也没法把眼前这个瘸腿叫花子和一天前的那个男人联系在一起。

黄佳万看着男人一瘸一拐地走向哨卡，打着手势跟哨兵比画。男人说不出话，只能呜哇呜哇地叫。哨兵没想太多，朝这个人不人鬼不鬼的叫花子挥了挥手，让他过去。

第
19
章

几十万人共同保守了一个天大的秘密

两天后，男人到达瑞金一个叫云石山的地方，将鞋底的那张纸亲手交给了留着一撮山羊胡子的首长。男人看着文弱书生模样的首长，想告诉他，其实他不适合蓄这样的胡子。但男人没说，他发不出声来，他的脸已经肿得不成样子了。

首长立即叫人给男人敷了药。

参加庐山秘密军事会议的两百多名军政要员，谁也不会想到，会议召开后不到一周，所谓绝密的"铁桶合围计划"及军事部署就落到了红军手里。

八万多中央红军赶在"铁桶合围"态势形成之前，就开始了战略大转移。

命令下达后，闽赣的红军队伍全部向雩都集结。雩都城里和沿岸的乡亲纷纷捐献出家中的门板、床板、木料，甚至寿棺，倾其所有，协助红军在城外的河道上铺设浮桥。

雩都河宽六百多米，河道八个渡口，五个渡口需要架浮桥。为了保密，搭浮桥的工作只能在夜间进行。船排工人和红军战士每天在黄昏时开始架设浮桥，为避免被敌人发现，第二天一早，红军战士还要把浮桥拆掉，把桥梁木板藏在沿岸的树林里。

五座浮桥，反复搭拆了十余次。

十月的一天，红军开始渡河。当然是在夜间进行的，一共用了四个夜晚。那几座浮桥上走过了八万多名红军。

那些天，行营派出的侦察机天天在雩都上空盘旋，却毫无察觉。

多年以后，当地人谈起红军的长征行动，依然觉得不可思议。几十万人共同保守了一个天大的秘密。而庐山上那场秘密会议，两百余人却没能守住那份极其重要的秘密文件。

有人说，红白两方的民心所向、高下之分，那时就已经注定。

白庚有先于黄佳万回到了临川。

黄佳万又去了趟省城，到行营见杨七分长官。杨七分格外忙碌，说："命令就要下了，你尽快回到我身边。'七分政治'告一段落，现在全力推进'三分军事'。"

黄佳万点了点头，便离开了。他回了一趟家，见妻儿一切都好，就赶回了临川。

黄佳万一进白府，就听说白庚有病了。

白庚有从宁都回来，就一病不起。

"我听他们说你去九江相亲了。"黄佳万问。

"去看望一位老朋友。"白庚有说。

"是女同学吧？"

白庚有咧嘴笑了一下。

"你也该娶门亲了。"黄佳万说。

白庚有点了点头。

黄佳万有些诧异，以往一提起这事，白庚有总是摇头，这回他却点了头。

"你怎么病了？"

"路上感染了风寒，头疼脑热了几天。"

白庚有从宁都回来，满脑壳都是黄佳万和那个"教书先生"。他感觉似梦非梦，不知道怎么回事，晚上就发起了高烧。他觉得这些日子以来，好多的事如藤藤蔓蔓、枝枝权权，在他面前横七竖八地展开；然后，脑袋也被什么搅成了糊糊浆浆。

他在床上躺了五天。

红军渡过雩都河的第四个夜晚，一切与往常无异，黄佳万和白庚有都不知道南边那座被围困的小县城里发生了那样的事。

也就是十月的那一天，在赣南那个叫雩都的地方，经过四天的夜间行军，红军八万多人从雩都河的几座浮桥上过河以后，开始了一场突围。

第五天一早，黄佳万对白庚有说："你收拾收拾。"

"干什么去？"

"接到行营的命令，'七分政治'的任务，各方均已落实并完结，'淡水鱼'小组的使命完成了，现在是进行'三分军事'的时候了。行营召我们回去。"

可白庚有坐在那儿一动不动。

"你听到我说的话没？"

白庚有应了，但依然没动。黄佳万觉得白庚有今天有点儿反常，是不是病还没好利索？

"我当然听到了。"白庚有说。

"你身体……没事了吧？"黄佳万问。

"身体没事，一点儿小感冒，一碗红糖姜汤喝下去，捂着被子出一身汗，睡了几天就清爽了。"

"那你不应我，我还以为你没听见。"

白庚有转过头，看了黄佳万一会儿，郑重地说："我要跟你说件事。"

"你说！"

白庚有起身把门窗都关了个严严实实。

"你怕风？"

"不是，我不想别人听到我们说的话。"

"你看你！"

"我们是兄弟，兄弟间说些私密的话，我不想别人听到。"

"哦？你要说什么话？"

多保重

黄佳万感觉到了什么，但他很镇定地说："我去烧壶茶吧，一会儿边喝边说。"黄佳万去了灶间，过了一会儿，拎着一壶滚水出来了。他观望了一下四周，没人，很安静。

黄佳万回到白庚有的屋里，从容地泡了一壶茶，倒在两只茶盅里。他看着白庚有喝了一口茶，自己也抿了一口。

"什么事，你说。"

"谢柏年死了……是被人杀死的。"白庚有说。

"我看到报告了。"

"听说是一大清早，在一个巷子角落里被人捅了。抓到了凶手。"

"唉！你关门闭户不是为了跟我说这事吧？"

白庚有说："当然不是。"

"那是什么？"

白庚有神情严肃地说："我不想跟你回省城了，我不想跟你干了！"

黄佳万很吃惊，看了白庚有好一会儿，等他继续说完。

"我爷他老了，我哥也不在了，我得顾着这个家……"

"这不像你白庚有说的话，你先前不是这么说的。"

"先前是不是这么说的，可我现在这么说了。你知道，人是会变的。"白庚有说。

"会变是会变……你说你改主意了，这有可能。但你跟我说这话，也用不着关门闭户呀！"

黄佳万一针见血，知道白庚有说这些话用不着背着别人。何况大清早的，白府没什么人，白清轩还没起床。家丁和用人，早就各忙各的了。白府很安静。

黄佳万又咧了下嘴，咧出一丝笑来。他那意思是：你不必瞒我，我看得出。还有一层意思：凭你我的关系，说这点儿事，还用得着避人？要避人说的，肯定不是一般的话。那会是什么话？白庚有要说些什么呢？黄佳万的脑子飞快地转动着，但他想不出来。

"我知道绸布店宋掌柜不是一般的人了，那天他来找你，我想不出他能有什么要紧的事，心急火燎地要赶去孝桥找你……"白庚有缓缓地说道。

黄佳万没想到白庚有会说出这些话。

"他们在孝桥找到我了。"

"我知道他们在那里找到你了。我只是奇怪他为什么那么急地找你。"

"那难说嘛，谁都有急事的时候。天有不测风云……"

白庚有说："我留意了哦，恐怕真是天有不测风云，但不是宋掌柜的天……"

"那是谁的天呢？"黄佳万笑了一下。他觉得白庚有的脸绷得太紧了，白庚有从没在他面前这么严肃过，这是破天荒第一回，黄佳万觉得有点儿不正常。

"谁知道！就是不知道，我才好奇嘛，我才觉得很神秘。"

"哦！"

白庚有举起茶盅，抿了一口茶，想尽量让自己显得从容不迫。

"我没去九江！更没去相什么亲！"

黄佳万看着白庚有，更加诧异。

"你也没在省城待。"

"我去了省城的。"

"可你没在那里待！"

"你怎么知道？"

"黄佳万，我一直把你当兄长，才跟你说实话。你说杨长官找你有急事，但你根本就没去行营，你去的是永修。"

"你盯我梢了？"

白庚有点了点头，说："是的！我用你教我的，还有在特训班学来的那一套跟踪你了……"

"我以为没人识破哟！"黄佳万咧嘴笑了一下。

白庚有也笑了一下，说："你化了装。我知道你易容术不错，一般人看不出来，但我看得出。你脸变了但身材没变，走路的姿态也没变。每个人都有自己的走路姿势，你教我的。再说，我在你身边这么多年，你的一举一动我都很熟悉……"

"你都看到了？"

"我想要弄个水落石出。有些事就是那么荒唐，你和教官教我跟踪、盯梢，我以前一回也没用上，就这一回，还用到了你的身上。"

"你都知道了？"黄佳万又问了一句。

白庚有点了点头，回答："所以我要关门关窗嘛！"

"要搁别人可以去邀功请赏、加官晋爵……"

白庚有瞪大了眼睛，说："哎！你看你说这话，我是别人吗？"

"你不该弄个水落石出的。那句话怎么说来着？难得糊涂。你不知道你的行为有多危险。"

"我也一直不明白，那天，你明明从压盘里弄了些白色晶状物，毒死了那只狗，我和曲长锋都看见了。"

黄佳万一声不吭地听白庚有说着，嘴角甚至还绽出点儿笑。

"现在想来，压盘小抽屉里的白色晶状物根本就不是氰化钠……"

"你怎么肯定？"

"氰化钠一直藏在你指尖里，所以狗吃了那点心，就一命呜呼了。你把那匣子封了，我和曲长锋都没敢打开，就是打开了，也不会去验证，因为我和他都笃信那就是氰化钠。"

"你们执行任务很彻底。"

"沙县囤盐,我也觉得奇怪。后来想想,有些事太蹊跷了。"

黄佳万笑了笑,说:"也许就是巧合呢!"

"巧合也好,人为也罢,反正对我来说已经无所谓了。"

"你还是有所谓的,不然你不会跟我说这么多。"黄佳万说。

好一会儿,白庚有没有说话,两个人一起陷入了沉默。也许两人都在想怎么将这场谈话继续下去,也可能是在想如何把这场谈话结束。沉默中,两人的内心都翻江倒海。

深秋的清晨,空气中弥散着寒意,不关窗门的话,透过窗子能看见不远处的田野。田边路角,挂着一层白白的薄霜。要是黄佳万和白庚有看见了,一定会想起那些盐。

"调查科得到的情报表明,他们一直不缺盐。"

"谁?"

白庚有笑了笑,说:"你明知故问。"

黄佳万说:"我们的行动没有问题,只能说他们中间有高人。"

"我在七里村见过他们的人。"白庚有盯着黄佳万。他其实还想说:那些人是你的同志,你是他们中的一员,不是吗?但白庚有没说。他知道就算说了黄佳万也不会承认。他们聊了这么久,黄佳万依然那么淡定。

"我和他们相处过,他们说'有盐同咸,无盐同淡',说'天下为公,无贫富无贵贱',国父孙中山先生不也是这样主张的吗?"

"哦!"黄佳万摇了摇头。

白庚有看不出那动作的意味,自顾自地说着:"我能把一大团乱棉絮理出眉目,但我脑壳里这团乱絮我理不清。"

"你迟早会理清的。"黄佳万说。

"那天在宁都,我以为你会和那个'教书先生'一起混过哨卡,护送他到目的地。"

"你看到的只是一部分。"

白庚有叹了一口气，说："我是担心你哟，我都替你捏了一把汗。"

"你看你这么紧张。"

"你知道的，有人容不得他们，不，是你们！不管是他们还是你们，反正我说的是共产党。有人容不得共产党。"白庚有说着不自觉地加重了语气，音量也高了。

黄佳万什么也没说，走到白庚有的身边，伸手在他的肩上拍了拍。黄佳万心里汹涌澎湃，眼睛红红的。他知道白庚有的担忧，但他不知道怎么跟白庚有开口。

"我走了哦！"黄佳万跟白庚有说。他转过身，才要起步，又转回身来。

"多保重哟！"黄佳万笑着说出四个字。

"多保重！"白庚有回了黄佳万三个字。

三个字掷地有声，像三块石头，沉入两个人心中的那口深潭里。

人各有志

白庚有好些日子都没出门，白清轩也没察觉出什么异样，儿子跟他说看书哩！白庚有订了那么多的报纸，还叫人从省城购来许多书。

"他读书哩！"白清轩见人就说。

有人听了，一口气说了二十八个字："书中自有黄金屋，书中自有颜如玉。书中自有千钟粟，书中自有稻粱谋。"

白清轩想：书中自有颜如玉，那又有什么用？二儿子早就过了婚娶的年纪，可他对谈婚论嫁的事仍无动于衷。

白清轩也一直念叨着黄佳万，他对这个账房先生的离去有些遗憾。他常摇着脑袋说："黄佳万是个精明人，前些时候那种境况，他也能把白家的生意做得风生水起。"

"人各有志。"白庚有跟他爷白清轩说。

那天，杨七分听黄佳万说了白庚有的选择，叹息道："可惜了这么个人才，不能为党国所用。"

黄佳万也说了一句："人各有志。"

白庚有每天从报纸上探得外界的消息。最早，他看到红军过了雩都河，却被堵在了天险湘江之侧。血战后，白庚有猜想，他们应该已经是强弩之末了。不承想，红方有余部出现在了遵义。白庚有也和大多数国人想的一样，残兵败将而已，过不了多久就会灰飞烟灭的。

他盯着报纸上面那些字，总有一种牵挂。他牵挂的是没被"收拾殆尽"的红军，他们似乎总是岌岌可危，却一直闪着微弱的光亮，并且总能在关键时刻转危为安，透出一线生机。

报上说，赤匪苟延残喘进入遵义，又置身重围。蒋介石已经亲临贵阳，大军随时会予以最后的致命一击。

然而，红军四渡赤水，又渡出了转机。

报上说赤匪出黔境入滇，遇金沙江天险阻隔，再无生机可现。

不仅金沙江，还有其后的天险乌江及大渡河，红军都没像报上所说的那样，成为"石达开第二"。

再后来，报上说红军被逼进雪域高原，那可是绝境，绝无生还的可能了。就算他们真的能拼死翻越雪山，雪山那头也是另一种绝境——荒无人烟的沼泽。

报上还说，人不灭天灭。

白庚有为那群人揪心，天天看报纸，一天都没落。

这年十月的一天，报上登了一则消息：两年前的十月，红军跨过雩都河；两年后，红军三大主力在甘肃会宁会师。红军长征突破数十万强敌的围追堵截，辗转十余个省，翻越四十余座大山，跨过近百条江河，最远的行程约二万五千里。最后，他们到了延安，建立了新的根据地。红军存活下来了。

白庚有当然也牵挂着黄佳万。起初，他们还有书信往来，年节问候。后来，白庚有连去了几封信，都未收到回信。

白庚有去了一趟省城。南昌行营已经恢复为省立图书馆，进进出出的早已不是故人。他去了珠市街巷子深处的那间房子，新主人说，老住户已经搬走一年多了，不知道去了什么地方。

白庚有试着从报上寻找跟黄佳万有关的蛛丝马迹，但一无所获。

尾声

一九三六年十月，白庚有看见报上登了一条消息，似乎和黄佳万有些联系。

那是十月二十五日，也就是红军两支队伍在会宁会师后不久，时任国民政府湖北省主席的杨永泰受邀参加日本驻汉口领事馆的晚宴。那时，他已经不叫杨七分了，大家都叫他杨主席。宴会结束后，杨主席回程经过江汉关轮渡码头时，遇刺客开枪射击。数声枪响后，这个被蒋介石称为"当代卧龙"的长官倒在血泊之中，命丧黄泉。

又过了一个多月，一则消息震惊了国人。报载：张学良、杨虎城为了达到劝谏蒋介石改变"攘外必先安内"的既定国策，"停止内战，一致抗日"的目的，在西安率部发动兵谏。蒋介石被扣押。

西安事变，促成了国共第二次合作。

白庚有的目光依旧游走于各大报纸的字里行间，并试图通过书信向旧友求助，却始终没有黄佳万的任何消息。

然后是漫长的全面抗战。抗战胜利后，国共再起烽烟。战火又烧了三年。

报上说蒋介石和他的要员逃去了台湾。

到底还是共产党得了天下。

白庚有想起了那句话："得民心者得天下。"

那年冬天，白清轩在睡梦中安然离世，无疾而终。白庚有办完丧事，就又埋头于诸多的事务之中。他已经是一个地道的盐商了，里里外外，忙得不亦乐乎。白家的生意，虽谈不上轰轰烈烈，但仍称雄一方。

其实白庚有不在乎这些。

日子就那么不咸不淡地过着，白庚有一直没有娶亲。族里老人说："你也是四十多岁的人了，不孝有三，无后为大。"

他从白氏宗祠旁经过时，族人的目光让他觉得很不自在。终于有一天，族老们频繁的劝说似乎起了作用，白庚有说："好吧！你们说的那事，我照办就好了！"

族老们说的是白庚有娶亲的事。

女方二十三岁，小白庚有二十多岁，是街东锦源绸布店宋掌柜的小女儿。当年红军离开赣境不久，宋掌柜就因"通匪罪"被国民党抓去杀害了。之后，他的家人困顿窘迫，颠沛流离。宋掌柜去世时，这个小女儿才八岁。女孩成年后，因父亲的事，一直没嫁出去。

虽说白庚有应了族老们的期盼，答应娶亲，但众人不解：以他白家掌柜的身份，多少门当户对的妙龄女子可以选择，他怎么偏偏就看上了宋家的小女儿？

有人问起，白庚有只是笑笑，没说什么。他找人看了生辰八字，挑了个好日子。然后，他拿出了那副弹棉花的家什。这些年来，白庚有常拿出那套家什弹弹棉花。当然不是为了挣钱，也不是想展示技艺，他只是觉得弹弹棉花，心上的积郁会随着飘絮渐行渐远。

白庚有要为自己弹一床大婚的新絮。他用厚重的整木压盘碾压着，一碾压，弹得松软的棉絮上就能看见当年藏暗屉的位置留下的痕迹。那里早被白庚有灌满了黄蜡，一般人看不出旧痕。可白庚有看得出。那块旧痕常常让他想起一个人和一些陈年往事。

白庚有用红线在那床新被子上牵扯出了四个字：百年好合。

族老们很高兴，白家要有后了。他们想好好地筹办这件喜事。

白庚有倒无所谓，只是觉得让族里老人操心了这么多年，他们想好好筹办就随了他们吧，怎么高兴怎么来。那时候，战事一直持续不断。"那就等明年开春办这场新婚喜宴吧！"族里老人说。这一带民间一直有"正月不娶腊月不嫁"的说法，认为这期间办婚庆会有不好的兆头。

白庚有依旧读报。那一年的十月二日，各大报刊登了头版消息：十月一日，北京的天安门广场上举行了开国大典，一个叫作中华人民共和国的新政权宣布成立。

过了正月，三月十九日是农历二月初二，龙抬头。

这天是黄道吉日。

迎新娘的族人们都在宅院大门前等候着。唢呐声中，花轿徐至。先是有人向花轿抛茶叶，称作"破煞"。随后，花轿被抬到喜堂，牵娘牵下新娘，新娘由伴娘挽着，喝彩声中，一对新人开始拜堂。

白庚有和新娘还没进入洞房，几个男人就闯了进来。

"白庚有！"那几个男人没叫他"白掌柜"，而是直呼其名。

"什么事？"

"你跟我们走一趟。"

"没看见白掌柜在办喜事吗？"有位族人说。

"看见了，我们一直在外面等，就等着新人拜完堂才进来的。"

"让新人先入洞房。"

"那不行，他得跟我们走了。"一个男人从腰间拔出一把手枪，乌黑的枪口冷冷地对着白庚有的胸口。

白庚有说："我跟你们走！"

不做亏心事，不怕鬼敲门，他想。但他想得太简单了些。他不仅被指控为奸商劣绅，还被人检举曾加入反共特务组织。后面这项是重罪。人家证据确凿，白庚有有口难辩。他被关在不知道什么地方的黑牢里，随后不断有狱友被押出去审问，有的甚至再没回来。

一天，牢房的门当啷一声打开了。有人喊他的名字，那声音很耳熟。

白庚有被带了出去，在门边待了好一会儿，眼睛才慢慢地适应门外的强光。他看见一个身影，愣住了。那个男人依然是一身长衫，还是十六年前那个模样。

白庚有捏了一下自己的大腿，也不管对方身后还站着几个人，就伸手过去用力地捏了捏他的肩膀。

"哎哟！"对方因这猝不及防的一捏疼得叫了出来。

"你看你！白庚有，你怎么捏我？"对方也捏了他一下。

白庚有也"哎哟"了一声，不是因为痛，而是因为难以置信："是你？黄佳万！真的是你？"

黄佳万说："是我！当然是我！"

"我以为是在阎王殿哩，我以为咱们再见面得是在阎王殿哩！"

"看你说的，还阎王殿！"黄佳万说着，哈哈笑了起来。

"我捏了下自己……"

"你也捏了我哟……"

"就是你叫唤，我才知道不是在梦里，也不是在阎王爷那儿。我以为你黄佳万早不在人世了。"

"看你说的！"黄佳万回头看了看另外几个人。

白庚有说："我在里面不知道关了几天了。"

"我来了，你不会再有事了……我一直想找你，但我不能那么做。"

白庚有躲过一劫。幸亏黄佳万及时从北方的某地赶回了临川。他是专门来找白庚有的。确实如白庚有判断的那样，黄佳万是中共潜伏在行营的"大鱼"。杨七分去湖北后，黄佳万一直在戴长官所辖的军统内任职，后被戴长官派往沈阳，作为军统在东北地区的负责人。这些年，黄佳万借此身份，为抗战做出了不少贡献，包括为消灭日本关东军提供情报等。抗日战争胜利后，黄佳万回到江南，依然执行潜伏任务，还策反了国民党军的一支主力部队。直到年前，黄佳万才重新归队，公开了自己的真实身份。

"我脱了那身皮，第一件事就是来找你，没想到来得正是时候。"

"你要是晚来一天，也许就看不到我了，也是我命不该绝。"

"你为我们的事业做出过贡献，当然命不该绝。"

"我也没做什么……再说，我那时候根本不信你们能成功，我还想劝你不要糊涂，不要跟那些人铤而走险……"

黄佳万笑着说："你没说，也没劝我。"

"我知道劝不动，说了也白说。你不会听我的。你们是有主见、有信仰的人，真是一群了不起的人。"

黄佳万把白庚有送回了家。

和黄佳万一起来的那几个人给了白庚有的新婚妻子一笔抚恤金，说："是组织给的，你父亲，还有千千万万的革命烈士的血没有白流……"

几个月后，白庚有的妻子肚子渐渐大了起来。又过了数月，她生下一名男婴。

白庚有又操起那套弹棉花的家什。他专心致志、心无旁骛地弹了一床小小的棉被，在松软白皙的厚絮上用红线牵了一行字：好人好报，一生平安！

他是写给儿子的，也是写给自己的，更是写给黄佳万和他们那群人的……

2022 年 7 月 25 日完稿于海口花语庭苑
2023 年 6 月 17 日二稿于海口花语庭苑
2023 年 7 月 25 日三稿于海口花语庭苑
2023 年 9 月 18 日四稿于海口花语庭苑

赣版权登字-02-2023-385

图书在版编目（CIP）数据

盐关 / 张品成著. -- 南昌：江西教育出版社；北
京：中国和平出版社，2024.2
　　ISBN 978-7-5705-3884-3

　　Ⅰ.①盐… Ⅱ.①张… Ⅲ.①长篇小说—中国—当代
Ⅳ.①I247.5

中国国家版本馆CIP数据核字（2023）第186524号

盐　关
YAN GUAN
张品成　著

江西教育出版社
（南昌市学府大道 299 号　邮编：330038）

中国和平出版社
（北京市海淀区花园路甲 13 号院 7 号楼 10 层　邮编：100088）

出 品 人：熊　炽　林　云　　　　　　　插图绘制：张代华
责任编辑：刘军娣　孙蕾蕾　　　　　　　责任印制：朱贤民
　　　　　官结影　邱　童　孙怡雯
美术编辑：胡小梅　孙文君　　　　　　　营销编辑：刘　帅　常炯辉

各地新华书店经销
湖北金港彩印有限公司印刷

710 毫米 ×1000 毫米　　16 开本　　16.75 印张　　227 千字
2024 年 2 月第 1 版　　2024 年 2 月第 1 次印刷

ISBN 978-7-5705-3884-3
定价：39.80 元

赣教版图书如有印装质量问题，请向我社调换　电话：0791-86710427
总编室电话：0791-86705643　　　编辑部电话：0791-86705589
投稿邮箱：JXJYCBS@163.com　　　网址：http://www.jxeph.com